WIE DU MIR SO ER DIR

2012 · Zweite Auflage

Umschlaggestaltung: www.id-creativstudio.it
Umschlagfoto: www.fotolia.de
Druck: Athesiadruck, Bozen

ISBN 978-88-6011-158-6
Band 3 aus der Reihe „Südtirolkrimi“

www.athesiabuch.it

Ralph Neubauer

WIE DU MIR SO ER DIR

Commissario Fameo forscht

SPECTRUM

Südtirolkrimi

Band 1

ISBN 978-88-6011-093-0

Band 2

ISBN 978-88-6011-150-0

Band 4

ISBN 978-88-6011-161-6

www.südtirolkrimi.de

Für Elke

Null

Meran, Freitag, Anfang Februar, 10.15 Uhr

Als sie den Mann aus der Passer zogen, hatte er keine Augen mehr.

Der Carabiniere, der an den Armen des Mannes zog, hatte Mühe, sich auf den Beinen zu halten. Der Untergrund war rutschig. Seine Kameraden hatten ihn mit einem Seil gesichert. Das reißende Wasser des Flusses strömte an dieser Stelle ruhiger und mit weniger Druck als in der Mitte des Flusses. Der Carabiniere führte die Schlinge des mitgeführten Seiles über die Arme und zog sie zu, als er sie um den Oberkörper gelegt hatte. „Jetzt vorsichtig ziehen!“, brüllte er gegen die tosenden Wassermassen der Passer zum Ufer hin. Seine Kameraden zogen vorsichtig. Der Carabiniere versuchte, die Leiche über die Steine zu heben, sobald sich ein Körperteil verfing. Dabei sah er dem Toten ins Gesicht. Die Augenhöhlen starrten ihm leer entgegen.

Eins

Die beiden Commissari froren, als sie beobachteten, wie die Männer von der Spurensicherung die Fundstelle nach brauchbaren Spuren absuchten. Es pfiff ein eisiger Wind unter der MEBO-Brücke, die die Passer überspannte (MEBO: Schnellstraße von Meran nach Bozen). Der Winter war noch nicht vorbei. Das spürte an diesem Morgen jeder. Der Himmel war verhangen, es lag ein Licht aus Blei über Meran, der Passer und der Etsch. Die Szene war grau. Grau die Passer, grau die Steine, grau wirkten auch das Gras und die Gerippe der blattlosen Bäume. Die weißen Schutzanzüge der Spurensucher bewegten sich in diesem Grau wie Astronauten auf dem Mond. Langsam und mit dem Blick auf den Boden gerichtet, bewegten sie sich in einer Fächerformation, ausgehend von der Fundstelle der Leiche.

Fabio Fameo und Francesca Giardi hatten sich zunächst die Leiche angesehen, nachdem man sie zu dem Fundort gerufen hatte. Wasserleichen sahen nie gut aus. Je nachdem wie lange der Körper im Wasser gelegen hatte, quollen die Leichen wegen der sich bildenden Gase unterschiedlich stark auf. Außerdem verlor der Körper an Farbe. So, als ob das Wasser alle Farbe herauswaschen würde. Die Haut war fahl. Die Haare waren oft verschlammt. Die Kleidung war ebenfalls meist verschlammt. Hier war alles grau. Die Leiche, die Umgebung, der Himmel. Wintergrau. Dottore Phillipi, der Gerichtsmediziner, hatte die beiden in Empfang genommen. „Das gibt Arbeit“, so hatte er sie begrüßt. Und das sollte wohl heißen, dass er der Meinung war, dass dieser Mensch keinen Unfall gehabt hatte.

Zwei

„Lass uns was essen gehen." Fabio nickte Francesca zu. Er hatte Hunger. Ihm war kalt. Sie hatten auch genug gesehen. Dr. Phillipi würde ihnen, so schnell er konnte, seinen Bericht schicken. Dann wussten sie mehr. Es war kurz vor 12 Uhr und Fabio hatte keine Zeit für ein Frühstück gehabt. Er hatte verschlafen. Und Tommaso war wie immer pünktlich um 7.30 Uhr vor seinem Haus vorgefahren, um ihn abzuholen. Tommaso Caruso war ein Maresciallo und sein Freund. Sie wohnten beide in Tisens, einem Dorf in den Bergen, die das Etschtal einschlossen. Sie arbeiteten beide in Bozen. Fabio in der Questura als Erster Commissario und Tommaso in der benachbarten Carbinierikaserne. Tommaso hatte es heute früh eilig und so reagierte er ungehalten auf Fabios Versuch, ihn zu einem Kaffee zu überreden. Es ärgerte ihn ein wenig, dass Fabio sich immerzu auf seine Fahrdienste verließ. Sicher, es war praktisch, eine Fahrgemeinschaft zu bilden. Aber Fabio konnte sich nicht revanchieren. Er hatte kein Auto. „Wozu brauche ich ein Auto? Du hast doch eins", war sein Standardsatz, wenn Tommaso in darauf ansprach. Fabio hatte einfach keine rechte Lust, sich ein Auto zuzulegen. Bisher war er ganz gut ohne Auto ausgekommen. Als er noch in der Questura in Rom gearbeitet hatte, war er es gewohnt gewesen, immer über einen Fahrer zu verfügen. Das war in der kleinen Questura in Bozen nicht so. Aber als eine glückliche Fügung dazu führte, dass die beiden Freunde im selben Dorf eine Wohnung fanden, da hatte er keinen Gedanken mehr darauf verschwendet, sich um ein eigenes Auto zu kümmern. Tommaso hatte ja eins.

Jedenfalls ließ Tommaso es nicht zu, dass er in Ruhe frühstücken konnte, sondern drängte zum Aufbruch. In der Questura fand Fabio heute auch keine Gelegenheit, kurz zu entwischen, um in Fredericos Bar eine Kleinigkeit zu essen. Denn kaum angekommen, musste er zum Chef.

„Mein lieber Fameo", fing der an, „Sie müssen sich ab heute intensiv mit den Berichten über den Textilienschmuggel beschäftigen.

Wir bekommen hohen Besuch. Ein deutscher Oberstaatsanwalt hat sein Kommen angezeigt. Er will mit Staatsanwalt Dottore Filippo Infedele und Ihnen über den Fall sprechen. Wie es scheint, haben die Kollegen in Düsseldorf ein paar Ladungen mit gefälschten Textilien beschlagnahmt und stochern in der gleichen Suppe herum wie wir. Zusammenarbeit ist jetzt angesagt. Sonst zerfleddern wir uns gegenseitig die Ermittlungen. Das wollen die Deutschen nicht und wir auch nicht. Also: Avanti, ran an die Arbeit. Der Kollege reist am Samstag an. Sie werden ihn am Bahnhof abholen und für eine angemessene Unterkunft sorgen. Das habe ich versprochen. Und am Montag werden Sie zusammen mit ihm und Staatsanwalt Infedele die Dinge besprechen."

An dem Textilienschmuggel war Fameo seit Herbst letzten Jahres dran. Dabei ging es um die Fälschung von Markentextilien. Bozen schien der Umschlagplatz für die Lieferungen zu sein, die aus ganz Europa hierher gelangten. Mit falschen Papieren wurde von Bozen aus die Verteilung in ganz Italien organisiert. Fameo hatte in dieser Sache einiges ermittelt. Aber für einen Zugriff war die Sache noch zu heikel. Wenn jetzt die Deutschen einige Ladungen beschlagnahmt hatten, konnte das ein Problem für seine Ermittlungen bedeuten. „Mist", dachte er. Zum einen sah er die Problematik deutlich vor sich, die entstehen konnte, wenn verschiedene Staaten an der gleichen Sache dran waren. Und zum anderen hatte er wenig Lust, sich am Wochenende um einen Gast zu kümmern, von dem er nicht wissen konnte, wie er war. Vielleicht war er ein Langweiler? Und wie sollte er Elisabeth erklären, dass er möglicherweise am Wochenende arbeiten musste? Er hatte ihr versprochen, etwas Schönes zu unternehmen. Essen gehen oder in die Meraner Therme, in die Sauna oder zur Massage. Etwas für Körper und Seele halt. Sie hatten im Oktober geheiratet und bisher noch keine Zeit für Flitterwochen gehabt. Das wollten sie im Frühjahr nachholen. Aber er hatte sich noch keine konkreten Gedanken über die Reise gemacht. Und viele der Wochenenden im Winter waren mit Familienbesuchen besetzt gewesen. So richtig viel Zeit füreinander war bis heute nicht gewesen. Kurz und knapp: Es passte ihm überhaupt nicht, dass er am Wochenende einen Fremden betreuen sollte.

Das sah der Vizequestore ihm wohl an. „Ich lege großen Wert darauf, dass dieser Mann von uns gut behandelt wird, mein lieber Fameo.“ Wie er die Worte „mein lieber Fameo“ betonte, zeigte, dass jeglicher Widerspruch zwecklos war. Fameo presste die Lippen zusammen und sagte nichts, nickte nur mit dem Kopf. „Wann kommt er an?“ Der Vice nickte zufrieden. „Das alles kann Ihnen Carlotta sagen.“
Er war entlassen.

Carlotta, die Sekretärin vom Chef, wusste um Fabios neuen Auftrag. Sie wusste alles, was im Zimmer des Vicequestore vorging. Das war ihr Job. Und den erledigte sie gut. „Ich habe bereits ein Hotel für den Gast gebucht. Du brauchst dich darum nicht mehr zu kümmern. Im „Figl“ habe ich ein Zimmer bekommen. Sogar zu Sonderkonditionen! Ein Zimmer mitten in der Stadt. Das Hotel ist nicht weit vom Bahnhof und unser Gast kann alles zu Fuß machen. Ist das für dich in Ordnung?“ Fabio nickte. Carlotta war ein Organisationstalent. „Und wann kommt er genau?“ Carlotta blättere in ihren Unterlagen. „Er kommt morgen mit dem 11.34-Uhr-Zug aus München. Gleis 1. Ich habe nach Deutschland geschrieben, dass der Mann, der den Oberstaatsanwalt abholt, einen Hut trägt und eine Zeitung in der rechten Hand hält. Kriegst du das hin? Fabio knurrte. „Hut und Zeitung?“ Carlotta grinste: „Besser als ein Schild mit der Aufschrift: Questura Bozen!“ Jetzt musste auch Fabio lächeln. „Was wissen wir über den Mann?“ Carlotta blätterte wieder in ihren Unterlagen. „Er heißt Hagen Bös, ist Oberstaatsanwalt und kommt von der Staatsanwaltschaft in Düsseldorf. Das ist alles.“ Sie las noch die Rückseite. „Hier steht noch, dass er als Experte auch für Europol arbeitet. Schwerpunkt ist ‚Markenpiraterie’“

Fabio nahm die Notiz entgegen, die Carlotta für ihn bereithielt. „Und wann treffen wir Staatsanwalt Infedele?“ „Am Montag um zehn. Er kommt hierher.“ Fabio nickte. „Da habe ich den deutschen Staatsanwalt das ganze Wochenende am Hals“, dachte er. „Elisabeth wird nicht begeistert sein, wenn ich ihr das erzähle.“ Er musste einen gequälten Gesichtsausdruck gemacht haben, denn Carlotta sah ihn ein wenig mitleidvoll an. „Und außerdem habe ich noch nichts gegessen“, erklärte er ihr. Sie zuckte nur mit den Schultern, lächelte ihn aber an. „Wenn Du zu Frederico gehst, bring mir ein Croissant mit, ja?“

Aber zuerst ging er in sein Büro, das er sich mit seiner Assistentin teilte. Francesca war erst seit einem halben Jahr bei ihm. Er hatte eigentlich Anspruch auf ein eigenes Büro und hatte sie nur aufgenommen, weil für sie kein Zimmer frei war, als sie hier anfing. Aber inzwischen hatte er sich nicht nur an sie gewöhnt. Sie war eine tolle Assistentin. Schnelle Auffassungsgabe, gute Kombinationsfähigkeit, sehr fleißig, immer einsatzfreudig, einfach perfekt. Außerdem sah sie toll aus. Aber das war nicht ausschlaggebend, nur angenehm. Sie verstanden sich sehr gut auf fachlicher Ebene. Privat ging jeder seiner Wege. Fabio hatte erst im Oktober des vergangenen Jahres geheiratet und daher keinen Blick für andere Frauen. Francesca wohnte noch immer in einer dieser Polizeidienstwohnungen, die sich nicht gerade durch Gemütlichkeit auszeichneten. Sie schien aber damit zufrieden. Vielleicht hatte sie auch vor, nach ihrer Probezeit, die sie in Bozens Questura leisten musste, woanders hinzugehen. Sie hatten bisher nicht darüber gesprochen.

Als Fabio das Büro betrat, telefonierte Francesca. Sie winkte ihn heran, was nur bedeuten konnte, dass das Gespräch auch ihn betraf. „Der Commissario kommt gerade zur Tür herein, ich stelle mal auf Lautsprecher“, hörte er sie sagen. Sie drückte einen Knopf und er konnte die Stimme von Dr. Phillipi über den Lautsprecher hören. „Hallo Commissario, es gibt Arbeit!“, krähte es ihm aus dem Lautsprecher entgegen. Man konnte Windgeräusche vernehmen. Fabio beugte sich über den Apparat. „Was haben Sie denn für uns?“ Es rauschte, dann vernahmen die beiden Phillipis Stimme erneut. „Fürs Erste eine Wasserleiche. Aber sie sollten sich die Leiche ansehen. Kann sein, dass dem Mann Gewalt angetan worden ist.“ Francesca wechselte einen Blick mit Fabio.

Phillipi war ein gewissenhafter Arzt und Pathologe. Er arbeitete eng mit der Polizei zusammen und seine Arbeit war unentbehrlich. Er fand Spuren, die andere nicht sahen. Und er hatte einen untrüglichen Instinkt für Verbrechen. „Wo?“ Das war Francesca. Sie hatte längst entschieden hinzufahren. „Ich bin in Meran. Da, wo die Passer in die Etsch mündet. Genau unter der MEBO stehe ich.“ Francesca nickte. „Wir sind in einer halben Stunde da.“ Dann legte sie auf und schaute Fabio erwartungsvoll an. „Wollen wir?“

Fabio fügte sich. Frühstück war heute nicht drin. Sie nahmen einen der Wagen der Questura, setzten Blaulicht und fuhren los.

Den Platz, an dem die Leiche geborgen worden war, fanden sie schnell. Phillipi zeigte ihnen den Toten. „Mann, ca. 40 bis 50 Jahre, schätze ich. Teurer Anzug, würde ich sagen. Papiere haben wir keine gefunden. Todesursache weiß ich noch nicht. Kann sein, dass er ertrunken ist. Das weiß ich, wenn ich mir die Lunge angesehen habe. Aber das hier ist schon komisch.“ Er deutete auf das Gesicht. Die Augenhöhlen waren leer. Schlamm und Modder überzogen das Gesicht, so dass es wie eine braungräuliche Masse aussah. „Ich glaube nicht, dass er lange im Wasser war. Vielleicht ein oder zwei Tage. Und dabei wird er seine Augen kaum verloren haben. Das werde ich mir genau ansehen, wenn ich ihn auf dem Tisch habe. Ansonsten kann ich noch keine Verletzungen sehen. Die Leiche ist vollständig bekleidet. Könnte also in die Passer gestoßen worden sein oder er ist hineingefallen. Aber mein Bauchgefühl sagt mir, dass es kein Unfall war.“ Phillipi beendete seinen Vortrag. Das war es, was er sagen konnte. Mehr würde er auch nicht sagen. So kannten sie ihn.

Er erzählte ihnen noch, dass die Carabinieri ihn gerufen hatten. Eine Passantin hatte die Leiche durch Zufall entdeckt, als sie mit ihrem Hund heute Morgen unterwegs war. An dieser Stelle der Passer war es eher ungemütlich. Diese Gegend war unwirtlich. Der Hund hatte angeschlagen und die Besitzerin war neugierig geworden und hatte dann die Leiche entdeckt. Über ihr Handy hatte sie die Carabinieri informiert. Sie war aber schon gegangen, nachdem ihre Personalien aufgenommen worden waren.

„Lass uns was essen gehen", sagte er, als Francesca wieder zu ihm stieß. Sie hatte sich noch die Stelle zeigen lassen, an der die Leiche gefunden worden war. Sie hatte zwischen zwei Felsen in der Nähe des Ufers geklemmt. Der Carbiniere, der als Erster bei der Leiche gewesen war, hatte ihr gesagt, dass die Leiche, wäre sie dort nicht eingeklemmt gewesen, sicher in die Etsch gespült worden wäre. Zwischen den dicken Steinen sei sie ihm erst gar nicht aufgefallen. Eigentlich habe man nur ein Bein sehen können, der Rest des Körpers sei vom Wasser überspült worden.

„Dann lass uns mal was essen gehen", sagte Francesca und übernahm die Führung. Fabio trottete hinter ihr her. Er hatte Hunger. Und wenn er Hunger hatte, dann konnte er nicht gut denken. Außerdem gingen ihm die Gedanken an das Wochenende nicht aus dem Kopf. Was sollte er bloß mit dem Gast aus Deutschland unternehmen? Warum kam der überhaupt schon am Samstag, wenn der Besprechungstermin mit Staatsanwalt Infedele erst am Montag war? Er nahm in Gedanken auf dem Beifahrersitz Platz und erwachte erst wieder aus seinem Schweigen, als Francesca bereits nach kurzer Fahrt stoppte. Sie waren am Pferderennplatz vorbeigefahren. Das hatte er noch registriert. Sie hatte den Wagen durch den Kreisverkehr am Untermaiser Bahnhof gesteuert und ihn dann recht keck auf dem Bürgersteig vor einem großen Haus geparkt. Natursteine sah er, als er durch die Frontscheibe sah. Und Bogenfenster im Hochparterre. Durch die Rückscheibe sah Fabio den Bahnhof, links den Kreisverkehr. Nachdem sie ausgestiegen waren, konnten sie die ganze Gampenstraße entlang blicken. Dabei standen sie schon direkt vor dem Eingang. „S'Rössl" stand genau an der Ecke Gampenstraße/Rennstallweg. Sie standen vor einem Anbau, niedriger als das Haupthaus. Dieses ragte über drei Etagen in den Himmel. Die Fassade war hell gestrichen. Das freundliche Gebäude trotzte dem Wintergrau. Gekrönt war das S´Rössl mit leuchtend roten Dachpfannen.

Francesca ging voraus, über die Eingangsstufen in das Restaurant. Es war noch früher Mittag und Fabio sah keine anderen Gäste. Der niedrigere Anbau lag links vom Eingang und hatte einen locker mediterranen Charme. Sessel, die auch auf eine Sommerterrasse gepasst hätten, standen auf modernen, in warmen Rottönen gehaltenen Fliesen. Die Wandfarbe, in Wischtechnik aufgetragen, schaffte mit ihrem Sandton eine sommerliche Atmosphäre. Dabei musste sie im Februar allerdings von den vielen kleinen Downlights aus der Decke unterstützt werden. Denn Sonnenlicht war heute nicht zu erwarten.

Als sie durch die Tür traten, wurden sie von einem Mann um die vierzig sehr herzlich begrüßt. „Ciao Francesca!" Bussi links, Bussi rechts. Wie es schien, kannte er Francesca. „Ciao, David!", begrüßte Francesca den jugendlich wirkenden Mann mit einem spitzbübisch blickenden, rundlichen Gesicht und kurz geschorenen Haaren. Eine Brille schmückte sein Gesicht. Seine Augen blitzten munter und dadurch strahlte der ganze Mann einfach gute Laune aus. Fabio überlegte, ob es die unglaublich positive Ausstrahlung dieses Mannes war, die ihm das Lokal so strahlend erscheinen ließ. Aber er kam nicht dazu, diese Gedanken zu Ende zu spinnen, denn jetzt lachte ihn der Mann, den Francesca David nannte, an: „Du hast einen neuen Gast mitgebracht? Wie schön!", jubelte er. „Ihr seid früh. Das ist gut. Denn es wird gleich noch recht voll werden. Wollt ihr hier sitzen?" Dabei zeigte er hinter sich auf eine Reihe von hohen Tischen, an denen man auf passenden hohen Stühlen gemütlich sitzen konnte. Im Hintergrund waren eine runde Theke und der Arbeitsplatz des Pizzaiolo zu sehen.

„Es gibt also Pizza hier", stellte Fabio fest.

David nickte, sagte aber: „Ja, klar. Aber Sie sollten unsere Fischgerichte probieren! Und natürlich das hausgemachte Tiramisu. Francesca wird Sie schon gut beraten."

Damit machte er eine einladende Bewegung zu einem der Tische und verschwand.

„Hier wird es dir schmecken", grinste Francesca ihn an. „Soll ich mal was bestellen?", fügte sie hinzu. Fabio nickte. Es war zwar erst früher Mittag, aber für ihn war es Zeit, höchste Zeit sogar, endlich etwas zu essen.

„Ich habe auch einen Mordshunger."

„Wieso hast du denn so einen Hunger? Keine Zeit für ein Frühstück gehabt?" Francesca hatte längst kombiniert, dass Fabio heute in den Tag hineingefallen war, seiner Gewohnheiten beraubt und überhaupt nicht so in Form wie sonst. Er seufzte leicht. Und er bemerkte in diesem Moment, dass Francesca ihn schon ganz gut kannte. Dabei fiel ihm auf, dass er sie eigentlich gar nicht kannte, jedenfalls nicht viel über sie wusste. „Ja. Du hast es richtig erraten. Ich hatte noch kein Frühstück. Und das alles, weil ich kein Auto habe." Francesca schaute ihn fragend an. Aber noch bevor er etwas sagen konnte, kam David wieder an ihren Tisch, um die Speisekarten zu bringen.

„Francesca, ich freue mich richtig, dich wieder hier zu sehen. Dann hat es euch gefallen bei uns? Und heute in Begleitung eines jungen Mannes, wie nett."

Francesca zog eine ihrer Augenbrauen hoch. Ein Zeichen, dass ihr etwas nicht gefiel, wie Fabio wusste. Aber sie entspannte sich sofort wieder und bestellte zunächst für sie beide „spaghetti alle cozze" (Miesmuscheln), Wasser und Wein. David schnalzte mit der Zunge und ging. „David ist das Herz und die Seele des Restaurants", raunte Francesca Fabio zu. „Auch sein Vater und seine Schwester arbeiten hier mit. Alles richtig sympathische Leute, locker drauf.

Und die „spaghetti alle cozze" hier sind ein Gedicht. Zubereitet mit Knoblauch und Chilischoten. Ich nehme an, dass sie die

Muscheln in heißem Olivenöl scharf anbraten, dann mit Wein ablöschen. Dann kommen die Gewürze dazu. Leise köcheln lassen, abschmecken. Ich glaube, da ist auch ein Hauch Thymian dabei. Jedenfalls ist der Sud echt lecker. Und das hausgemachte Pizzabrot erst! Du wirst es schon erleben."

Sie schien zufrieden, dass sie ihrem Chef etwas bieten konnte, das er noch nicht kannte. Ihr Verhältnis war zwar das eines Chefs zu seiner Assistentin. Aber seit ihrem letzten Fall waren sie auch Freunde geworden. Sie durfte also so vertraulich mit Fabio umgehen.

Inzwischen füllte sich das Restaurant und noch bevor ihre Spaghetti kamen, waren fast alle Plätze belegt und der Pizzaiolo wirbelte einen Teigfladen nach dem anderen durch die Luft.

Drei

Die Spaghetti waren sensationell. Und das Tiramisu zum Abschluss war grandios. Eigentlich war Fabio kein Fan von süßen Desserts. Aber heute hatte er Hunger und Lust auf ein wenig Sünde. Beim Espresso grübelte Fabio über den Leichenfund nach. „Was meinst du? Unfall oder Verbrechen?“ Francesca rührte in ihrem Espresso. „Genaues wissen wir nach der Obduktion. Aber ich glaube nicht an einen Unfall. Keine Papiere. Kein Geld. Keine Augen. Sieht nicht danach aus, als sei da einer betrunken in die Passer gefallen. Und wie kann es passieren, dass ihm dabei die Augen herausfallen?“ Sie wiegte den Kopf. „Fische gehen doch nicht an so eine große Leiche, oder doch? Und wenn doch, fressen sie dann zuerst die Augen? Also, ich weiß nicht.“ Sie schauten sich an. „Das ist auch meine erste Wasserleiche. Ich habe so etwas noch nie gesehen. Ich weiß eigentlich nichts darüber, was im Wasser mit einem toten Körper passiert.“ Fabio nickte. „Geht mir genauso. Ich hatte auch noch nie eine Wasserleiche. Ansonsten sah der Mann doch ganz normal aus. Komplett bekleidet. Was hat der Dottore gesagt? ‚Teurer Anzug' hat er gesagt. Also kein Stadtstreicher, der betrunken in die Passer gefallen ist.“ Sie schwiegen. Fabio schaute Francesca an. „Kannst du mir den Gefallen tun und dich um die Sache allein kümmern? Ich habe anderes zu tun.“

Und er erzählte ihr von dem Besuch des deutschen Oberstaatsanwalts und dass er heute die alten Akten studieren wollte, damit er sich ab morgen um den Gast kümmern konnte. Francesca stimmte freudig zu, denn sie nutzte gerne jede Gelegenheit, um zu zeigen, was sie konnte. Außerdem hatte sie ohnehin nicht viel vor, denn ihr Privatleben war hier in der Fremde noch sehr übersichtlich. Außer Fabio, seiner Frau Elisabeth, Tommaso und seiner Frau Anna hatte sie keine Freunde und Bekannten. Und Fabio war ihr Vorgesetzter. Auch wenn sie ihn als Mensch sehr mochte, so war er doch ihr Chef.

Anders war es mit Tommaso und Anna. Sie stammten wie sie selber aus Sardinien. Das hatte sie vom ersten Tag an miteinander verbunden. Anna war so etwas wie eine ältere, mütterliche Freundin geworden. Mit den Carusos traf sie sich hin und wieder. Sie kochten zusammen und hatten viel Spaß miteinander. Aber darüber hinaus hatten sich in dem halben Jahr, seitdem sie in Bozen war, nur einige wenige private Kontakte ergeben. Es waren zwar verschiedene Männer aufgetaucht. Frederico, der Inhaber von Fabios und Tommasos Lieblingsbar, zum Beispiel. Und ein junger Untersuchungsrichter hatte auch sehr deutlich sein Interesse signalisiert. Aber da hatte sie sich bisher zurückgehalten. Sie suchte etwas anderes.

Der Freitagnachmittag und das Wochenende lagen also vor ihr und sie hatte noch keinen Plan, was sie mit der Zeit anfangen sollte. Da kam ihr Fabios Bitte, sich um die Wasserleiche zu kümmern, gerade recht. Sie wusste, dass Dottore Phillipi heute Nachmittag, spätestens morgen die Leiche sezieren würde. Der Pathologe hatte nicht oft Leichen auf seinem Tisch, die spannend waren. Und er war ein begnadeter Pathologe. Sie beschloss, bei der Obduktion dabei zu sein. Phillipi würde sich über ihre Gesellschaft freuen, da war sie sich sicher. Und vielleicht konnte sie über das Wochenende in Erfahrung bringen, wer der Tote war. „Das ist doch ein nettes Ziel für eine Commissaria auf Probe", dachte sie.

Zu Fabio gewandt sagte sie: „Mach ich Commissario. Mach ich sogar gerne. Ich werde Phillipi über die Schulter schauen, wenn er das zulässt. Von ihm kann ich noch viel lernen."

Fabio erinnerte sich, dass Francesca erzählt hatte, dass sie Dottore Phillipi von einem Vortrag an der Polizeiakademie kannte. Sie schätzte seine Art, etwas zu erklären, und fand auch die Pathologie spannend. „Schön, dass ich mich nicht um diese unappetitlichen Dinge kümmern muss", dachte Fabio, „sondern dass Francesca Spaß daran hat."

David kam mit der Rechnung und Fabio musste den Widerstand seiner Assistentin überwinden, um für beide bezahlen zu dürfen. Beim Aufstehen rückte David für Francesca den Stuhl nach hinten. „Ich freue mich, dass es Dir bei mir gefallen hat. Beehre mich bald wieder.“

„Woher kennst Du das S’Rössl? Ist wirklich gut hier!“ Francesca nickte. „Finde ich auch. Eine Bekannte hat es mir empfohlen.“ Dabei blickte sie auf den Boden und ging schnellen Schrittes zum Wagen.

Vier

„Na, das ist ja toll." Elisabeths Gesicht zeigte deutlich, dass sie es keineswegs toll fand, dass Fabio sich am Wochenende um einen Gast aus Deutschland kümmern sollte.

„Und was hast du mit ihm vor?", wollte sie wissen.

Ob sie das wirklich interessierte, konnte Fabio nicht heraushören. Deutlich verstand er aber ihre Enttäuschung, dass mal wieder ein Wochenende nicht für sie beide reserviert war. Da sie sich erst seit dem Frühjahr kannten, hatten sich für Elisabeth nur wenige Gelegenheiten geboten, ihren Favoriten der Familie und ihren Freunden vorzustellen. Das hatten sie dann im Winter nachgeholt. Elisabeths Familie war im Vergleich zu Fabios Familie groß. Fabio hatte nur seine Eltern und einen Onkel in München. Elisabeth stammte aus dem Ultental und hatte eine weit verzweigte Verwandtschaft. Das hatte zur Folge, dass die Wochenenden seit ihrer Hochzeit im Oktober bis heute mit Besuchen, gegenseitigem Kennenlernen und einigen Familienfesten ausgefüllt gewesen waren. Eine richtige Hochzeitreise hatten sie auf das kommende Frühjahr verschoben. Elisabeth hatte es Fabio überlassen, sich darum zu kümmern. Aber bis jetzt hatte er noch nicht gesagt, was er sich vorstellte. Das allein hätte sie nicht geärgert. Aber dass er seinem Chef nicht klipp und klar gesagt hatte, dass er am Wochenende nicht für „Gästebetreuung" zur Verfügung stand, überraschte sie dann doch. Oder war es so, dass ihm die Arbeit wichtiger war als ihre junge Ehe?

Fabio war sich dessen bewusst. Er konnte Elisabeths Gedanken förmlich von ihrer Stirn ablesen. Ihre Stirnfalten sprachen zu ihm – laut und deutlich.

Aber es war schon wichtig, dass man sich mit dem deutschen Staatsanwalt traf. Das war ihm bewusst geworden, als er sich die Akten am Nachmittag noch einmal durchgelesen hatte. Francesca hatte auf der Autofahrt mit Dottore Phillipi einen Termin für den späten Nachmittag vereinbart, um bei der Leichensektion dabei zu sein. „Der ist von einem Eifer beseelt", hatte sie gesagt, als sie das Gespräch beendet hatte. „Er will sich die Leiche unbedingt noch heute ansehen. Dafür lässt er sogar an einem Freitag alles stehen und liegen." Francesca machte aber keinen unglücklichen Eindruck, dass jetzt auch ihr Feierabend in weite Ferne rückte. Fabio vermutete, dass sie ohnehin nichts Besonderes vorhatte. Sie setzte ihn in der Questura ab und fuhr dann gleich anschließend ins Institut.

Fabio ließ sich die Akten des Falles bringen, der ihn seit geraumer Zeit beschäftigte. Er studierte die wichtigsten Notizen und Protokolle zu einem Fall, bei dem er und seine Kollegen noch nicht wussten, was sie da eigentlich vor sich hatten.

„Ich konnte dem Vice nicht verweigern den Gast aus Deutschland zu betreuen", begann er. Elisabeths Stirnfalten wurden ein wenig tiefer. Fabio registrierte, dass sie ihm das nicht abnahm. „Der hat darauf bestanden." Pause. „Und er war sehr deutlich."

Elisabeth warf den Kopf in den Nacken und sah Fabio streng an. „Aber der weiß schon, dass du frisch verheiratet bist und dich am Wochenende um deine junge Frau kümmern musst?" Fabio musste lachen. Elisabeth war immer sehr direkt. Das gefiel ihm an ihr.

„Ja, das weiß er. Aber wie es scheint, nimmt er darauf keine Rücksicht. Und sieh mal, so oft gibt es nicht Besuch aus Deutschland. Also mach ich das halt. Lust habe ich keine. Aber dem Vice ist es wichtig, dass sich jemand um ihn kümmert." Fabio merkte, dass seine Argumente den Unmut eher größer machten. Deshalb fügte er hinzu: „Ich mache das wieder gut. Versprochen."

„Wie?"

Eine kurze knappe Frage. „Jetzt muss die richtige Antwort kommen", dachte Fabio.

„Wir gehen ganz toll essen, sobald ich diese Aufgabe erledigt habe."

Elisabeth zog die Luft hörbar durch die Nase.

„Also gut."

Fabio nahm sie in den Arm. Sie machte sich erst etwas steif. Aber nicht sehr lange. „Ich weiß, dass wir für uns bisher wenig Zeit hatten. Und die Hochzeitsreise steht auch noch aus. Lass uns doch Pläne dafür schmieden. Wo möchtest du denn hin?“
Elisabeth schmiegte sich an ihn. „Lass dir was einfallen. Irgendwohin, wo es schön ist. Nur wir zwei. Keine Familie, keine Störungen, keine Arbeit.“ Sie schaute ihn an: „Kriegst du das hin?“
Fabio drückte sie an sich. Er nickte.

„Das kriege ich hin. Sicher.“

Fünf

Fabio nahm Elisabeths Wagen, um am Samstagmorgen nach Bozen zu fahren. Das war irgendwie blöd. Jetzt saß seine Frau in Tisens fest, während er sich um den Gast aus Deutschland kümmerte. Sie konnte weder ihre Familie im Ultental besuchen, noch irgendwo anders hin. Die Busverbindung auf dem Dorf war am Wochenende sehr dürftig. Sie hatte deshalb beschlossen mit Anna zusammen zu kochen. Das machte beiden Spaß und Elisabeth konnte viel lernen, denn Anna war eine begnadete Köchin. Fabio hatte zunächst überlegt Tommaso zu fragen, ob er ihm seinen Wagen lieh, diesen Gedanken aber sogleich verworfen. Ihm war der wachsende Unmut Tommasos nicht entgangen, dass er ihn immer als Chauffeur ausnutzte. Auf der Fahrt nach Bozen beschloss er daher, sich einen eigenen Wagen zu kaufen.

„Aber was für ein Auto soll ich mir nur zulegen?", überlegte er. Er betrachtete die Autos, die vor ihm auf der MEBO fuhren. „Welcher Wagen passt zu mir?" Er grübelte. Das, was er sah, gefiel ihm nicht. „Irgendwie sehen die alle gleich aus. Gibt es denn keinen Wagen mit Charakter?", sinnierte er vor sich hin: „Einen, der anders ist, als die Autos, die auf der Straße so herumfahren?" Er hatte sich noch nie damit beschäftigt. Autos fand er nicht interessant. Und jetzt wusste er nicht recht, wie er an die Sache herangehen sollte. „Ich frage am Montag Tommaso. Der hat bestimmt eine Idee", schloss er seine Gedanken ab.

Er parkte in der Questura. Bis zum Eintreffen des Gastes hatte er noch zwei Stunden Zeit. Kurz ins Büro, oder zu Frederico? Da fiel ihm ein, dass Carlotta dem Gast mitgeteilt hatte, dass ein Mann mit Hut und einer Zeitung unter dem Arm ihn abholen werde. „Ich habe gar keinen Hut", dachte er. „Blöde Abmachung." Er schaute zum Himmel. Wolkengebirge trieben über Bozen. Es sah nach Regen aus. Er schlug den Kragen seines Mantels hoch. „Dann kaufe ich mir eben einen Hut", dachte er ein wenig trotzig und er ging Richtung Lauben. Am Samstagvormittag ging es geschäftig zu in Bozen. Auch bei schlechtem Wetter. Im Februar waren die Bozner und die Leute aus der Umgebung unter sich. Die Touristen kamen erst im März, April. Im Februar konnte man daher gemütlich durch die Stadt schlendern. Fabio fand den Hutmacher sofort. Es gab reichlich Auswahl. Die Entscheidung fiel leicht. Der Hut passte gut zu seinem langen Mantel. „Ein bisschen verkleidet fühle ich mich schon. Aber vielleicht gewöhne ich mich dran.“ Fabio bemerkte, wie ihn die Leute musterten. Man sah selten Männer, die Hüte trugen. Es amüsierte ihn ein wenig, damit aufzufallen. „Jetzt brauche ich noch eine Zeitung.“ Er kaufte die neue Ausgabe von 24DerTag24. „Mal sehen, ob etwas über unseren Toten von gestern drinsteht.“ Es war noch Zeit für einen Espresso. Der Obstmarkt. Das bei den Touristen und Boznern beliebte Vögele. „Sehr gut. Da ist es warm.“ Den Hut platzierte er vorsichtig auf dem Stuhl neben dem seinen, den Mantel hing er über die Lehne. Das Vögele war ordentlich besucht. Er hatte den letzten freien Tisch bekommen. Die Bozner saßen hier am Samstagmorgen vor oder nach ihren Einkäufen. Manche nur auf einen Kaffee, manche, um sich auf ein Gespräch mit ihren Freunden zu treffen. Ein munteres Reden, Lachen und Scherzen. Fabio bekam seinen Espresso und schlug die Zeitung auf. Auf Seite drei gab es einen kleinen Artikel über den Toten. Fabio musste schmunzeln. Die Reporterin kannte er. Es war diese junge Frau, die er im letzten Jahr kennengelernt hatte. „Die scheint sich jetzt auf Mord und Totschlag spezialisiert zu haben“, dachte er. Inhaltlich gab der Artikel nicht viel her. Es wurde berichtet, dass die Carabinieri eine männliche Leiche aus der Passer geborgen hätten. Und dann spekulierte die junge Reporterin, dass der Leichnam möglicherweise nicht in Meran, sondern weiter flußaufwärts in die Passer gefallen sein könnte. Jedenfalls wolle die Zeitung „an dem Fall dranbleiben.“ Fabio seufzte. „Na klar. Die werden jetzt wieder jeden Tag anrufen und fragen, was es Neues gibt. Die haben ‚Saure-Gurken-Zeit‘. Da ist so ein Toter schon was Besonderes.“ Er legte die Zeitung weg und schaute auf die Uhr. Es war Zeit, zum Bahnhof zu gehen.

Der Zug hatte Verspätung.

Fabio fror trotz Mantel. Er setzte sich in die Bahnhofshalle und dachte über den Fall nach, für den der Oberstaatsanwalt aus Düsseldorf kam.

Im Dezember des vergangenen Jahres hatte es eine Einbruchserie in der Zone gegeben. Die Zone war das Industriegebiet von Bozen und lag links des Eisack. Hier hatten sich viele Firmen niedergelassen. Teils wurde produziert, teils wurde gehandelt oder nur gelagert. Hallen, Werkstätten, Produktionsanlagen – wie ein Raster waren sie angelegt. Die Straßen kreuzten in einem rechten Winkel. Die Einbruchserie hatten die Carabinieri bearbeitet. Fabio hatte es von Tommaso beiläufig gehört. Auf einem ihrer gemeinsamen Fahrten in Tommasos Auto. Diese Sache war nicht ungewöhnlich. Aber bei der wegen dieser Einbruchserie angeordneten Objektüberwachung war etwas Merkwürdiges aufgefallen. Und das hatte Fabio interessiert. Die Carabinieri fuhren damals verstärkt nachts Streife. Außerdem hatten sie einige geschützte Parkbuchten, von wo aus sie in unregelmäßigen Abständen einzelne Objekte bewachten. Eines der Objekte, das die Carabinieri beobachteten, war eine große Lagerhalle. Sie gehörte einer Import- Exportfirma. Also Warenumschlag im großen Stil. Ein lohnendes Objekt für Diebe. Es war normal, dass zu jeder Tages- und Nachtzeit große LKWs diese Lagerhallen verließen oder dort eintrafen. Es herrschte ein reges Kommen und Gehen. In der Nacht war allerdings ein deutlich geringeres Aufkommen zu beobachten. Als einer der Carabinieri bei einer der unregelmäßigen Kontrollfahrtenmit seinem Wagen an der Lagerhalle vorbeifuhr, entdeckte er einen Karton, der auf der Fahrbahn lag. Vermutlich war er von einem der LKWs gefallen. Der Karton war aufgeplatzt und der Inhalt quoll hervor. Es handelte sich um Designer-Jeans einer sehr bekannten italienischen Marke. Das Stück kostete im Handel zwischen 200 und 350 Euro, je nach Ausführung. Die Aufschrift auf dem Karton deklarierte den Inhalt allerdings mit einem ganz anderen Namen. „ULK-Fashion“ stand darauf. Der Carabiniere hatte den

Karton an der Pforte des Lagers abgegeben. Aber Tags darauf hatte ein Angestellter des Lagers den Karton bei der Carabinieriwache wieder zurückgegeben. Man konnte den Karton keiner ein- oder abgehenden Lieferung zuordnen. Daher war es ausgeschlossen, dass der Karton von einem der LKWs gefallen war, die in diesem Warenlager abgefertigt worden waren. Diese Geschichte hatte Tommaso seinem Freund Fabio erzählt, als sie nach Dienstschluss gemeinsam von Bozen nach Tisens fuhren. Fabio witterte dahinter gleich wieder eine interessante Geschichte. Teure Markenjeans, verpackt in einem Karton mit dem Logo eines vergleichsweise billigen Labels. Er fragte Tommaso, was die Carabinieri zu tun gedachten. Tommaso meinte, dass sie wegen des Kartons vorerst nichts unternehmen würden. Auch ihm war der Gedanke gekommen, dass Markenfälschung dahinterstcken könnte. Aber er hatte damit gar keine Erfahrung. Und außerdem war das nach seiner Einschätzung eher Aufgabe der Guardia di Finanza, der Finanz-und Zollpolizei. Fabio fragte, ob er diese einschalten wollte. Aber wie es schien, hatte Tommaso dazu keine rechte Lust.

„Du weißt doch, wie das ist. Das gibt nur Arbeit. Ich habe keine Lust, mich mit der Finanzpolizei abzustimmen. Wir machen unseren Job, die machen ihren Job. Am Ende sind die schon längst an der Sache dran und dann wirkt es so, als wollten wir uns einmischen."

So war Tommaso eben. Ein wenig stur. Ein wenig dickköpfig. Ein wenig eigen. Jedenfalls hatte er den Karton einfach in ein Fundbüro bringen lassen. Fertig.

Fabio hatte aber gerade nicht viel Interessantes zu tun und so beschäftigte er sich mit den beiden Markennamen. Unter dem Markennamen „ULK-Fashion" wurden verschiedene Arten von Billigtextilien vertrieben. Man konnte sie in Billigketten überall in Europa erwerben und auf den Wochenmärkten, wie es sie noch viele in Italien gab. Die Designer-Jeans, die im bewussten Karton von „ULK-Fashion" verpackt waren, gehörten zu einer Marke, die Lifestyleprodukte vertrieb. Vor allem Jeans und jede Menge Accessoires, wie Mützen, Hüte, Gürtel, Sonnenbrillen.

Irgendwo in der Zone wurde also Markenware falsch verpackt oder auch umgeschlagen. War das ein Hinweis auf Produktpiraterie? Gab es in der Zone einen Umschlagplatz? Wenn ja, wo? Fabios Interesse war geweckt. Mehr noch. Seine Leidenschaft gehörte der Verfolgung von Wirtschaftskriminellen. Diejenigen, die andere betrogen, die Subventionen erschwindelten, die Steuern hinterzogen, den Staat und seine Bürger ausnutzten, selber nichts gaben und dann noch als „Stützen der Gesellschaft“ auftraten. Als er Tommaso seine Überlegungen mitteilte, stöhnte dieser leise auf.

„Hätte ich dir besser nichts davon erzählt. Jetzt willst du bestimmt wieder alles haben, was ich darüber weiß, richtig?“ Fabio nickte und schaute Tommaso belustigt an. Sie saßen wieder zusammen in Tommasos Auto und tuckerten über die MEBO. Auf der Schnellstraße war viel Verkehr und es ging nicht so schnell voran wie normalerweise.

„Es ist doch so. Ihr habt einen Zufallsfund gemacht. Deine Carabinieri wollen sich damit nicht beschäftigen. Und du hast keine Lust, mit der Finanzpolizei zusammenzuarbeiten. Und ich habe gerade Kapazitäten frei. Eigentlich langweile ich mich sogar ein bisschen. Und ehrlich gesagt, einen Mörder zu jagen, wie letztes Jahr, wird hier in der Gegend wohl nicht so häufig wieder vorkommen. Also, warum gönnst du mir nicht, dass ich mich mit meinen Hobbythemen beschäftige? Vielleicht finden wir hier in Bozen das Zentrum eines international operierenden Fälschersyndikats.“ Bei diesen Worten grinste Fabio über das ganze Gesicht. Er übertrieb. Tommaso durchschaute das sofort. „Klar, wir finden einen dusseligen Karton und du enttarnst ein weltweites Kartell der Produktpiraten.“ Er brummte: „Eine Nummer kleiner geht bei dir nicht, oder?“

Beide mussten jetzt lachen.

„Aber im Ernst, ich möchte da gerne ein bisschen drin herumstochern. Du hast doch nichts dagegen?“

Und so kam es, dass von Dezember an die Carabinieri bei ihren Überwachungs- und Beobachtungsaufgaben auch immer ein Auge auf verdächtigte Lastwagen hatten. Und tatsächlich wurde

Mitte Januar gemeldet, dass man einen Lastwagen mit der Aufschrift „ULK-Fashion“ gesichtet habe. Er sei in ein Gelände am Rande der Zone eingebogen.

Fabio hatte sich das Gelände daraufhin von außen angesehen. Es war schäbig. Hohe rostige Zäune schlossen es ein. Buschwerk und niedrig wachsendes Unkraut fristeten ihr kümmerliches Dasein vor und hinter dem Zaun. Kein repräsentatives Gebäude, sondern eine große heruntergekommene Lagerhalle war zu sehen. Dahinter noch einige Gebäude, die an Büros erinnerten. Einige Container, sonst nichts. Ein Schild hing schräg neben dem Tor, das lediglich mit einer Kette gesichert war. Das Schild war ausgebleicht, verbeult, und der Text war kaum zu entziffern. „Keine gute Visitenkarte“, dachte Fabio. Bewegungen waren keine auszumachen.

Er fragte Tommaso, ob er herausfinden könne, wem das Gelände gehörte. Der hatte geseufzt und versprochen sich darum zu kümmern. Einige Tage später überreichte Tommaso ihm wortlos einen Zettel.

„Salvatore D´Amigo, Groß- und Einzelhandel“, stand darauf. Das war alles. „Und was wissen wir über diesen Herren?“ Caruso schaute Fabio an. Sie saßen wie jeden Morgen in Tommasos Wagen und fuhren nach Bozen. Der Blick sprach Bände. Tommaso hatte keine Lust, sich mit diesen Dingen zu beschäftigen. Er hatte genug Arbeit. Die Diebstahlserie in der Zone war noch nicht aufgeklärt. Seine Leute hatten bisher nichts Greifbares. Immer kamen sie zu spät. Es schien, als wüssten die Täter, wann die Streifen unterwegs waren. Außerdem gab es in Bozen Ärger mit dem illegalen Straßenstrich. „Fabio“, mit einem tiefen Ton sprach er den Namen aus, „Fabio, es ist doch schön, wenn bei dir gerade nicht viel los ist. Genieße doch einfach die Zeit und widme dich Elisabeth. Was jagst du diesen Textilien hinterher? Ein Karton. Mehr haben wir nicht. Der war vielleicht falsch verpackt. Und niemand will ihn abholen. Also, was soll das?“ Sie schwiegen. Tommaso war im Moment überarbeitet. Seit seiner

Versetzung in die Hauptwache und seiner Beförderung hatte er einige neue Aufgaben übernommen. Viel neue Verantwortung für das Personal und eine Menge Fälle. Manchmal, so schien es, vermisste er das geruhsame Leben, das er als Maresciallo auf dem Land gehabt hatte.

Fabio räusperte sich: „Ja, vielleicht hast du ja recht." Er machte eine Pause. „Aber ich stochere gerne in solchen Geschichten. Weißt du, es ist mehr so ein Bauchgefühl, das mir sagt, Stochern lohnt. Und bisher, das musst du zugeben, hat es mich nie betrogen."

Tommaso brummte etwas vor sich hin. Dann deutlicher: „Dieser Salvatore, der ist kein Unbekannter. Ist aber ein kleines Licht. War früher Lastwagenfahrer. Hat dann eine kleine Spedition aufgemacht. Hat sich so durchgeschlagen. Das Übliche, Überschreiten der Lenkzeiten, abgefahrene Reifen, kaputte Bremsen. Einmal hatten wir ihn wegen Schmuggels hochgenommen. Er konnte aber nachweisen, dass er keine Ahnung hatte, was er fuhr. Die Papiere waren gefälscht. Er war nur der Frächter. Das war es. Mehr haben wir nicht über ihn. Ihm gehört dieses Gelände seit drei Jahren. Was er dort genau macht, weiß ich nicht. In den Papieren steht nur Groß- und Einzelhandel. Ansonsten unauffällig."

Fabio war zufrieden. Fürs Erste jedenfalls. Nach einem großen Fall sah das wirklich nicht aus. Aber er wollte noch einen Versuch starten.

Er telefonierte mit der Geschäftsleitung der Firma, die diese teuren Designerjeans vertrieben. Dort war man zunächst unangenehm berührt. Schließlich sprach er mit dem Justiziar. Der Mann war zugänglich. Er gestatte Fabio einen Einblick in die Vertriebsstrukturen. „Wir produzieren unsere Textilien schon lange nicht mehr in Italien. Wie die meisten Modehäuser lassen wir in Ländern produzieren, in denen das Lohnniveau und die Lohnnebenkosten nicht so hoch sind. Und natürlich gibt es immer wieder Fälle von Produktpiraterie. Wir kontrollieren unsere Vertragspartner zwar streng, aber niemand in der Branche kann ausschließen, dass die eine „vierte Schicht" fahren, also eine Überproduktion, die sie über andere Kanäle vertreiben. Und diese Textilien finden dann über so manchen Umweg ihren Weg nach Italien und werden hier über Boutiquen oder über das Internet angeboten. So mancher Sonderposten, der zu deutlich reduzierten Preisen angeboten wird, stammt aus solchen Vertriebswegen. Das alles macht uns großen Kummer, denn wir haben die Entwicklungskosten, die Kosten der Markenpflege." Der Mann sicherte Fabio seine Unterstützung zu und sie vereinbarten, dass man ihm einige der Jeans schicken würde, die sich in dem Karton befunden hatten. So geschah es. Der Karton wurde vom Fundbüro abgeholt und Fabio ließ ihn samt Inhalt in der Questura einlagern. Anfang Januar meldete sich der Justiziar wieder bei Fabio und teilte mit, dass das Labor der Firma sicher sei, dass diese Jeans in einer der Fabriken in der Türkei produziert worden seien, die für die Marke arbeiteten. Doch wie kam diese Markenjeans in eine Verpackung für Billigtextilien? Und wieso fiel so ein Karton in der Industriezone in Bozen von einem LKW? Und was hatte Salvatores Lager damit zu tun, in das immerhin einmal ein LKW der Billigfirma hineingefahren war? War Bozen ein Umschlagplatz für Plagiate? Fabio ordnete daraufhin eine Observation von Salvatores Lager an. Eine Woche lang wurden alle Fahrzeuge registriert, die auf das Gelände fuhren und es verließen. Es war ein reger Verkehr festzustellen. Besonders nachts. Das war nicht ungewöhnlich, denn in der Industriezone wurde Tag und Nacht angeliefert. Bei der Auswertung der Listen war dann aufgefallen, dass LKWs mit dem Aufdruck „UKL-Fashion" nur drei Stunden, nachdem sie auf das Gelände gefahren waren, wieder herausfuhren. Alle anderen blieben länger. Die LKWs kamen aus Deutschland und hatten ein Düsseldorfer Kennzeichen.

Fabio hatte seinen Onkel in München angerufen. Der war ein hoher Polizeibeamter im bayerischen Innenministerium. Der ranghöchste Beamte für die Polizei in München. Er half Fabio. Das durfte niemand erfahren – niemals. Und von ihm erfuhr er, auf wen die LKWs mit dem Düsseldorfer Kennzeichen zugelassen waren. Ein gewisser Uwe Ludwig Kapplingdorf. Der betrieb ein Import-Export-Geschäft in Düsseldorf, unter seinen Initialen ULK. Mehr wusste Fabios Onkel auch nicht. Der Polizeicomputer kannte den Mann nicht.

Und dann gab es diese Entdeckung.

Einer von Fabios Assistenten hatte den Karton in die Asservatenkammer gebracht und ihn durchsucht. War wohl aus Gewohnheit geschehen, denn es deutete nichts darauf hin, dass etwas anderes als weitere Jeans darin waren.

Er fand zwischen den Lagen ein mit braunem Papier umwickeltes Paket. Der Chef der Asservatenkammer informierte daraufhin die Sprengstoffspezialisten, die einen speziell auf Sprengstoffgeruch abgerichteten Hund daran riechen ließen. Dieser zeigte jedoch keine Reaktion. Daraufhin wurde das Päckchen in der Asservatenkammer geöffnet.

Heraus kamen ein Dutzend Arzneimittelpackungen, die Schlankheitspillen enthielten. Wie sich bei der Untersuchung herausstellte, waren es Plagiate mit teils gefährlichen Inhaltsstoffen. Sie enthielten eine hohe Konzentration verbotener Arzneistoffe wie des Appetitzüglers Sibutramin und des abführend wirkenden Phenolphthaleins. Bei Einnahme konnten Probleme mit den Herzen auftreten.

Fabio bekam den Bericht mit dem Hinweis auf den Tisch, dass die Staatsanwaltschaft Bozen seit rund einem Jahr in ähnlich gelagerten Fällen ermittelte. Dabei ging es um den Tod einiger junger Männer, die vermutlich wegen der Einnahme von Anabolika gestorben waren. Die Staatsanwaltschaft Bozen hatte Erkenntnisse, dass sich die Männer auf dem grauen Markt mit Muskelpräparaten versorgt hatten. Was sie alles geschluckt hatte, ließ sich nicht mehr ermitteln, aber es gab Hinweise, dass es einen schwunghaften Handel mit „Wundermitteln“ gab.

Fabio nahm daraufhin Kontakt zur Staatsanwaltschaft auf und berichtete von dem Fund. Und dabei hatte er anscheinend nicht nur deren Interesse geweckt, denn anders konnte man sich den Besuch aus Deutschland nicht erklären. Die waren in Düsseldorf offensichtlich an derselben Sache dran. Ob die Sache doch größere Dimensionen hatte? Wieso informierte die Bozner Staatsanwaltschaft jemanden aus Düsseldorf? Wie kamen die zusammen?

Sechs

Hagen Bös genoss die Reise. Er war in der Nacht in Düsseldorf in den Zug gestiegen, hatte gut geschlafen und gut gefrühstückt. Es kam nicht oft vor, dass er eine solche Dienstreise machen konnte. Der Alltag in der Düsseldorfer Staatsanwaltschaft war selten spannend. Die Akten türmten sich, die Fälle wurden eher mehr als weniger. Und sie wurden immer komplizierter. Bös war Spezialist für Wirtschaftskriminalität und hatte es mit komplexen Sachverhalten zu tun. Die Täter waren geschickt, wenn es darum ging, das Geflecht ihrer Beziehungen und Handelswege zu tarnen. Da gab es Scheinfirmen, regelrechte Geldwaschanlagen, Warenwege, die kaum nachzuvollziehen waren. Gefälschte Lieferscheine, gefälschte Rechnungen, sogar erfundene LKWs, die gar nicht fuhren, weil es sie nicht gab – aber auf dem Papier für regen Umsatz sorgten. Eines dieser dreisten Geschäfte war das Tricksen mit der deutschen Kaffeesteuer. Auf jedes Pfund Kaffee erhob der deutsche Staat genau 1,09 Euro Kaffeesteuer. Wenn jetzt ein Händler einen LKW mit Kaffee aus Deutschland auslieferte, dann wurde ihm die Kaffeesteuer erstattet. Gelang es ihm, den Kaffee wieder illegal ins Land zurückzuholen, konnte er ihn billigst verkaufen. Und verdiente dabei doppelt. Besonders dreist war es, wenn er den Kaffee nur auf dem Papier ins Ausland lieferte, also gar keine LKWs fuhren. Das war kompliziert und vor den Zollbeamten schwierig zu verbergen. Aber es gelang. Das war dann eine Lizenz zum Gelddrucken. Dazu brauchte der Täter eine gute Logistik und einige Scheinfirmen, die er allesamt dominierte. Solchen Typen das Handwerk zu legen war nicht leicht, aber Bös war darin sehr erfolgreich.

Seit einigen Monaten beschäftigte er sich mit einem besonderen Fall. Ein Lager im Düsseldorfer Industriegebiet hatte das Interesse der Strafverfolger geweckt. Man verdächtigte den Eigentümer, dass er mit gefälschten Textilien aus Fernost Handel trieb. Dabei war er nicht sehr originell vorgegangen. Er nutzte ganz gewöhnliche Handelswege, die leicht nachzuvollziehen waren.

Der Zollbehörde war aufgefallen, dass es bei ihm Unstimmigkeiten gab. Als sich die Hinweise verdichteten, hatte man bei ihm eine Razzia durchgeführt. Neben dem erwarteten Fund von gefälschten Textilien hatte man bei ihm auch große Mengen an gefälschten Anabolika, Schlankheitsmitteln und Potenzpillen gefunden. Aber das war es auch schon. Der Mann war geständig, was die gefälschten Textilien anging, aber von den gefälschten Pillen, die zwischen den Textilien versteckt gewesen waren, hatte er offensichtlich keine Ahnung. Die Handelswege der Textilien konnten zum Teil nachvollzogen werden. Die Fabrikationsorte lagen in der Türkei, in Rumänien und Bulgarien. Wie und wann die Pillen auf dem Weg quer durch Europa in die Kartons gelangt waren, war nicht festzustellen.

Bös war wegen dieser und anderer Fälle Mitglied einer Arbeitsgruppe von Europol in Den Haag. Er genoss diese Sitzungen immer sehr. Man traf interessante Kollegen aus anderen Ländern und das Essen im nahen Belgien war köstlich. Bei einer dieser Gelegenheiten hatte ihm sein italienischer Kollege, Dottore Infedele, von einem interessanten Fund in Bozen berichtet, der Ähnlichkeiten mit dem Düsseldorfer Fund hatte. Außerdem ermittelte der Kollege wegen mehrerer Todesfälle, bei denen von der Einnahme von möglicherweise gefälschten Anabolika auszugehen war. Bös beschloss daher sich von diesem Fall vor Ort ein Bild zu machen. Denn ein Zusammenhang schien möglich.

Hagen Bös wollte sich etwas gönnen. Deshalb fuhr er auch schon Freitagnacht, um das Wochenende in Bozen zu verbringen. Er hatte sich schlaugelesen. Laubengasse, Waltherplatz, Obstmarkt, Ötzi-Museum – er wollte das volle Programm. Jetzt hatte die Questura ihm aber einen „Gästebetreuer" zur Seite gestellt. Was mochte das für ein Vogel sein? Sollte es ein Langeweiler sein, dann wollte er ihn ganz schnell abwimmeln.

Der Zug hatte Verspätung. Aber die Fahrt über den Brenner war ein Erlebnis. Bös kannte die Berge. Er fuhr immer abwechselnd nach Südtirol oder nach Norderney. Seeluft, Sonne und Fisch oder Bergluft, Eigenbrand und Schüttelbrot. Auf Norderney fuhr er mit dem Rad, in Südtirol spazierte er die Waalwege entlang. Anstrengendere Bergtouren waren nicht sein Ding. Bös war fast fünfzig und sportlich betätigte er sich einmal die Woche beim Badminton. Das reichte ihm für den Erhalt der Gelenkigkeit. Ansonsten war er die Gemütlichkeit in Person. Ruhig und bedacht ging er durchs Leben, erledigte er seine Arbeit. Ein wenig beneidete er seinen Kollegen aus Italien. Ein italienischer Staatsanwalt, ja der galt was! Und wie die aussahen. Die Robe geschmückt mit Schnüren und Troddeln. Dagegen wirkten die deutschen Staatsanwälte eher bescheiden. Ein bisschen Samt auf den Schultern der Robe, das war es an „Schmuck“. Und selbst als Oberstaatsanwalt war man in einer Großstadt wie Düsseldorf nur einer von vielen. Wenn man es nicht bis zum Leitenden Oberstaatsanwalt gebracht hatte, wurde man nicht wahrgenommen. Und selbst in dieser Position hielten sich die meisten Behördenchefs zurück. Nur nicht auffallen, war die Devise in Deutschland. Aber die Italiener, die hatten den Bogen raus! Ja, die wurden mit vollem Namen und mit tollen Fotos in den Zeitungen abgebildet. Dottore Infedele hatte es ihm gezeigt, wie sie über ihn berichtet hatten. In den Tageszeitungen Südtirols. Das war in Düsseldorf nicht denkbar. Da wurde man für so etwas höchstens kritisiert.

Mit diesen Gedanken im Kopf saß Hagen Bös im Zug, als er in Bozen einfuhr.

Sieben

Francesca hatte einen anstrengenden Freitag hinter sich. Erschöpft ließ sie sich auf ihrem Küchenstuhl nieder und streckte die Beine aus. Die schäbige Wohnung, die man ihr zur Verfügung gestellt hatte, verfügte über genau einen Küchenstuhl. Sie starrte die Wand an. „Was mache ich jetzt?“, überlegte sie. Es war spät geworden. Gegessen hatte sie noch nichts. Aber sie hatte auch keinen Appetit. „Soll ich Fabio Bescheid geben? Oder bis Montag damit warten? Er hat mir den Fall fürs Erste übertragen. Also wird er mich gewähren lassen und nicht böse sein, wenn ich ihn erst am Montag informiere. Der Fall ist heikel. Was, wenn der Mörder sich ein weiteres Opfer sucht? Wenn es keine Beziehungstat war? Was ist zu veranlassen?“ Francesca stand auf und massierte sich die Schläfen. „Ich kann kaum noch klar denken.“ Sie machte sich einige Notizen und ging dann schlafen. Sie schlief unruhig.

Acht

„Ein Mann mit Hut und einer Zeitung unter dem Arm", erinnerte sich Bös. Das hatte ihm eine Frau aus der Questura am Telefon gesagt. Der sollte ihn abholen. „Ist ja fast wie in einem Krimi", grinste er, als der Zug auf den Bahnsteig ausrollte und zum Stehen kam. Bös packte seinen kleinen Koffer und stieg aus.

Fabio sah den Zug einfahren. „Woran erkennt man einen deutschen Oberstaatsanwalt?", fragte er sich. Er versuchte sich zu erinnern, denn in Deutschland hatte er während seiner Studienzeit einmal eine Strafverhandlung besucht. Ein vages Bild stieg in ihm hoch. Da war ein eher lustlos agierender Mann, der offensichtlich keine Ahnung hatte, was in der Akte stand. Es ging um Kleinkram. Fünf oder sechs Fälle hintereinander. Egal, was der Staatsanwalt beantragt hatte, der Richter entschied jedes Mal ganz anders. Freispruch, wenn der Staatsanwalt eine Haftstrafe forderte oder aber eine viel höhere Strafe, als der Staatsanwalt beantragt hatte. Der Staatsanwalt kramte nach der Sitzung seine Sachen zusammen und ging schlecht gelaunt aus dem Sitzungssaal. Der Richter war vorher in seinem Beratungszimmer verschwunden. Fabio hatte damals mit einem der Verteidiger gesprochen. Der hatte ihm erklärt, dass Staatsanwälte nur selten die Sachen in den Sitzungen vertraten, die sie selber bearbeiteten. Gerade in den kleinen Sachen schickte die Staatsanwaltschaft einen Sitzungsvertreter, der lediglich das Strafmaß beantragte, das man ihm aufgeschrieben hatte. Sie kannten die Fälle gar nicht, oder jedenfalls nicht besonders gut. Das war das Bild, das Fabio hatte.

Hagen Bös hielt Ausschau nach dem Hut. Da waren mehrere Männer, die in Frage kamen. „Hat einer eine Zeitung unter dem Arm?" Dann sah er ihn. „Das muss er sein. Deutlich jünger als ich." Ein höherer Polizeibeamter, so hatte man ihm gesagt. „Sieht modisch aus. Italiener eben. Schicker Mantel. Elegant irgendwie". Die Kollegen, die er von der Düsseldorfer Polizei kannte, sahen nicht so modisch aus. „Dann sind hier nicht nur die Staatsanwälte schicker als in Deutschland.“, dachte Bös und ging auf den Mann zu.

Fabio beobachtete die Reisenden, die aus dem Zug stiegen. Einer sah sich nach allen Seiten um. „Das wird er sein. Älter als ich. Wenig Haare, sehr wenig Haare, fast eine Glatze. Dunkelgrauer Mantel. Zugeknöpft bis auf den Knopf in der Mitte.“ Unter dem Mantelkragen sah Fabio den Kragen eines Polohemdes und einen bunten Pullover. „Sommerhemd unter Wintermantel“, dachte er. „Sehen deutsche Staatsanwälte so aus? Kein Anzug? Freizeithemd?“ Er setzte sein Begrüßungslächeln auf, als Hagen Bös auf ihn zukam.

„Sie sind bestimmt Commissario Fameo?“ Dabei streckte er ihm die Hand entgegen. Fabio ergriff sie. „Oberstaatsanwalt Bös? Sehr angenehm.“ Der Händedruck war kräftig. Bös lächelte und sah Fabio interessiert an. „Man hat Sie dazu verdonnert, sich um mich zu kümmern, nehme ich an. Haben Sie denn überhaupt Zeit für mich? Ich habe doch erst am Montag den Besprechungstermin.“

Fabio war erstaunt. Wie es schien, war der Fremde sensibel. Er räusperte sich: „Nun ja, mein Chef hat mich gebeten, mich ein wenig um Sie zu kümmern. Sie sind ja schließlich unser Gast. Und wir bekommen nicht oft Besuch von einem deutschen Oberstaatsanwalt.“ Er musterte Bös. Der sah sich interessiert um, hörte aber konzentriert zu und wandte sich sofort wieder Fabio zu.

„Ach wissen Sie, für mich ist das eine willkommene Gelegenheit, dem Trott zu entkommen. Deshalb bin ich auch schon am Wochenende angereist.“ Und dann völlig unvermittelt: „Haben Sie Familie?“ Fabio war etwas verdutzt. Bös schaute ihn interessiert an und fuhr auch gleich fort: „Wenn Sie Familie haben, dann sollten Sie ihre Zeit nicht mit mir vergeuden. Ich bin dankbar, wenn Sie mir zeigen, wo ich wohnen werde, und mir vielleicht noch ein paar Tipps geben, wo ich lecker essen kann." Er machte eine kurze Pause. „Es sei denn, Sie wollen mit mir auf die Rolle gehen. Dann bin ich natürlich dabei."

„Auf die ‚Rolle gehen'? Was bedeutet das?"

„Das sagt man bei uns, wenn man um die Häuser zieht, wenn man einen drauf macht." Bös lachte: „Das kennen Sie sicher auch." Hagen Bös wirkte entspannt. Fabio spürte, dass dieser Mann ihm keine Mühe machen wollte.

„Ich schlage vor, dass ich Sie zum Hotel bringe und wir dann etwas essen gehen. Dann können wir besprechen, was wir mit dem Rest der Zeit anfangen."

Bös nickte und griff nach seinem kleinen Koffer: „Machen wir mein Lieber, machen wir. Ich folge ihnen."

Fabio ging voraus. Bös zog seinen Koffer hinter sich her. Die Wolken hatten ein wenig Sonne durchgelassen und der Bahnhofsvorplatz reflektierte das Licht.

Das „Figl" war ein kleines Hotel in einem historischen Gebäude mitten in der Altstadt von Bozen. Die rot-braune Fassade leuchtete ihnen im schwachen Sonnenlicht entgegen und Bös war entzückt. „Na, das ist aber wirklich schön hier!", rief er aus, als er sich auf dem Kornplatz umdrehte und die Umgebung betrachtete. „Sie haben es wirklich nett hier." Sprach´s und verschwand mit seinem Koffer im Hotel.

„Die deutschen Staatsanwälte sind so ganz anders als die italienischen", überlegte Fabio. nachdem Bös auf sein Zimmer gegangen war, um das Gepäck unterzubringen. „Er wirkt locker, beschwingt, gut drauf. Er hat eine gewisse Ähnlichkeit mit Tommaso", stellte Fabio fest. „Die Garderobe ist etwas nachlässig, aber sein Auftreten bestimmt und selbstsicher. Er ist ein bisschen kleiner als Tommaso und nicht so athletisch. Aber er hat fast so wenig Haare wie er. Die Augen sind munter und neugierig. Und er spricht mit einem komischen Akzent. Das klingt ein wenig so, als würde er singen. Er verbindet die Silben auf eine besondere Weise, so, als hätten die Wörter keinen Anfang und kein Ende." Über diese Betrachtungen war Bös schon wieder in der Rezeption angekommen. Er wirkte unternehmungslustig. „Ich habe einen Mordshunger. Und was ist mit Ihnen? Kommen Sie", fuhr er ungebremst fort, „ich lade Sie zum Essen ein. Aber Sie müssen mir sagen, wo, ich kenne mich ja noch nicht aus." Fabio war ein wenig überrumpelt. Er konnte nicht einschätzen, was er seinem Gast zumuten konnte. „Besser ich wähle kein so teures Lokal", dachte er.

Fabio führte den Gast durch die Laubengasse und dieser kam aus dem Staunen nicht heraus. „Das ist aber schön hier. Und so viele kleine Geschäfte. Da finde ich bestimmt auch ein Uhrengeschäft."

„Uhrengeschäft?"

„Ja, ich sammle Uhren und in jeder Stadt, in der ich bin, klappere ich die Uhrengeschäfte ab. Macht Spaß. Interessieren Sie sich für Uhren?"

„Uhren? Nein, eher nicht."

Bös drehte sich zu ihm um und griff nach Fabios linker Hand. „Sie entschuldigen." Er musterte die Uhr, die Fabio am Handgelenk trug.

„Ah, eine Lorenz! Italienische Marke. Das Modell Teatro! Bürgerliches Fabrikat, aber", er machte eine Kunstpause, „sehr ordentlich, wirklich sehr ordentlich. Ein solides Modell."

Fabio war amüsiert. „Sie kennen sich aber aus!"

„Ein wenig. Ja, ein wenig kenne ich mich aus. Uhren sind meine Leidenschaft." Dabei blickte er verschmitzt die Ladengasse entlang. Sie überquerten den Obstmarkt. Bös konnte es nicht fassen. „Im Februar so eine Auswahl! Wie toll. All diese Farben!"

Fabio war froh, dass sein Ziel nicht mehr weit war. Er wollte in die „Weiße Traube", ein kleines Restaurant, das man von der Museumsstraße aus erreichte. Es lag in einem Hinterhof und nur ein bunt bemalter Reiter zeigte den Weg. Man konnte leicht daran vorbeilaufen. Fabio wusste, dass er hier gut gemachte Nudelgerichte bekam und frischen Fisch. Die Einrichtung war einfach, aber der Service immer sehr aufmerksam.

Hagen Bös war offensichtlich zufrieden mit seiner Wahl. Er bestellte Vorspeise, Hauptgang und für sich noch einen Nachtisch. Fabio musste passen. Bös war großzügig. „Der will vor allem Spaß", dachte Fabio. Bös war ein angenehmer Gesprächspartner. Nach der Vorspeise hatte er ihm so ganz nebenbei erklärt, woran man bei Markenuhren erkennen konnte, ob es sich um eine Fälschung handelte. „Sie erkennen es unter anderem daran, dass das Band scharfkantig ist. Und an den Spaltmaßen. Das sind die Kriterien, die für mich jede Fälschung enttarnen. Denn die Bänder geschmeidig zu machen ist mit viel Aufwand verbunden, den die meisten Fälscher scheuen."

Bös war ein Experte, wenn es um Uhren ging. Er sammelte aus Leidenschaft – besonders Junghans-Uhren aus Deutschland. Er kannte jede Kollektion und konnte sie bis ins Detail beschreiben. Fabio schwirrte der Kopf bei diesen vielen Detailinformationen. Und so ganz allmählich, es war nach dem Hauptgang, kam Bös auf sein Spezialgebiet zu sprechen und die Fälle, wegen der er hier war.

„Ich bin da in Düsseldorf einer großen Sache auf der Spur. Aber mir fehlen noch konkrete Beweise. Ich kann noch nicht zuschlagen. Aber wir sind nah dran, das spüre ich. Und Ihr Fund könnte mir einen weiteren Hinweis liefern. Deshalb bin ich hier."

Neun

Francesca hatte unruhig geschlafen. Sie hatte sich den Wecker auf acht Uhr gestellt. Sie hatte noch einen wichtigen Termin. Möglicherweise zwei Termine. Je nachdem. Sie ging den Freitagnachmittag noch einmal in Gedanken durch.

Dr. Phillipi hatte sich gefreut, als sie ihm bei der Leichenschau zusehen wollte. Und da seine Assistenten alle in Urlaub waren, hatte er sie gefragt, ob sie ihm helfen wollte. Francesca hatte nicht gezögert, sondern sich sogar gefreut. Sie interessierte sich für die Arbeit der Pathologen. Sie lernte gerne dazu und eine Wasserleiche hatte sie noch nie zuvor gesehen. Übel wurde ihr dabei nicht. Sie empfand auch keinen Ekel.

Dr. Phillipi hatte die Leiche bereits entkleidet und den Anzug vorher genau untersucht. „Dieser Anzug wird uns die Identität des Toten verraten", hatte er geheimnisvoll gesagt. Francescas Fragezeichen stand sofort im Raum. Doch ehe sie fragen konnte, hatte er ihr das eingenähte Etikett gezeigt. „Fellinis Maßatelier, Meran" hatte sie gelesen. Dottore Phillipi zog die Luft durch die Zähne. „Maßanfertigung. Fellini. Mindestens 3.000 Euro. Je nach Stoff gibt es nach oben kaum Grenzen. Geht auch schnell auf 5.000 bis 8.000 Euro."

Er seufzte. „Kann ich mir leider nicht leisten. Aber dieser Mann konnte es." Damit wandte er sich der Leiche zu. Er war wieder ganz der Fachmann, wie Francesca ihn kannte. Auf der Polizeiakademie hatte er den jungen Kadetten Vorlesungen gehalten und sie hatten an seine Lippen gehangen. „Was sehen sie?" Francesca nagte an der Unterlippe. Der Tote war sehr schlank. Fast hager. Leptosomer Typ. Kein Gramm Fett am Körper. Ausdifferenzierte Muskeln. Kantiges Gesicht. Alter: schwer zu schätzen. 40 bis 50 vielleicht? Er trug keine Ringe an den Fingern. Keine besonderen Merkmale wie Narben oder Tätowierungen. Sie betrachtete sein Gesicht. Die leeren Augenhöhlen irritierten sie. Die Höhlen waren sauber ausgearbeitet. Die Augen schienen gründlich entfernt worden zu sein. Sicher, da waren noch Gewebereste, aber irgendwie sah das nach einem Eingriff und nicht nach Zufall aus. Ihr Blick wanderte tiefer auf den Hals. Da war eine Delle in Höhe des Kehlkopfes. Eine leichte Delle. Sie blieb mit der Nase darüber stehen und betrachtete die Delle genauer. Da hörte sie Dottore Phillipi sagen: „Genau die Stelle meine ich. Sie haben Sie gefunden! Was meinen sie?“ Phillipi schaute sie erwartungsvoll an. „So wie ein Lehrer, der sich freut, dass es seine Schülerin schafft, eine schwierige Aufgabe mit seiner Hilfe zu lösen“, dachte Francesca.

„Diese Delle ist komisch. Kann es sein, dass der Kehlkopf verletzt ist?“

„Sehr gut! Ja, das kann es heißen. Wir werden das untersuchen. Aber was bedeutet ein verletzter Kehlkopf?“

Das war Francesca völlig klar. Sie hatte jahrelang Kampfsport betrieben und wusste, dass ein Schlag auf den Kehlkopf eine sichere Art war, einen Gegner auszuschalten, und zwar endgültig. „Wenn der Kehlkopf gebrochen ist, dann ist der Mann erstickt. Qualvoll.“ Sie dachte laut weiter: „Und dann haben wir es möglicherweise mit Mord oder Totschlag zu tun.“

Dottore Phillipi nickte: „Genau das vermute ich auch. Wir untersuchen zunächst die Lunge. Wenn wir kein Wasser darin finden, dann ist der Mann nicht ertrunken, sondern war bereits tot, als er ins Wasser gelangte. Dann untersuchen wir den Kehlkopf. Ich bin sicher, dass er durch einen Schlag gegen den Kehlkopf getötet worden ist. Handkante oder Stock. Wir müssen das Verletzungsmuster studieren und vielleicht finden wir Anhaftungen am Gewebe.“

Dr. Phillipi ging an die Arbeit. Francesca assistierte. Sie arbeiteten bis spät in den Abend. Dann stand das Ergebnis fest.

„Dem Mann ist der Kehlkopf eingeschlagen worden. Es muss ein heftiger Schlag gewesen sein. Anhaftungen haben wir keine gefunden, aber wir machen sicherheitshalber noch einige feingewebliche Untersuchungen. Durch die Verweildauer im Wasser sind viele Spuren unbrauchbar. Der Mann ist ganz sicher erstickt. Wasser war keines in der Lunge. Er muss schon tot gewesen sein, als man ihn in die Passer stieß. Die Augen sind ihm regelrecht rausgeschnitten worden. Es gibt Spuren von Messerschnitten am Knochen. Die Frage, ob man ihm die Augen herausgeschnitten hat, bevor man ihn mit einem schnellen harten Schlag auf den Kehlkopf tötete, kann man nicht abschließend beantworten. Es ist aber zu vermuten, dass er zuerst getötet worden ist und man ihm dann die Augen herausgeschnitten hat. Denn es gibt keine weiteren Verletzungsspuren und keine Zeichen von Gegenwehr. Und niemand lässt sich die Augen bei lebendigem Leib herausschneiden, ohne sich zu wehren. Auch Fesselungsspuren gibt es keine. Der Anzug ist völlig intakt. Nach all dem, was wir heute Abend wissen, ist der Mann mit einem schnellen harten Schlag gegen den Kehlkopf getötet worden, dann hat man ihm die Augen herausgeschnitten und ihn schließlich in die Passer geworfen. Und das vor ca. zwei Tagen."

Das waren Phillipis Worte gewesen, abends um 21.30 Uhr. Danach war Francesca erschöpft nach Hause gegangen.

Für den Samstagmorgen hatte sie sich den Besuch im Maßatelier Fellini in Meran vorgenommen. Der Schneider würde wissen, wer bei ihm diesen Anzug bestellt hatte.

Zehn

„Sie sagen, dass Sie einer großen Sache auf der Spur sind? Geht es dabei um Markenpiraterie?“ Fabio hatte sich Bös zugewandt und bemerkte, wie Bös kurz die Umgebung taxierte. Sie waren fast die einzigen Gäste. Trotzdem sagte er: „Lassen Sie mich zahlen und uns ein wenig spazieren gehen.“ Er wirkte dabei noch immer entspannt, munter und unternehmungslustig. Fabio winkte der Kellnerin und bat um die Rechnung. Bös beglich sie und gab großzügig Trinkgeld. Als Fabio sich bedanken wollte, winkte er ab. „Sie opfern hier Ihre Zeit. Ich möchte Ihnen danken.“ Beim Hinausgehen wandte er sich erneut an Fabio. „Sie haben mir meine Frage noch nicht beantwortet, ob Sie Familie haben.“

„Ich bin verheiratet. Seit knapp vier Monaten.“

Bös nickte, als ob er verstand.

„Da wird Ihre Frau aber nicht begeistert sein, wenn Sie so lange weg sind – an einem Samstag.“ Fabio schwieg, musterte Bös aber neugierig.

„Wissen Sie was?“, sagte der: „Ich habe einen Stadtführer dabei. Den habe ich auf der Fahrt hierher gelesen. Mit dem komme ich durchs Wochenende. Wir machen das jetzt so. Wir spazieren jetzt noch kurz durch die Stadt und plaudern ein wenig. Sie zeigen mir, wo ich mich am Montag einfinden muss, und dann fahren Sie nach Hause zu Ihrer Frau.“

Bös wirkte entschlossen. Dabei schien er amüsiert zu sein, weil sich Fabio offensichtlich ein wenig verlegen fühlte.

Sie schlenderten durch die Altstadt. Bös erzählte Fabio, was ihn an diesem Fall interessierte.

„Ich glaube, dass wir an derselben Sache dran sind. Als mir Dottore Infedele die Untersuchungsergebnisse der Schönheitspillen durchgegeben hat, war mir klar, dass wir denselben Typen auf der Spur sind. Denn exakt diese Zusammensetzung hat man auch bei einigen der Pillen in Düsseldorf gefunden. Und das ist kein Zufall. Die stammen aus derselben Produktion. Und jetzt erzähle ich Ihnen, was wir beobachtet haben.“ Bös schaute sich ein wenig um. Kaum merklich, eher so, als schaue er sich die

Auslagen in den Geschäften an. Fürchtete er, dass sie verfolgt würden? Hier in Bozen? Bös bemerkte Fabios Blick. Er hustete leicht.

„Alte Angewohnheit. Ich habe nicht immer diese Sorte Verbrecher verfolgt. Früher, als ich noch jung war, da hatte ich andere Vögel vor der Flinte." Bös lachte. „Aber das ist lange her." Er steuerte eine Bank an. „Setzen wir uns. Freies Feld. Da kann man den Feind kommen sehen."

Fabio runzelte die Stirn. „Wo sind wir denn hier? Was ist das für ein Typ?"

Bös schien das zu amüsieren.

„Also, die Sache ist die. Wir haben ein Warenlager hopsgenommen und jede Menge gefälschter Textilien gefunden. Der Kaufmann ist aber ein Idiot. Einfach strukturiert. Das war für uns kein großer Fund – keine große Sache. Aber zwischen den gefälschten Textilien fanden wir genau solche Päckchen, wie Sie eines hier in Bozen gefunden haben. Nicht nur Schönheitspillen, sondern auch Potenzmittel und Anabolika. Alles gefälschtes Zeug, zum Teil giftig. Unser Textilienhändler hatte davon keinen Plan. Jemand nutzte seine Vertriebsstruktur, um dieses Giftzeug zu verteilen. Wir wissen nicht, wo diese Päckchen beigemischt wurden. Und wir wissen nicht genau, wohin die Päckchen geschickt werden sollten. Die Ziele der Textilien kennen wir. Das sind Ziele in ganz Europa mit mehreren denkbaren Zwischenstationen, an denen die Päckchen umverteilt werden können. Jetzt lohnt der Aufwand nur, wenn die Menge stimmt; also wenn viele Lieferungen unterwegs sind. Und da ist ein Händler zu wenig. Es wird wahrscheinlich ein Netz von Händlern geben, das sich ausschließlich mit dem Vertrieb von gefälschter Markenkleidung beschäftigt. Möglicherweise aufgeteilt auf viele kleine Spediteure. Wenn wir einen davon hopsnehmen, bricht das System nicht auseinander. Verstehen Sie?" Fabio nickte. Aber eine Frage drängte sich ihm jetzt auf.

„Wieso machen diejenigen, die mit diesen Medikamenten handeln, sich die Mühe, bei den Textilfälschern unterzuschlüp-

fen? Ich meine, dieses Zeug kann man doch bestimmt im Internet bestellen?"
Bös nickte.

„Ja klar. Dieses Zeug, wie Schönheitspillen, Potenzmittel, Anabolika und noch viel mehr, können Sie alles im Internet bestellen. Und das passiert auch. Unser Zoll fischt täglich an den großen Flughäfen Hunderte von Kilos dieser Pillen aus der Luftfracht. Das Zeug kommt meist aus Indien oder China. Da haben wir ein Auge drauf. Das, was wir erwischen, kommt nicht beim Verbraucher an. Und der bestellt dann nicht mehr. Meine Theorie ist die, dass sich die Vögel jetzt andere Vertriebswege gesucht haben. Sie nutzen gängige Vertriebswege, wie zum Beispiel den Textilienhandel, und schlüpfen unter."
Fameo dachte nach. Klang einleuchtend. Aber da war ein Haken.

„Wenn es so ist, dann haben wir es doch mit zwei verschiedenen Verbrecherstrukturen zu tun. Den Textilhändlern und den Pillenhändlern. Wieso sollten die Textilienhändler den Pillenhändlern helfen ihr Zeug zu vertreiben? Oder sind das dieselben Vögel?"
Bös lächelte.

„Kluge Frage. Die habe ich mir auch gestellt. Aber ich habe darauf noch keine Antwort, aber eine Theorie." Er schwieg und schaute ins Leere.
Fabio wartete.

„Wir haben im Umfeld unseres kleinen Textilhändlers auffallende Typen in ungewöhnlichen Wagen beobachtet. Ganz merkwürdige Typen. Sie fahren alle stark motorisierte Wagen der Oberklasse oder schwere Motorräder. Und alle diese Fahrzeuge sind mattschwarz lackiert. Sie gingen bei unserem Händler ein und aus. Blieben aber nur kurz. Die Typen selber sehen osteuropäisch aus, rasierte Schädel, dicke Muskeln, junge Burschen, die vor Kraft kaum gehen können. Türstehertypen halt. Ich glaube, dass die das Geschäft bewachen. Und die kleinen Transporteure einschüchtern, vielleicht auch abkassieren. Unsere kleinen Spediteure sind im System nur kleine Fische. Jederzeit ersetzbar. Die wissen, dass sie Fracht umschlagen, die illegal ist. Das ist denen egal, solange die Kohle stimmt. Aber die Hintermänner, die den Textilienhandel betreiben und im großen Stil aufziehen, die sind entweder in die Hände der Pillenvögel geraten oder sind selber Pillenhändler oder werden von denen kontrolliert. Und dazu brauchen sie die schwarzen Typen."

Bös lehnte sich zurück. Er schwieg. Wie es schien, zog er sich in seine Welt der Verschwörungen und der kriminellen Verästelungen zurück.

Fabio schaute Bös von der Seite an. Dessen hartes Kinn war kühn nach vorne gereckt. Auf der Stirn zeigte sich eine dicke Ader. Die Schläfen waren bereits leicht grau. Fünfzig vielleicht? Früher hatte er andere Vögel gejagt, hatte er gesagt. Vögel, vor denen er sich heute noch in Acht nahm. Und jetzt? Wirtschaftskriminelle. Aber welche Sorte? Oder geheimniste er in ganz normale Fälle von Handel mit Fälschungen etwas hinein, das wie organisierte Kriminalität aussah? Das war Fabios besonderes Steckenpferd. Aber hier in Bozen? In Südtirol? Unmöglich war es nicht. Wie hatte der Vicequestore ihm einmal gesagt? „Ich habe bisher diese Fälle von unserem Land fernhalten können." Galt das noch immer oder hatte das organisierte Verbrechen hier Fuß gefasst?

Da kam Fabio ein Gedanke.

„Diese schwarzen Typen, wie Sie sie nennen. Wenn die so eine Art Boten der Pillenhändler sind, dann müssten die doch hier auch auftauchen?"

Bös nickte. „Wenn meine Theorie stimmt, ja."

Fabio dachte daran, das er Tommasos Carabinieri gebeten hatte alle Fahrzeuge aufzuschreiben, die bei Salvatore D´Amigo ein- und ausgefahren waren. Vielleicht existierte diese Liste noch. Oder die Carabinieri konnten sich daran erinnern, ob mattschwarze Fahrzeuge dabei gewesen waren.

„Ich werde mal prüfen lassen, ob bei uns diese schwarzen Vögel gesichtet worden sind. Vielleicht weiß ich das schon vor unserer Besprechung am Montag."

Bös nickte. „Zeigen Sie mir noch den Weg zur Questura?"

Elf

Bös hatte sich von Fabio verabschiedet, nachdem dieser ihm die Questura gezeigt hatte. „Dort treffen wir uns also am Montag", hatte Bös festgestellt, einen Stadtplan von Bozen aus der Tasche gezogen und gesagt: „Ab jetzt bin ich Tourist und stromere ein bisschen durch fremde Gassen. Mir wird schon nicht langweilig, mein Lieber!" Sprach's und entschwand gut gelaunt, wie es schien.

Fabio stand auf dem Parkplatz der Questura, wo er Elisabeths Auto geparkt hatte. Die Wolkenfelder hatten jetzt große Lücken und durch diese Lücken strömte Sonnenlicht und schaffte auf dem grauen Innenhof der Questura ein Bild aus Licht und Schatten. Die in Reih und Glied geparkten blau-weißen Polizeiautos spiegelten das Blau des Himmels und der graue Asphalt reflektierte den wolkigen Teil. Elisabeths Auto stand etwas abseits neben dem Haupteingang. Ein kleiner Polo, mit dem sie bestens zurechtkam. Auch in den Bergen. „Was soll ich mir bloß für ein Auto kaufen? Auch einen Polo?" Er schaute sich auf dem Parkplatz für die Dienstwagen um. Da standen viele Alfas. „So einen? Aber dann sieht das so aus, als hätte ich ein ziviles Dienstfahrzeug." Er schaute versonnen über die Hoffläche. Die Talfer rauschte im Hintergrund. Am Samstagnachmittag war in Bozen alles ruhig. Kaum Verkehrslärm. Und in der Questura keine Bewegung. Diejenigen, die Dienst hatten, saßen in ihren Quartieren und spielten Karten oder bewegten Akten. Was auch immer. Plötzlich wurde er von hinten angesprochen.

„Was stehst du denn so unschlüssig hier rum? Ist dein Gast auf dem Klo?" Es war Carlotta, die ihre Theaterkarten in der Schreibtischschublade vergessen hatte. „Heute schauen wir ‚Zirkus Sardam' von Daniil Charms im Meraner Stadttheater. Und ich lasse die Karten im Büro liegen, zu dumm." Carlotta war mit einem reichen Bauunternehmer liiert. Fabio hatte mitbekommen, dass Carlotta nicht ganz glücklich in dieser Beziehung war. Der

Kerl schien nicht an Heirat zu denken. Und Carlotta wurde auch nicht jünger. Sie hatte einmal eine Bemerkung gemacht, die Fabio vermuten ließ, dass Carlotta lieber Nägel mit Köpfen machen würde, aber Angst hatte, dass ihr der Bauunternehmer flöten ging, wenn sie Forderungen stellte. Sie hatte daher ein Muster entwickelt, das nach dem Prinzip „Festhalten und Weitersuchen" funktionierte. Auch er schien möglicherweise kurzzeitig in Carlottas Visier geraten zu sein. Als aber bekannt wurde, dass er eine Freundin hatte und diese auch heiraten würde, endeten die Flirtversuche und machten einer kameradschaftlichen Kollegialität Platz.

„Unser Gast hat mir frei gegeben!" Fabio erzählte Carlotta, wie sich Herr Bös ihm gegenüber gegeben hatte.

„Dann ist der doch vielleicht ganz nett", stellte Carlotta fest. Und da sie Fabio gut kannte und ahnte, dass Elisabeth wegen des Wochenenddienstes von Fabio verstimmt war, ergänzte sie: „Da kannst du ja jetzt mit deiner Elisabeth was Schönes unternehmen. Kennst du das Kallmünz?"

Fabio verneinte. Er war noch nicht einmal ein Jahr in Südtirol. Und die vergangenen Monate waren sehr erlebnisreich gewesen. Zwei dicke Fälle hatte er lösen müssen. Der erste war kurios. Mord aus Rache, die jahrelang geschlummert, sich aber doch noch ihren Weg gebahnt hatte. Drei Männer hatte der Rächer ermordet. Aber zum Schluss konnte man ihn nicht zur Rechenschaft ziehen. Dann hatte er mit einem fiesen Fall von Zwangsprostitution zu tun gehabt. Sein Chef, der Vicequestore, kannte sich mit den Hintergründen sehr gut aus. Fabio hatte das Gefühl, dass er seine schützende Hand über ihn und über das Land hielt. Das war schon ein Patriarch, dieser Vicequestore. Und so ganz nebenbei hatte Fabio in diesen wenigen Monaten seine Frau kennengelernt und geheiratet. Das war alles ein bisschen viel auf einmal. Zeit, sich im Land umzuschauen, Restaurants kennenzulernen, ins Theater zu gehen, hatte er nicht gefunden. All diese Dinge hatte er sich für später aufgehoben.

„Das Kallmünz ist ein angesagtes Restaurant in Meran.“ Ihr Gesicht hatte eine Kennermiene angenommen. „Du fährst über die Postbrücke, danach gleich rechts über den Sandplatz und dann parkst du direkt vor dem Restaurant. Es liegt direkt neben dem Schloss Kallmünz. Kannst du gar nicht verfehlen. Soll ich dir gleich einen Tisch bestellen? Sie zückte ihr Handy und suchte die Nummer des Kallmünz in ihrem Speicher.

„Du hast die Nummer der Restaurants gespeichert?“ Fabio wunderte sich.

Carlotta wiegte den Kopf hin und her. „Mein Freund hat laufend Geschäftsessen, ist immer auf Achse. Und ich mache ihm die Termine.“ Sie schaute jetzt etwas genervt drein. „Ich bin halt eine gute Sekretärin.“ Sie zuckte mit den Schultern. „Dabei möchte sie doch lieber eine gute Ehefrau sein“, dachte Fabio.

„Also soll ich für dich reservieren?“

Fabio überlegte nicht. „Ja, reserviere für mich.“

Er dachte: „Wird schon passen. Dann habe ich auch eine Überraschung für Elisabeth, wenn ich nach Hause komme. Wenn sie aber bereits mit Anna etwas Köstliches gekocht hat? Egal, Tommaso ist ja noch da. Der kann auch für zwei essen. Und Anna wird nicht beleidigt sein.“

Inzwischen hatte Carlotta den Tisch reserviert. „Um acht. Du hast Glück gehabt. Es gab nur noch den einen Tisch.“

„Was gibt es in diesem Restaurant Kallmünz denn zu essen? Speckknödel?“

Carlottas Gesichtszüge fielen nach unten. Dann merkte sie, dass Fabio sie verulken wollte.

Sie erzählte ihm, dass der Küchenchef zwar aus Neapel kam, die Küchenbrigade aber von Japanern dominiert wurde. „Klein-Tokio in Meran, mein Lieber. Da gibt es marinierten Thunfisch, kleine Gerichte mit Tintenfisch, aber auch Perlhuhn, Fisch und – glaube mir, es wird dir gefallen. Das ist eine schnuckelige Atmosphäre für zwei frisch Verliebte. Ich empfehle dir schon etwas Hochwertiges.“

Zwölf

Elisabeth kannte das Kallmünz. Auf der Fahrt nach Meran sprudelte es nur so aus ihr heraus: „Also, das Schloss Kallmünz stammt, glaube ich, aus dem 16. Jahrhundert. Und der Ort ist sehr schnuckelig. Das Restaurant ist in der alten Remise, recht groß. Ich war da schon einmal mit Freundinnen aus der Studienzeit essen. Ist eben ein altes Gebäude und innen ganz schlicht, aber elegant eingerichtet."

Fabio wusste nicht, ob sie so viel redete, weil sie sich so freute, dass er nun doch sein Versprechen, mit ihr schick essen zu gehen, so schnell und unerwartet einlösen konnte, oder weil sie „seine" Wahl so gelungen fand. Er hatte ihr nicht erzählt, dass Carlotta ihm den Tipp gegeben und auch die Reservierung vorgenommen hatte.

Als er unerwartet am frühen Abend bei Tommaso und Anna aufgetaucht war, um Elisabeth zum Essen zu „entführen", hatte es jedenfalls keinen nennenswerten Protest gegeben. Tommaso hatte Fabio nur auf die Schultern geklopft und ihm zugezwinkert. Und Anna hatte nur gemeint: „Wir essen ein anderes Mal zusammen, Elisabeth. Geht nur! Tommaso isst auch gerne für zwei."

Als Elisabeth ihre Sachen holte, hatte Fabio seinen Freund zur Seite genommen.

„Ich kaufe mir jetzt ein Auto." Tommaso hatte gelacht.

„Na endlich!"

„Aber du musst mir helfen. Ich will ein Auto mit Charakter." Tommaso schmunzelte.

„Na klar, was sonst. Und ich soll dir eins aussuchen?"

„Du sollst mir helfen eines zu finden, das zu mir passt." Tommaso kniff die Augen zusammen. Es schien, als zuckte ein Gedanke durch seinen Kopf.

Fabio sah in fragend an.

„Warte es ab, warte es ab." Das war alles, was er sagte.

Und dann war Elisabeth auch schon da und hatte ein erwartungsfreudiges Gesicht.

Tommaso und Anna hatten sie zur Tür hinausgeschoben, begleitet von den besten Wünschen für einen schönen Abend.

Auf der Hinfahrt lauschte Fabio Elisabeths Vortrag – jedenfalls tat er so. Er war froh, dass sie offensichtlich glücklich war, dass das restliche Wochenende für sie reserviert war.

*

Ein Japaner nahm sie in Empfang, fragte, ob reserviert worden sei. Als Fabio seinen Namen nannte huschte ein Strahlen über das Gesicht des Japaners.

„Ah, die Freunde von Signora Carlotta, bitteschön.“

Und er führte sie an den bestplatzierten Tisch im Raum, hinten rechts, von dem aus man alles überblicken konnte. Nicht, dass die anderen Tische schlecht waren, aber es gab eben den kleinen feinen Unterschied. Alle Tische waren besetzt und die dezente Musik mischte sich mit den halblauten Tischgesprächen zu einer Klangwolke, die von den ersten Gerüchen, die wahrzunehmen waren, durchzogen wurden. „Eine ganz eigene Welt“, dachte Fabio, als sie von dem sehr aufmerksamen Saalchef quer durch den Raum zu ihrem Tisch begleitet wurden. Fabio und Elisabeth setzen sich übers Eck, so dass beide den Saal im Auge hatten.

*

„Was hat denn Carlotta damit zu tun?“

Es war Elisabeth nicht entgangen. Leider.

Und Fabio legte ein Geständnis ab.

„Es ist doch so, dass ich mich in der Restaurantszene noch gar nicht auskenne. Bis auf ‚Den Löwen' in Tisens kenne ich keines der angesagten Restaurants. Und Carlotta war doch schon überall.“ Und gut gelaunt fügte er hinzu: „Und wie es scheint, erleben wir jetzt den Carlotta-Bonus. Lassen wir uns überraschen.“

Elisabeth schien amüsiert und nicht pikiert. Sie genoss es, mit ihrem Fabio in einem schicken Restaurant zu sitzen. Der Raum war sehr speziell ausgeleuchtet. Indirektes Licht floss aus dem Boden die weiß gekalkten Wände hoch. Dezente Punktleuchten aus der Decke aus alten Holzbalken gaben eine Lichtdusche für jeden der Tische ab. Die alte Remise des Schlosses Kallmünz hatte einem talentierten Innenarchitekten die Chance geboten, zu zeigen, was man aus altem Gemäuer machen kann.
Die intime Atmosphäre passte zu Elisabeths Stimmung. So hatte sie sich das immer vorgestellt. Zu zweit, gerne auch ein bisschen schick, aber wichtig war zu zweit.

*

„Wie wollen wir denn nun unsere Flitterwochen gestalten?" Fabio griff das Thema des Vortages noch einmal auf. „Wollen wir eine Flugreise in ein fernes Land machen?"

Elisabeth sah verträumt durch ihren Aperitif: „Ich weiß nicht. Eigentlich ist es mir nicht wichtig, weit weg zu fahren. Mir ist nur wichtig, dass wir zwei alleine wegfahren und in diesen Wochen nur mit uns beschäftigt sind."

Fabio überlegte. „Im Frühjahr ist die Toskana sehr schön, oder auch Apulien. Alles ist noch grün." Er hing seinen Gedanken nach, als er merkte, dass Elisabeths Aufmerksamkeit abgelenkt wurde. Sie betrachtete etwas, was sich links von ihm abspielte. Am zweiten Tisch links von ihm saß ein Paar, das Elisabeths Aufmerksamkeit auf sich zog.

Fabio blickte kurz hin. Die Frau war sehr elegant. Schlank und blond. Die Dame drehte ihm den Rücken zu. Sie wirkte elegant in ihrem figurbetonten Kleid und mit ihrer perfekten Frisur. Das Kleid war schlicht, aber aus einem tollen Stoff. Fabio hatte dafür ein Auge. Schließlich hatte er als Kind im Stoffhandel seiner Eltern häufiger mit Stoffresten gespielt als mit Autos. Der Mann, der gegenüber der eleganten Frau Platz genommen hatte, war gar nicht elegant. Er war von sehr kräftiger Statur, muskulös, trug einen Drei-Tage-Bart. Er hatte nur ein Hemd an, kein

Sakko, wie die meisten Herren in diesem Lokal. Das alleine war es aber nicht, was auffiel. Das Hemd war dunkel, leicht knittrig und er hatte zwei Knöpfe offen gelassen, so dass man eine dicke goldene Kette sah, die er um den Hals trug. Er hatte volles Haar. Und er schwitzte. Die dunklen Flecken unter den Armen waren deutlich zu erkennen. Das war verwunderlich, denn es war Februar und lausig kalt draußen. Die Augen dieses Mannes huschten von links nach rechts und er rutschte unruhig auf seinem Stuhl herum. Schließlich platzierte er seine beiden Ellenbogen auf dem Tisch und stützte seinen massigen Kopf auf seine Hände. „Was für ein ungleiches Paar", dachte Fabio und sah seine Elisabeth an. „Da passen wir doch besser zusammen."

Ihre Blicke trafen sich und beiden war klar, dass sie dasselbe gedacht hatte. Sie mussten lachen.

Der Ober tänzelte vorbei und sagte geheimnisvoll: „Die Küche hat für Sie etwas Besonderes zubereitet." Und er zählte auf: „Vorweg gibt es als Amuse-bouche: Austern mit Bauchspeck. Danach servieren wir Seeteufel paniert und frittiert, Fenchel mit Orange mariniert. Als Zwischengang hat die Küche einen Auflauf aus Brotteignudeln mit einer Vierkäsefüllung. Zum Fischgang bekommen Sie Seebarschscheibe in der Pfanne gebraten mit Zitrusfrüchten, Julienne von Artischocken. Dann folgt ein Passionsfrucht-Sorbet mit Ingwer und Pistazie. Zum Fleischgang servieren wir Kalbsfilet mit Koriander und rotem Pfeffer glasiert mit Orangensauce, Nüssen und Dill. Unser Dessert Eros umfasst Caraibe-Schokoladen-Mousse, Amaretto-Creme, geschmolzenes Herz aus Himbeeren und Erdbeeren und glasierte Kumquat Coulis. Und zum Abschluss: Pralineria: Coppette Royal."

Das ganze Menü zählte er fehlerfrei auf, ohne je zu stocken, so, als ob er das jeden Tag aufsagen würde. Nur, dass es nicht auswendig gelernt wirkte, sondern mit Leidenschaft und Betonung vorgetragen wurde.

Fabio war erstaunt, denn er hatte das 4-Gänge-Überraschungs-Menü bestellt. Das, was ihm hier vorgetragen wurde, schien ihm deutlich mehr zu sein. „Ein Irrtum vielleicht?“, dachte er. Und er bedeutete dem Ober näher zu kommen, damit die am nächsten Tisch sitzenden Gäste ihn nicht hören konnten. „Das habe ich alle bestellt? Ist das Ihr 4-Gänge-Menü?“

Der Ober lachte ihn an.

„Das ist das 4-Gänge-Menü für Freunde von Signora Carlotta! Wie wünschen viel Vergnügen. Die Küche freut sich, Sie heute Abend verwöhnen zu dürfen.“ Damit entschwand er.

Elisabeth musterte Fabio interessiert. Sie hatte registriert, dass die Gäste an den umliegenden Tischen wegen der besonders zuvorkommenden Aufwartung des Obers neugierig geworden waren.

Sie raunte ihm leicht verschwörerisch zu: „Der Carlotta-Bonus scheint ja hier mächtig zu wirken. Wie kommen wir denn zu der Ehre?“

Fabio zuckte mit den Schultern: „Weiß ich auch nicht. Vielleicht sollten wir es einfach genießen?“ Er prostete Elisabeth zu. „Salute!“

Da poltere es links neben ihm.

„Tut mir Leid, entschuldigen Sie bitte, wir räumen das sofort weg.“

Was genau passiert war, hatte Fabio nicht mitbekommen, aber der grobschlächtige Mann von dem Tisch des ungleichen Paars war aufgestanden oder aufgesprungen, und einer der Kellner stand vor ihm. Er war es auch, der gesprochen hatte. Auf dem Boden lagen ein zerbrochenes Brottellerchen, ein kleines Brotmesser und das Gefäß für den Brotaufstrich, das zusammen mit einigen kleinen Scheiben vom selbst gebackenen Brot sofort gereicht wurde, nachdem die Bestellung aufgegeben worden war. Offensichtlich hatte der Mann des ungleichen Paares beim Aufstehen die Tischdecke mitgerissen, denn diese hing schief auf dem Tisch. Der Mann stand jedenfalls mit rotem Kopf da. Viele

Blicke richteten sich auf ihn. Schweißperlen standen auf seiner Stirn. Der Saalchef bemühte sich die peinliche Lage zu überbrücken. Der Mann wirkte gehetzt. Seine Augen huschten von links nach rechts. Er fühlte sich sichtlich unwohl. Seine Begleitung redete leise in seine Richtung. Fabio konnte nicht verstehen, was sie sagte. Der Mann drehte sich abrupt um. Dabei stieß er mit dem Ober zusammen, der sich gerade wieder aufrichtete, nachdem er die Bruchstücke eingesammelt hatte. Ein harter Schlag erwischte den Ober am linken Brustkorb. Ungewollt zwar, aber so, dass er ins Taumeln geriet, was für noch mehr Aufmerksamkeit im Saal sorgte. Der Mann wirkte jetzt wie ein in die Enge getriebenes Stück Wild. Jetzt stand auch die Frau auf. Sie war recht groß. Fabio sah im Spiegelbild der Glasvitrine, dass sie ein eng anliegendes Kleid trug, das eher kurz als lang war. Sie trug dunkle Leggins in Stiefeln mit einem langen Schaft. Die Frau redete mit ihrem Begleiter, ging um den Tisch, nahm ihn zart am Arm und führte ihn hinter eine Wand, die den Eingang zur Küche und zu den Toiletten verdeckte. Der Ober und der Saalchef erledigten geräuschlos die Aufräumarbeiten. Das Geschehen nahm nicht viel Zeit und Raum ein, so dass sich die übrigen Gäste – sofern sie es überhaupt bemerkt hatten – wieder ihren Tischgesprächen zuwandten.

„Ein ungleiches Paar", meinte Elisabeth. „Wenn sie überhaupt ein Paar sind", meinte Fabio. Elisabeth blickte in Richtung der Wand, die den übrigen Gästen den Blick auf den Eingang zur Küche versperrte. Sie konnte seitlich hineinschauen und so sehen, dass sich die Frau offensichtlich mit dem Mann unterhielt. Leise, so dass man nichts mitbekam. Fabio lenkte seinen Blick ebenfalls dorthin. Die langen blonden Haare der Frau tauchten ab und an aus der Wandöffnung kurz auf. Sie stand gleich hinter dem Durchgang und sprach möglicherweise mit ihrem Begleiter. Jetzt kamen sie zurück und Fabio konnte die Frau von vorne sehen. Sie hatte ein glattes, perfekt geschminktes Gesicht. Ihre Augenbrauen waren sehr schmal, die Augen funkelten, was an dem Licht des Raumes liegen konnte. Die Gesichtsmimik wirkte leicht angespannt, drückte aber Entschlossenheit aus. Sie war schlank, modisch gekleidet und mit den Leggins und den modernen Schaftstiefeln wirkte sie schon besonders, sehr selbstbewusst.

Der Mann schien sich beruhigt zu haben. Er schaute leicht verlegen in die Runde. Aber niemand nahm von den beiden Notiz. Das schien den Mann noch mehr zu beruhigen. Das Paar nahm erneut Platz und der geräuschlose perfekte Service spannte sie erneut ein in das Ballett von Tellern, Gläsern und dezenter Abfrage der Wünsche. Fabio nahm das alles am Rande wahr, so wie er auch das übrige Geschehen im Raum registrierte. Den dicken alten Mann, der um die Aufmerksamkeit einer deutlich jüngeren Frau rang. Den älteren Herren, der sich – offensichtlich als Gastgeber einer Tafel mit insgesamt acht Personen –, ohne viele Worte zu machen, mit dem Servicepersonal verständigte, wie, wann, was aufzutragen sei. Ein Grandseigneur alter Schule, der es gewohnt war zu befehlen und der es gewohnt war, dass man ihm gehorchte. Nicht unangenehm, sondern erfahren im Umgang mit Menschen. „Tausendmal hat er Tischgesellschaften vorgestanden", dachte Fabio. Der weiß, wie man das macht. Außer ihm und Elisabeth konnte er noch weitere Paare ausmachen, die mehr oder weniger verliebt wirkten. An einem Tisch saßen sechs junge, schick gekleidete Paare, die laut miteinander redeten und offensichtlich viel Spaß hatten. Eine Flasche Wein nach der nächsten wurde an diesem Tisch geöffnet. An einem anderen Tisch saß ein Paar, das die gesamte Zeit, die das Essen dauerte, nicht ein Wort miteinander sprach. Sie schauten sich auch nicht an. Die Frau blickte oft auf den Teller, manchmal wanderten ihre Blicke auch im Raum herum. Einmal trafen sich ihre Blicke mit Fabios. Sie senkte sofort die Augen. „Es gibt schon sehr unterschiedliche Tischgesellschaften", dachte Fabio.

Elisabeth gefiel das Kallmünz auf jeden Fall. Das Ambiente, die Vorzugsbehandlung und das außergewöhnlich gute Essen. Sie und ihr Fabio plauderten miteinander und merkten nicht, dass die anderen Gäste nach und nach zahlten und das Restaurant verließen. Sie beide waren fast die letzten. Nur der Tisch mit den sechs jungen Paaren hielt noch länger aus. Der Japaner, der sie so freundlich in Empfang genommen hatte, fragte, ob es noch Wünsche gäbe, die man ihnen erfüllen könne. Aber Fabio winkte ab. „Nein danke! Alles perfekt und wirklich gut. Ein toller Abend bei Ihnen, großes Kompliment an die Küche!“ Er zahlte und sie verließen diese besondere Welt und gingen in das bereits schlafende Meran.

Dreizehn

„Fellinis Maßatelier“ befand sich unter den Meraner Lauben. Francesca hatte allerdings Mühe, es zu finden. Denn nur ein kleines Messingschild wies den Weg von einem eher unscheinbaren Eingang zu einem imposanten Treppenhaus, das sie hinter der Fassade nicht in dieser Üppigkeit erwartet hatte. Eine geschwungene Marmortreppe zog sich bis in den dritten Stock. Ein sehr aufwändiges schmiedeeisernes Geländer zierte den Aufgang. Ein großer, ebenfalls schmiedeeiserner Leuchter hing in der luftigen Mitte der Treppenläufe und warf ein gedämpftes Licht auf die marmorierten Wände. In der ersten Etage residierte ein Avvocato und in der zweiten sollte „Fellinis Maßatelier“ sein. Die Messingschilder gaben nicht preis, wen die dritte Etage beherbergte.

Als Francesca klingelte, dauerte es einige Zeit, bis ihr geöffnet wurde. Eine ältere, vornehm aussehende Frau schaute sie interessiert, aber auch ein wenig irritiert an. „Sie wünschen?“

Francesca zückte ihren Dienstausweis und bat um Einlass. Die Frau betrachtete den Ausweis gründlich, gab ihn zurück und öffnete die Tür, damit Francesca eintreten konnte.

Sie betrat einen Salon, dessen Holzboden üppig mit handgeknüpften Teppichen ausgelegt war. Linker Hand war vor den bodentiefen und raumhohen Fenstern eine üppige Polstergruppe arrangiert, die durch die beschirmten Wandleuchten zwischen den Fenstern in ein samtenes Licht getaucht wurde. An den Rändern der Decke kräuselte sich eine feine Stuckarbeit und ein prachtvoller Lüster mit altem Glas versetzte Francesca um etliche Jahrzehnte zurück. Wären da nicht die Schränke aus altem Holz gewesen, in deren oberen, offenen Fächern Ballen feinster Stoffe, nach ihren Farben und Qualitäten sortiert, gelegen hätten, wäre es ein stilvoller Salon der vorletzten Jahrhundertwende gewesen. Aber auch die Sammlung alter Bügeleisen und Zylinder auf dem Schrankbord ließ keine Zweifel zu, dass sie im Empfangsraum eines Maßschneideateliers stand. Sie war von den

Eindrücken noch so gefangen, dass sie nicht bemerkte, wie sie von der Frau angesprochen wurde, die sie hereingelassen hatte.

„Was wünschen Sie, Signora?“

Francesca wandte sich ihr zu. „Ich möchte Meister Fellini sprechen, wenn der da ist.“ Die Frau nickte. „Ich hole meinen Mann.“

Fellini mochte um die sechzig sein. Nicht einfach zu schätzen. Perfekt sitzender Anzug. Außergewöhnliches Muster. „Der fällt augenscheinlich und absichtlich aus dem Rahmen“, dachte Francesca. „Knapp an einem schrulligen Lord vorbei, mit der gelben Weste zu dem dunkelgrünen Anzugstoff. Aber irgendwie ist die Garderobe in sich stimmig.“ Schlohweißes Haar umrahmte Fellinis kleinen Kopf. Die ihm verbliebenen Haare wirkten wie langfaserige weiße Watte.

Seine Augen waren hell, wirkten wach und musterten Francesca aufmerksam, nachdem sie in seinem Büro Platz genommen hatten, in das er sie geführt hatte. Seine Schneider sollten wohl nicht hören, was sie mit ihm besprechen wollte. Schließlich bekam niemand ohne Grund Besuch von der Polizia.

„Sie haben von dem Leichenfund gelesen, den wir gestern gemacht haben? In der Passer, nicht weit weg von hier?“ Fellini hatte am Morgen beim Frühstück davon in der Samstagsausgabe gelesen. „Es ist so, dass dieser Mann einen Anzug getragen hat, der aus ihrem Atelier stammt. Und da er ansonsten keinerlei Papiere dabeihatte, habe ich jetzt die Hoffnung, dass Sie mir sagen können, wer der Tote ist.“

Fellini schien betroffen.

„Das ist ja schrecklich! Einer meiner Kunden?“ Er stand auf und ging in dem kleinen Büro einige Schritte auf und ab. Er fasste mit den Fingerspitzen der rechten Hand an seine Stirn. „Meine Kunden benenne ich niemandem. Das hat seinen Sinn.“ Er machte eine Pause. „Aber in so einem Fall?“ Er wandte sich Francesca zu. „Meine Kunden können auf meine Diskretion vertrauen. Wenn sich jemand einen Anzug von Fellini leistet, dann geht das niemanden etwas an. Verstehen Sie? Das ist eben ein Luxusprodukt, das sich nur wenige leisten können. Und meine Kunden können das gerne jedem sagen, aber ich, ich kann mich nicht damit rühmen, welche Kunden sich von mir einen Anzug machen lassen.“ Er machte eine Pause. „Ich werde der Polizei natürlich helfen. Aber kann ich mich darauf verlassen, dass Sie nicht erwähnen, woher sie die Information haben?“ Francesca nickte: „Das kann ich Ihnen zusichern. Mir geht es darum, schnell zu wissen, wer der Tote ist, damit ich die Verwandten informieren kann.“

Fellini seufzte leise: „Ich verstehe. Der Mann hatte einen Unfall?“ Francesca sagte nichts, sondern zuckte leicht mit den Schultern. Aber das schien Fellini auch nicht wirklich zu interessieren. „Haben Sie denn ein Foto von dem Mann oder von dem Anzug dabei?“, fragte er.

Francesca hatte Fotos von dem Anzug und vom Etikett dabei. Außerdem ein Foto von dem Gesicht des Toten. Wegen der fehlenden Augen hielt sie es zurück. Sie zeigte Fellini zunächst die Fotos vom Anzug. Er betrachtete die Fotos sehr genau, murmelte etwas, was Francesca nicht verstand. Dann blickte er sie an. „Der Stoff“, sagte er, „ist ein Mohair. Ich habe da einen ganz besonderen Posten gehabt. Wissen Sie“, seine Augen bekamen einen leichten Glanz, „Mohair ist nicht gleich Mohair. Das war eine ganz besondere Partie, die ich damals bekommen habe. Ist mindestens fünf Jahre her. Ich bin sicher, dass der Anzug aus dieser Partie Stoff ist. Daraus habe ich damals nur vier oder fünf Anzüge machen können. Ich schaue gleich mal nach.“ Er ging zu einem Schrank, hinter dessen Türen sich dicke Bücher befanden. Er nahm eines heraus und blätterte darin. Wie es schien, schrieb er alle Aufträge in dieses Buch. Francesca konnte notizbucharige Eintragungen ausmachen. Hier und da ein Datum, Zahlenreihen, Skizzen, kurze Texte. Fellini blätterte eine Weile. Dann schien er die Stelle gefunden zu haben, nach der er suchte.

„Ja, hier ist es.“ Er blickte Francesca munter an: „Wissen Sie, ich kann mich an diese Computer nicht gewöhnen. Ich habe alles, was ich brauche, in meinen Büchern aufgeschrieben. Darin kenne ich mich aus. Da kann mir auch nichts verloren gehen. Nicht wahr? Bei den Computern brauche ich immer jemanden, der mir verlorene Daten wiederherstellt." Er kam etwas näher. „Und solange ich geistig fit bin, finde ich alles wieder. Und wenn das nicht mehr klappt, dann hilft mir auch ein Computer nicht weiter." Er lächelte.

„Ja, hier steht es. Ich kann mich jetzt wieder gut erinnern. Der Ballen ging sozusagen an eine einzige Familie. Vater und Sohn. An keine weitere Person. Nur an diese beiden. Die haben sich daraus jeweils zwei Anzüge machen lassen. Der Vater jeweils mit Weste. Der Sohn wollte keine Weste, hatte aber zwei verschiedene Schnitte gewählt. Einen klassischen Sakko, der auf vier Knöpfen schließt, und einen modischeren, tailliert geschnittenen Sakko, der auf zwei Knöpfen schließt. Und wenn ich mir das Foto noch einmal ansehe", er nahm sich das Foto, „dann finde ich hier den modischeren Anzug." Er blickte nochmals auf das Foto, hielt es dicht an die Augen und schaute noch einmal in sein Buch. „Ja, ich bin mir jetzt sicher. Diesen Anzug habe ich für Doktor Bernhard Reiterer angefertigt. Der Sohn des berühmten Apothekers Doktor Herbert Reiterer. Kennen Sie ihn vielleicht?" Er schaute Francesca fragend an.

„Nein, tut mir Leid. Ich habe von diesen Herren noch nie etwas gehört. Was wissen Sie denn über diesen Mann, dem Sie den Anzug gefertigt haben? Und, können Sie ihn mir bitte beschreiben?" Francesca wollte in Erfahrung bringen, ob Fellinis Beschreibung mit dem Aussehen des Toten übereinstimmte.

Fellini musste nicht überlegen. Er blickte in sein Buch. „Ich kann Ihnen alle Maßdaten geben. Alles dokumentiert. Hier!" Er hielt Francesca das offene Buch kurz hin. „Doktor Reiterer ist 1,85 Meter groß, sehr schlanke Erscheinung, hat etwas Aristokratisches, wenn ich das mal so ausdrücken darf. Gerade, aufrechte Körperhaltung, immer sehr kontrolliert. Sehr gepflegte Erscheinung." Er schaute Francesca mit offenem Blick sehr aufmerksam an. „Wissen Sie, ich komme meinen Kunden sehr nahe, muss sie anfassen, um zu spüren, wie der Anzug sitzt, wie die Schulter fällt, ob an notwendigen Stellen genug Spiel ist. Das kann ich nur mit allen Sinnen. Deshalb kann ich Ihnen jeden meiner Kunden blind beschreiben, jede Besonderheit, jede fallende Schulter, jede Fehlstellung der Hüften, jeden Knick in der Wirbelsäule." Er hielt inne und holte tief Luft. „Doktor Reiterer ist, oder war, ein Mann mit idealen Maßen, alle Längen waren geradezu klassisch proportioniert. Er war zwar nicht der David von Michelangelo, weil er nicht so muskulös war. Aber sein ganzer Körperbau, seine Haltung, waren einfach perfekt. So einen Menschen habe ich ganz, ganz selten hier."

„Die Körpergröße und die sonstige Beschreibung passen", dachte Francesca. Sie blickte Fellini an, „Kann sehr gut sein, dass unser Toter Doktor Reiterer ist. So, wie Sie ihn beschreiben, ist das ziemlich wahrscheinlich. Jetzt brauche ich bitte die Adresse. Und wenn Sie auch für den Vater Anzüge gemacht haben, dann haben Sie bestimmt auch dessen Adresse."

Fellini nickte. „Das ist traurig, dass Doktor Reiterer etwas zugestoßen ist. In der Zeitung stand nur, dass man ihn in der Passer gefunden hat. Hatte er einen Unfall? Ein so netter Mann, so kultiviert. Wie kann es sein, dass er in die Passer fällt?" Fellini schien irritiert. Während er für Francesca die Adressen auf ein Blatt Papier schrieb, sagte er mehr zu sich selber als zu Francesca: „Wie kann es sein, das ein solcher Mann einfach in der Passer landet? Und dann noch ohne Mantel, bei dieser Jahreszeit? Doktor Reiterer war immer perfekt gekleidet. Für jeden Anlass und für jede Jahreszeit. Kleidungskultur hat ja heute nicht mehr jeder, aber Doktor Reiterer hatte sie fürwahr!"

Es stimmte, dass man keinen Mantel gefunden hatte. Es war Februar und sehr kalt. Vielleicht war dieses Detail wichtig. Wenn jemand Doktor Reiterer mit einem Handkantenschlag getötet und anschließend in die Passer gestoßen hatte, dann könnte die Frage eine Rolle spielen, warum er keinen Mantel trug. Wenn zum Beispiel der Mord – wenn man von einem Mord ausging – in einem geschlossenen Raum stattgefunden hatte, dann war die Leiche möglicherweise zur Passer transportiert worden, um sie hineinzuwerfen. Wäre der Mord mitten in Meran begangen worden, dann wäre der Doktor sicher mit Mantel unterwegs gewesen. Dass der Mörder seinem Opfer den Mantel ausgezogen hätte, machte keinen Sinn. Es waren viele Fragen offen. Aber jetzt hatte sie möglicherweise die Adresse des Toten, denn Fellini gab ihr einen Zettel mit zwei Adressen.

„Ich hoffe sehr, dass Sie sich irren. Doktor Reiterer ist ein guter Kunde. Und Kunden wie ihn verliert niemand gerne."

Francesca blickte auf den Zettel. Doktor Bernhard Reiterer wohnte etwas außerhalb der Stadt, aber sein Vater in Meran, im noblen Stadtteil Obermais. Sie beschloss zuerst zu Doktor Bernhard Reiterer zu fahren. Sie bedankte sich bei Fellini und ging die Marmortreppe wieder hinunter. Fellini blickte ihr durch das offene Treppenhaus nach, bis sie aus seinem Blickfeld verschwand.

*

Franceca staunte nicht schlecht, als sie vor dem Anwesen des Herrn Doktor Reiterer stand. Es war das letzte Haus am Ende der Straße, von Weinbergen umgeben, mit einem herrlichen Blick auf Meran und seine Umgebung. Die Auffahrt ließ darauf schließen, dass hinter den üppigen Garagentoren große Wagen geparkt wurden. Ein Palast aus Holz, Glas und Edelstahl. Moderne Architektur, die – auf das Wesentliche reduziert – Licht und Luft zirkulieren ließ und dennoch dem nicht eingeladenen Betrachter jeglichen Einblick geschickt entzog.

„Der Mann hat wohl zu Lebzeiten gut verdient", dachte Francesca, als sie vor dem Baukörper stand. Auch im Vergleich zu den anderen Häusern der Straße wirkte dieses besonders aufwendig. Schon die Nachbarn zeigten deutlich, dass sie es zu etwas gebracht hatten. Aber dieses Haus stellte alle anderen in den Schatten. Die dominierende Farbe war weiß. Und so hob es sich an diesem trübem Februarsamstag noch deutlicher von seiner Umgebung ab.

Francesca betätigte die Klingel. Über der Klingel wachte ein rundes Kameraauge über das Geschehen vor der Tür. Aus dem Lautsprecher der Gegensprechanlage fragte sie eine Frauenstimme: „Wer sind Sie und was wollen Sie?"

Sie hielt ihren Ausweis vor das Kameraauge und sagte: „Ich möchte Doktor Reiterer sprechen."

„Der ist nicht da", antwortete ihr die Frauenstimme.

„Dann muss ich eben Sie sprechen. Es ist wichtig, lassen Sie mich bitte rein."

Der Türöffner wurde gedrückt, die Tür öffnete sich automatisch. Eine kleine Frau mittleren Alters kam ihr entgegen. Sie wirkte streng. Alles an ihr wirkte irgendwie streng. Die saubere weiße Bluse, die eng nach hinten zu einem Pferdeschwanz gebundenen dunklen Haare, der spitze Mund, die harten Augen. Sie kam Francesca energisch entgegen. Kein Zweifel, dass sie dem Besuch nicht über die Einganghalle hinaus Einlass gewähren wollte. Eingangshalle war die treffende Bezeichnung für den Raum, in dem sich Francesca befand. Eine hohe, vom Tageslicht durchflutete Halle, in die leicht 30 Personen gepasst hätten. Heller Marmorfußboden, weiße Wände, eine Art Lichtskulptur rechts in der Ecke, sonst nichts. Die Frau, deren Stimme sie aus der Gegensprechanlage kannte, hatte sie jetzt erreicht. Sie blickte streng oder auch kalt. „Sie wünschen? Ich habe Ihnen ja schon gesagt, dass Doktor Reiterer nicht zu Hause ist."

Francesca stellte sich nochmals vor. Dann sagte sie: „Wir haben gestern eine männliche Leiche in der Passer gefunden. Vielleicht haben Sie davon schon in der Zeitung gelesen. Der Mann trug einen Maßanzug aus dem Atelier von Herrn Fellini. Da war ich gerade und Herr Fellini meinte, dass möglicherweise Doktor Reiterer der Träger des Anzugs sein könnte."

Die Frau schien bestürzt. Alles Strenge wich aus ihrem Gesicht. Da waren Fassungslosigkeit, Unglaube, Zweifel. Francesca sprach weiter: „Haben Sie vielleicht ein aktuelles Foto von Doktor Reiterer? Das würde mir helfen."

Die Frau, die sich noch nicht vorgestellt hatte, schaute Francesca jetzt fragend an. „Was ist denn genau passiert?", wollte sie wissen.

Francesca sagte nur: „Wir haben eine männliche Leiche und ich versuche ihre Identität festzustellen. Der einzige Hinweis ist der Anzug des Mannes aus einem Meraner Maßschneideratelier. Und das kann uns vielleicht den Weg weisen. Doktor Reiterer war dort Kunde und der Schneider glaubt, dass er diesen Anzug für ihn gemacht hat. Mehr wissen wir auch noch nicht. Wann haben Sie Herrn Reiterer denn zum letzten Mal gesehen und in welcher Verbindung stehen Sie zu ihm?" Francesca ging bereits zur routinierten Befragung über. Das wirkte meist am besten auf die Menschen. Und tatsächlich sprudelte es jetzt aus der Frau heraus: „Ich arbeite hier als Hausangestellte. Ich organisiere den gesamten Haushalt und alle Gesellschaften, die Doktor Reiterer gibt. Und ich habe ihn das letzte Mal am Mittwochmorgen gesehen, als er zu Arbeit gefahren ist."

Francesca hakte sofort nach: „Wo arbeitet er denn?"

„Er hat eine große Apotheke am Theaterplatz, genau gegenüber vom Stadttheater", antwortete die Hausangestellte. „Und da ist er am Mittwochmorgen hingefahren?" Die Frau nickte: „Das nehme ich jedenfalls an. Da fährt er jeden Morgen hin, wenn er nicht gerade auf Geschäftsreise ist."

„Und auf Geschäftsreise wollte er am Mittwoch nicht?"

„Nein, denn sonst hätte ich ihm sein Gepäck richten müssen."

„Und abends ist er nicht nach Hause gekommen?"

„Nein."

„Und Sie haben sich nicht gewundert?"

„Doch – natürlich. Aber Doktor Reiterer ist mir doch keine Rechenschaft schuldig. Es kommt schon mal vor, dass er nachts nicht nach Hause kommt."

„Und wo ist er dann?"

„Das weiß ich nicht."

Diese Antwort kam im Vergleich zu den andern Antworten eine Spur zu patzig und vor allem sehr schnell. Francesca glaubte, dass die Frau sehr wohl wusste, wo er sich über Nacht aufhielt. Allerdings war auch klar, dass sie es jetzt nicht sagen wollte. Aber solange nicht feststand, dass Bernhard Reiterer das Opfer war, wollte sich Francesca zurückhalten.

„Haben Sie ein aktuelles Foto? Das könnte an dieser Stelle wirklich helfen. Sie können mir Herrn Reiterer auch beschreiben, das hilft auch." Sie machte eine aufmunternde Geste in Richtung der Frau.

Die überlegte nicht: „Doktor Reiterer ist recht groß. Ein stattlicher Mann. Sehr schlank und sehr gepflegt." Die Augen der Frau bekamen einen leichten Schimmer. So als ob sie sich mit Tränen füllten. „Er ist 49 Jahr alt, sieht aber viel jünger aus." Diesen Satz brachte sie mit einer besonderen Betonung heraus.

„Wie alt mochte die Frau sein?", ging es Francesca durch den Kopf. „Vielleicht 40? – Könnte sein." Bis jetzt entsprach die Beschreibung der aufgefundenen Leiche. Die Wahrscheinlichkeit wuchs, dass sie den Toten identifiziert hatte.

„Wenn Sie jetzt noch ein Foto hätten?"

Die Frau nickte und ging voran, bedeutete Francesca ihr zu folgen. Sie betraten eine Halle, die noch größer, noch voluminöser, noch gewaltiger war als die Eingangshalle. Es war wohl der Raum, den man in normalen Villen den Salon nennen würde, in dem man seine Gäste empfängt. Eine riesige Glasfront gab die Sicht auf die Außenwelt frei. Die Einrichtung war denkbar schlicht oder, wie man heute sagte, minimalistisch. Es gab Sitzgarnituren aus weißem Leder. Zwei Einzelsessel italienschen Designs aus dem gleichen weißen Leder und an der einzigen Wand, die keinen Durchbruch in andere Räume hatte, hing ein megagroßes schwarzweißes Porträt von Doktor Bernhard Reiterer. Er war es.

Vierzehn

Elisabeth schmiegte sich eng an Fabio, als sie das Kallmünz verließen. Die Nacht in Meran war kalt. Der Atem stieg im Licht der Laternen auf wie weißer Dampf. Fabio hatte seinen Schal dicht um den Hals geschlungen und war jetzt froh über seinen neuen Hut. Zum Parkplatz war es nicht weit. Aber Elisabeth wollte noch nicht nach Hause. „Lass uns doch noch ein paar Schritte gehen. Ich brauche jetzt ein bisschen Bewegung nach dem tollen Essen." Sie hakte sich unter und steuerte Fabio Richtung Kurhaus. Der ließ es geschehen, in Gedanken bei dem grandiosen Menü, dass er irgendwie auch Carlotta zu verdanken hatte. Man hatte ihm einen besonders guten Preis berechnet. Wenn Fabio die Teller Revue passieren ließ, die an die anderen Tische gebracht worden waren, und mit dem Essen verglich, das er und Elisabeth erhalten hatten, dann konnte das nur eine Vorzugsbehandlung gewesen sein. „Hat Spaß gemacht", dachte er. Und: „Ich werde Carlotta ab jetzt öfter fragen, wo es hinzugehen lohnt."

Elisabeth steuerte ihren Fabio über die Freiheitsstraße, um in die Kurhaus-Passage einzubiegen. „Aha", dachte Fabio, „Schaufenster gucken!" Links gab es ein Schuhgeschäft, vor dem Elisabeth interessiert stehen blieb. Fabios Blick streifte die Auslagen und wanderte dann weiter die Passage hinauf. Das Cafe Culti drängte sich in sein Blickfeld. Ein moderner kubischer Baukörper, fast ganz aus Glas und Stahl gebaut. Er schien den darüber schwebenden Kubus zu stützen. So, als hätte der Architekt einen Klotz von quadratischem Grundriss unter einen länglichen dicken Klotz gestellt. Der Glaskubus war elegant beleuchtet und man konnte innen noch einige Personen ausmachen. „Sieh an", dachte Fabio, „hier gibt es ja doch so was wie ein Nachtleben." Als er vor einem knappen Jahr aus Rom nach Bozen abkommandiert worden war, hatte er den Eindruck gewonnen, dass in Südtirol der Tag um 22 Uhr endete. In Rom ging dann das Leben erst richtig los. Er schaute neugierig Richtung Cafe Culti, als ihn Elisabeth in die Seite kniff. „Wie findest du die Stiefel?" Sie zeigte dabei auf ein besonders prominent plaziertes Paar langer schwarzer Stiefel. Fabios Blick fiel zunächst auf den besonders prominenten Preis, der klitzeklein, also sehr dezent, knapp neben dem Paar Stiefel plaziert war. Er wollte sagen: „Teuer!“, sagte aber: „Schick! Sehr schick!“ Elisabeth griff wieder unter seinen linken Arm.

„Vielleicht etwas teuer?“

„Aber wenn sie dir gefallen!“

„Ich kann ja noch mal woanders schauen.“

„Sie sind schon sehr schick.“

„Hmm.“

Damit schob sie ihn weiter die Treppen hoch an der Glasfront des Cafe Culti vorbei. Jetzt konnte Fabio erkennen, wer alles in dem Cafe saß, und er erkannte sofort eine Person, die er sehr gut kannte.

„Schau mal, da sitzt ja Francesca“, sagte er. Sie war nicht allein. Francesca unterhielt sich mit einer anderen Frau. Genauso klein wie sie, dunkelhaarig und schick angezogen. „Ach das ist vielleicht die Freundin, mit der sie im S‘Rössl war“, sagte er. Elisabeth beobachtete die Szene. Sie sagte: „Wir sollten da jetzt nicht stören.“ Und schob Fabio weiter. Der zögerte einen Moment und das war der Moment, in dem Francesca aufblickte und ihn erkannte. Fabio und Francesca sahen einander durch die Glasfront des Cafe Culti an. Francesca grüßte kurz. Da war aber etwas in ihrer Mimik, das Fabio bedeutete, dass er jetzt weitergehen sollte.

„Komisch.“

„Gar nicht komisch.“

„Wieso?“

„Wir haben da jetzt gestört. Darum war die Reaktion nicht komisch. Du hättest es auch nicht gerne gehabt, wenn dein Vicequestore mit seiner Frau uns bei einem unserer ersten gemeinsamen Ausflüge zufällig gesehen hätte.“

„Aber der Vicequestore ist doch gar nicht verheiratet!“

„Fabio, das ist nicht der Punkt." Und nach einer Pause fügte Elisabeth hinzu: „Denk doch mal nach."

„Aber da war doch gar kein Mann, sondern eine Freundin, mit der sie sich unterhalten hat."

Elisabeth hing sich enger in seinen Arm und legte ihren Kopf an seine Schulter.

„Eben."

Fabio brauchte einen Moment.

„Du meinst ..."

„Ich weiß."

Fabio war sprachlos. Daran hatte er nicht gedacht.

„Und wieso weißt du das?"

Elisabeth schnurrte.

„Weibliche Intuition mein Lieber, weibliche Intuition." Und sie schob ihn rechts in die Laubengasse. „Mir ist jetzt kalt. Lass uns nach Hause fahren."

Sie schwiegen, bis sie auf der MEBO waren; ein bisschen müde, jeder in seinen Gedanken versunken. Da fragte Fabio: „Seit wann weißt du es?" Elisabeth drehte ihren Kopf zur Seite und sah, wie es in Fabios Kopf arbeitete. Sie dachte: „Männern fehlt es wahrscheinlich am nötigen Feingefühl." Sie sagte: „Ich weiß es sicher seit vorhin. Geahnt habe ich es schon früher." Sie schwiegen. Nach einer Weile frage Fabio: „Woran hast du es erkannt?" Elisabeth musste schmunzeln. „Es war der Blick, die Art, wie sie sich miteinander unterhielten, wie sie sich angesehen haben, wie sie einander zugewandt dasaßen. Es war die Körperspannung, die Sitzposition, die Haltung, all das, was man ohne Worte viel besser ausdrücken kann."

„Und das alles hast du gesehen, als wir an den beiden vorbeigegangen sind?"

„Das alles habe ich erfasst, als Francesca uns angesehen hat. Da war es mir klar. Es ist so ein winziger Moment, in dem man alles weiß."

„Mhmm." Pause. „Und wieso hast du es schon früher geahnt?"

„Es war zunächst so ein Gefühl. Dann deine Erzählungen, dass sie allen Männern, die sich für sie interessieren, eine Abfuhr erteilt. Nett zwar, aber unmissverständlich. Dann ist da was in ihren Augen, wenn sie mit mir spricht. So etwas Leises, Schüchternes. Das steht im Widerspruch zu ihrem sonst eher selbstbewussten Auftreten. Ich habe es damals nicht gewusst, sondern für möglich gehalten."

„Aha. Und wieso habe ich das alles nicht gemerkt?"

Elisabeth lachte leise und griff in Fabios Nacken, massierte ihn leicht. „Das, mein lieber Mann, kann ich dir auch nicht erklären. Vielleicht sind wir sensitiver, haben andere Antennen oder sehen einfach das Leben durch andere Augen. Vielleicht müsst ihr Männer erst Fakten haben, bevor ihr die Wahrheit erfasst. Vielleicht reicht uns Frauen dafür schon eine Ahnung, ein Gefühl. Das ist dieser berühmte kleine Unterschied."

Fünfzehn

Das Telefon klingelte, als sie beim Frühstück saßen. Fabio runzelte die Stirn. Wer störte am heiligen Sonntag? Es war spät geworden am Samstag und sie hatten in der Küche noch ein Glas Wein getrunken und sich über den Abend unterhalten. Über das tolle Restaurant, über die Entdeckung, die Elisabeth gemacht hatte. Fabio war immer noch erstaunt über die weibliche Auffassungsgabe und etwas erschüttert, dass er das nicht bemerkt hatte, obwohl er tagtäglich mit Francesca zusammen war. Ihm fielen auch die Bemerkungen des Wirtes vom S'Rössl wieder ein. „Heute mit männlicher Begleitung, wie nett", hatte er gesagt. Und Fabio hatte Francescas hochgezogene Augenbraue bemerkt, die sich immer dann regte, wenn ihr etwas gegen den Strich ging. Das ergab jetzt plötzlich Sinn. Und ihre gemurmelte Bemerkung, dass sie mit einer Freundin dort gewesen sei, die machte jetzt auch Sinn. Wie hatte die Frau ausgesehen, mit der Francesca im Cafe Culti gesprochen hatte? Fabio hatte in Erinnerung, dass sie dunkle Haare hatte, so in etwa wie Francesca. Nur nicht so lang, sondern sehr kurz. Und dass sie einen auffallenden Ohrring getragen hatte. Mehr hatte er nicht wahrgenommen. Elisabeth hatte ihn amüsiert angesehen und dann detailliert aufgezählt, was die beiden jungen Damen getragen hatten, welche Taschen sie dabeihatten und dass beide genau solche langschaftige Stiefel trugen, wie sie sie Fabio kurz vorher gezeigt hatte. Fabio war baff, Elisabeth war belustigt. Der berühmte Unterschied zwischen Mann und Frau – hier war zumindest ein Indiz dafür gefunden, dass es ihn gab.

Aber jetzt klingelte das Telefon. Fabio ging ran. Elisabeth hörte, wie Fabio sich meldete, „Pronto", dann lange nichts. Dann einen unterdrückten Fluch. Dann die Worte: „Ich komme." Als er wieder in die Küche kam, war sein Gesicht sorgenvoll und angespannt. „Wir haben wieder eine Leiche. Diesmal in Bozen."

*

Als Fabio an den Ort kam, an dem man die Leiche gefunden hatte, waren Francesca und Dottore Phillipi schon da. Die alte Aluminiumhütte lag in der „Zone", dem Industriegelände in Bozens Süden. Ein Stadtteil für sich. Die alte Aluminiumhütte grenzte an eine verwilderte Industriebrache, voller altem, geschreddertem Baumaterial, von dürren Büschen bewachsen. Die Hütte selbst war ein imposantes Gebäude, mit dem sich die Architekten viel Mühe gegeben hatten. Klare Formensprache, strenge Struktur, symmetrische Gestaltung der Fassade. Vor dem Eingang war ein groß dimensioniertes Wasserbecken gemauert, dessen abblätternde Farbe im Licht des Februars eine melancholische Atmosphäre schuf. Das alles bildete die Kulisse. Denn die Leiche war im Gebäude links von der Einfahrt gefunden worden. Ein aufgelassenes Wirtschafts- oder Verwaltungsgebäude. Früher vielleicht Lohnbüro oder Hausmeisterwohnung. Jetzt Teil eines heruntergekommenen Ensembles symmetrisch angelegter Gebäude, die sich spiegelbildlich von der Einfahrt ausgehend auseinanderzogen. Der Anstrich war früher gelb-ocker, jetzt blätterte die Farbe ab. Eine Terrasse, die sich zur Aluminiumhütte öffnete war komplett mit den Ästen und Zweigen eines großen Strauches zugewachsen. Hier hatte seit Jahren niemand mehr die Natur im Zaum gehalten. Fabio kam es so vor, als ob die Natur sich dieses Haus zu eigen machen wollte. Und genau in diesem Haus war die Leiche gefunden worden.

Dottore Phillipi kam aus dem Haus und zog sich die Gummihandschuhe aus, als er Fabio erblickte. Sie gingen aufeinander zu. „Männliche Leiche, ca. 40 bis 50 Jahre. Keine Papiere. Vollständig bekleidet. Todesursache kann ich genau sagen, wenn ich ihn untersucht habe. Aber", Phillipi machte eine Pause, „es sieht nach demselben Muster aus, wie bei unserer Leiche aus der Passer. Eingedrückter Kehlkopf. Und diesmal fehlt die Zunge."

Fabio musste schlucken. Er hatte im letzten Jahr bereits zwei Morde aufgeklärt, deren Umstände nicht appetitlich gewesen waren. Und in diesem stillen Südtirol hatte er nicht erwartet, so schnell wieder etwas mit einem fürchterlichen Mord zu tun zu bekommen. „Von dem eingedrückten Kehlkopf weiß ich noch gar nichts. Was können Sie mir dazu schon heute sagen, Dottore?"

„Also, unsere Wasserleiche war Opfer eines Verbrechens. Gestorben ist der Mann, nachdem ihm der Kehlkopf eingeschlagen worden war. Er ist erstickt. Man hat ihm die Augen herausgeschnitten. Ich nehme an, dass dies nach seiner Ermordung geschehen ist. Aber das untersuche ich noch genau. Dann hat der Täter ihn vermutlich in die Passer geworfen. Das ist noch nicht so lange her. Vielleicht zwei Tage. Dieser Mann hier", Phillipi deutete auf das Haus, „ist vermutlich auch durch einen Schlag auf den Kehlkopf ermordet worden. Das muss ich mir aber noch genauer ansehen. Ich habe bei der groben Schau keine Verletzungen feststellen können, außer einer Delle im Kehlkopf. Wie bei der Wasserleiche. Und man hat ihm die Zunge herausgeschnitten. Das scheint eine Parallele zum Wasserleichenfall zu sein. Alter ähnlich, beide möglicherweise auf dieselbe Art umgebracht, jedem ein wichtiger Sinn geraubt. Sehen und schmecken." „Oder reden", fügte Fabio hinzu, „oder reden". Phillipi nickte. „Oder reden."

„Ist der Mann hier ermordet worden?"

„Möglicherweise nicht. Ihre Assistentin hat da so eine Theorie. Kann ich aber jetzt noch nicht mit Sicherheit sagen. Denkbar ist, dass er hier abgelegt worden ist. Das Gelände ist zwar verschlossen, aber hier ist nichts und niemand mehr."

„Wer hat den Mann gefunden?"

„Das weiß Ihre Assistentin besser als ich. Die ist noch im Gebäude."

Phillipi übernahm die Führung. Sie betraten das Gebäude über den Eingang der Terrasse. Sie mussten an dem wild wuchernden Busch vorbei, der sich daran gemacht hatte, das gesamte Gebäude zu überwachsen. Sie gelangten in ein größeres Zimmer, das bis auf einen kaputten Stuhl leer war. Ansonsten lagen Dreck und Unrat auf dem Boden. Sie gelangten über einen Flur in ein angrenzendes Zimmer, das zur Straße hin zwei Fenster hatte. Da lag der Tote. Einfach so. Halbverdreht auf dem Boden, das Gesicht zur Decke gerichtet. Kein altes, aber auch kein junges Gesicht. Kein schönes, aber auch kein hässliches Gesicht. Ein Durchschnittsgesicht. Der Mund stand leicht offen. Dem Mann fehlte die Zunge.

*

Francesca war im Nebenraum damit beschäftigt gewesen, die letzten Angaben des Mannes vom Wachdienst aufzuzeichnen. Sie stieß zu Dottore Phillipi und Fabio, nachdem sie den Mann entlassen hatte. Sie berichtete sofort knapp und präzise. Keine Bemerkung über ihr nächtliches Zusammentreffen gestern. Sie war ganz der Profi.

„Der Wachmann hat heute Morgen bemerkt, dass eine Tür, die gestern bestimmt noch nicht offen gestanden hatte, leicht geöffnet war. In diesem Haus treiben sich hin und wieder Obdachlose herum. Besonders, wenn es kalt wird. Die Verwalter der alten Aluminiumhütte haben daher den Wachdienst beauftragt, dafür zu sorgen, dass hier niemand Unfug treibt. So ein Haus ist schnell in Brand gesetzt. Dass Obdachlose hier Feuer machen, um zu kochen oder um es warm zu haben, ist zwar verständlich, aber eben auch gefährlich. Also ist unser Wachmann in das Gebäude hinein, um nachzusehen. Und da hat er die Leiche gefunden."

„Wann war das genau?"

Francesca musste ihren Notizblock nicht bemühen. „Der Wachmann hat gesagt, dass er um zehn Uhr früh hier vorbeigekommen ist. Die Leiche hat er kurz darauf entdeckt und sofort bei uns angerufen."

„Bei uns, nicht bei der Konkurrenz?" Fabio meinte die Carabinieri, die normalerweise eher angerufen wurden.

„Nein, nicht die Konkurrenz, sondern wir wurden informiert. Es sind dann zwei Leute von der Bereitschaft zum Leichenfundort gefahren und die haben mich telefonisch verständigt."

Fabio wandte sich an Dottore Phillipi: „Können Sie schon sagen, wie lange er tot ist?"

Phillipi schüttelte den Kopf. „Ich messe gleich die Kerntemperatur. Dann weiß ich mehr. Aber nach der Gesichtsfarbe zu urteilen ist er schon länger tot. Nicht erst seit gestern. Ich schätze, aber das ist eine sehr grobe Schätzung, dass er schon eine Woche tot ist. Genaues weiß ich heute Abend, spätestens morgen früh. Dann bin ich mit der Leichenschau durch, weiß, ob es Totenflecke gibt und kann Ihnen ziemlich genau sagen, wie lange der Mann schon tot ist."

„Und der erste Tote ist genauso umgebracht worden?"

„Ich vermute das. Aber warten Sie ab, bis Sie den Bericht haben. Dann wissen Sie es."

„Wenn das so ist, haben wir es dann mit einem Serienmörder zu tun? Müssen wir mit weiteren Leichen rechnen?"

Die drei schwiegen. Alle hatten sie diesen Gedanken gehabt.

Fabio unterbrach die Stille: „Ist er hier gestorben?"

Francesca zeigte auf die Schleifspuren im Staub, den der Boden bedeckte. Sie führten zu der Tür, die offen gestanden hatte. „Ich glaube, dass man ihn vor der Tür aus einem Auto geladen und dann bis hierher geschleift hat. Die Richtung der Schleifspuren ist eindeutig, von draußen nach drinnen."

Fabio nickte nachdenklich. „Und der Wachmann ist sicher, dass die Tür gestern noch nicht offen gestanden hat." Er überlegte. „Wann geht der Wachmann für gewöhnlich seine Runde?"

Francesca blätterte in ihren Notizen: „Er hat gesagt, dass er morgens gegen 10 Uhr vorbeischaut. Er hat drei Gebäude, bei denen er nach dem Rechten schauen muss. Er fährt meist mit dem Fahrrad vorbei. Sein Auftrag ist einfach. Er muss nur melden, wenn etwas beschädigt ist. Ein Fenster eingeworfen, eine Tür aufgebrochen."

Fabio beugte sich über die Schleifspuren und betrachtete die Umgebung genau.

„Wenn die Beobachtung des Mannes richtig ist, dass die Tür erst seit heute offen stand, dann könnte das bedeuten, dass der Tote zwischen gestern um ca. 10 Uhr morgens und heute um ca. 10 Uhr morgens hierher gebracht worden ist. Dann müssten die Schleifspuren allerdings frisch sein. Ich bin aber der Meinung, dass innerhalb der Schleifspuren frischer Staub liegt", er zeigte auf die Furchen, die im Staub des Bodens zu sehen waren. „Hier, ganz deutlich. Die Spur ist sozusagen zugestaubt. Was meinen Sie Dottore?" Alle drei beugten sich über die Spur. Phillipi stand auf: „Das kann sein. Aber ich kenne mich da nicht aus. Das sollen ihre Spurenfachleute untersuchen. Aber da ist was dran."

„Und das würde bedeuten", schaltete sich Francesca ein, „dass unser Toter schon einige Tage hier liegt."

„Frag doch den Wachmann, ob er auch die Türen überprüfen muss, oder ob er nur vorbeiradelt. Wenn er nur eine Sichtprüfung vornehmen muss, dann kann es sein, dass die Tür tagelang zu war und erst vergangene Nacht, durch einen Luftzug vielleicht, aufgegangen ist."

„Oder Obdachlose haben versucht, reinzukommen", mutmaßte Phillipi.

„Das schließe ich aus", sagte Francesca. Dann hätten wir mehr Spuren gefunden. Aber außer den Schleifspuren gibt es nichts. Keine Fußabdrücke! Das ist schon komisch."

„Vielleicht hat der Täter seine Spuren verwischt?" Fabio kratze sich am Kinn. „Lass die Spurenfachleute den Ort gründlich untersuchen. Wir haben für heute genug gesehen. Für einen Sonntagvormittag ist das alles ganz schön viel."

Francesca und Phillipi nickten.

„Ich brauche jetzt einen Kaffee, was ist mit euch?"

Phillipi schüttelte den Kopf. „Ich mache jetzt hier weiter und sobald die Spurensicherung die Leiche freigibt, nehme ich sie mit ins Institut." Er murmelte etwas, das sich so anhörte wie „Habe eh nichts Besseres vor" und ging dann zu den gerade eintreffenden Beamten der Spurensicherung. Francesca wirkte etwas verlegen. Fabio spürte, dass es mit ihrem Zusammentreffen gestern Abend zu tun hatte. Jetzt waren sie wieder unter sich. Und sie wusste offensichtlich nicht, wie sie die Situation einschätzen sollte. Hatte er etwas gemerkt? Wenn ja, was hielt er davon? So jedenfalls, dachte Fabio, war Francescas Stimmungslage. Er ergriff also die Initiative. „Los, wir gehen jetzt einen Kaffee trinken. Hast du eine Idee, wo?"

Francesca blickte ihn kurz an. Er musste wohl ein Gesicht aufgesetzt haben, das sie beruhigte, denn sie schien ihr altbekanntes Selbstbewusstsein wiedergewonnen zu haben.

„In der Zone gibt es bestimmt jede Menge Bars, aber ich kenne hier keine. Was hältst du davon, wenn wir zu Frederico fahren? Wenn noch was sein sollte, dann haben wir es bis zum Büro nicht weit." Fredericos Bar war Fabios und Tommasos Lieblingsbar. Sie lag genau zwischen der Questura und der Carabinierikaserne. Und seitdem Francesca zu ihrem Team zählte, hatten sie sich auch gerne zu dritt dort getroffen. Frederico war hinter Francesca her, das war immer wieder zu spüren, wenn sie dort auftauchte. Aber Fabio wusste ja nun, warum sie ihn immer freundlich, aber bestimmt auf Distanz hielt.

„Gute Idee. Ich kann auch eine Kleinigkeit zu essen vertragen. Das Frühstück war heute nicht so üppig." Die Fahrt dauerte nicht lange. Auf der Via Roma über den Eisack, dann rechts, an der Drususallee wieder rechts, über die Talferbrücke und schon waren sie bei der Questura. Sie hatten Fabios Auto genommen. Genau genommen das von Elisabeth. Als sie die Drususbrücke überquerten, wollte Fabio das Gespräch in Gang bringen. Denn bisher hatten sie geschwiegen, waren ihren Gedanken nachgehangen.

„Ich will mir jetzt ein eigenes Auto zulegen!"

Francescas Augenbraue ging in die Höhe. „Freiwillig?"

„Was soll das denn heißen?" Fabio war etwas irritiert. Sollte Tommaso Francesca gegenüber irgendetwas geäußert haben?

„Ja, natürlich freiwillig. Ich kann doch Elisabeth nicht immer den Wagen nehmen und Tommaso ständig für Fahrdienste einspannen."

Auf Francescas Lippen zeigte sich ein feines Lächeln. Fabio interpretierte es als „wissendes Lächeln". Francesca wusste also Bescheid. Über seine Bequemlichkeit, über seine Unlust, selber zu fahren. „Man tauscht sich also aus. Familie Caruso und Francesca kochen wohl nicht nur zusammen. Sarden!", dachte er.

„Und was für ein Auto willst du kaufen?", fragte Francesca.

„Wenn ich es wüsste, ich würde es dir sagen. Aber ich habe keinen Schimmer. Hast du eine Idee? Was passt zu mir? Ein großes Auto? Ein kleines? Ein schnelles? Ein langsames? Welche Marke, welche Farbe? Ich habe mich noch nie damit beschäftigt. Ehrlich! Was passt zu mir? Sag es!"

Francesca musste jetzt lachen. Ein Mann, der keine Ahnung von Autos hatte. Das glaubte sie ihm nicht. Aber wenn sie sein Gesicht betrachtete, dann war da schon ein wenig Hilflosigkeit zu erkennen. Vielleicht war die nicht gespielt, sondern echt?

Fabio parkte den Wagen direkt vor Fredericos Bar. Es grenzte an ein Wunder, sonntags in der Innenstadt einen Parkplatz zu bekommen. Es ging auf 12 Uhr zu und Fabio hatte schon wieder Hunger. Deshalb griff er sofort in Fredericos Brötchenvitrine und nahm sich gleich zwei von den lecker belegten Broten.

„Buongiorno!", krähte ihnen Frederico entgegen. Er freute sich sichtlich, sie an einem Sonntag zu sehen, was sonst nicht vorkam. Er überhäufte auch diesmal Francesca mit Komplimenten, obwohl sie heute nicht so vorteilhaft gekleidet war wie sonst. Sie war nämlich von dem Anruf der Bereitschaftspolizei unsanft geweckt worden und hatte keine Zeit gehabt, sich zurechtzumachen. Jeans und dicke Daunenjacke mussten es heute tun. Nicht die Garderobe, mit der sie normalerweise vor die Tür ging. Aber Frederico war eben ein Charmeur und beeilte sich, den bestellten Kaffee zu bringen. Sie hatten in einer ruhigen Ecke Platz genommen, in der sie sich unterhalten konnten, ohne dass die anderen Gäste mithörten.

„Hast du gestern noch etwas über den Toten aus der Passer herausfinden können?", begann Fabio. Francesca nahm einen Schluck Kaffee und nickte: „Ich weiß, wer der Mann ist, ich kenne seine Eltern. Sie werden morgen die Leiche identifizieren, haben ihn aber auf dem Foto sofort erkannt. Außerdem hat der Schneider den Anzug sofort wiedererkannt."

Fabio schaute Francesca fragend an. Die verstand und erzählte von Anfang an. Dass sie am Freitag mit Phillipi die Leichenschau vorgenommen hatte. Sie berichtete die wesentlichen Ergebnisse der Untersuchung. Sie erzählte von dem Maßanzug, dem Schneider und dem Haus, in dem Doktor Bernhard Reiterer gewohnt hatte. „Und stell dir vor, der hat in dem riesigem Wohnzimmer nur ein Bild. Riesengroß, vielleicht 3 Meter mal 2 Meter. Und was glaubst du, ist darauf abgebildet? Sein Porträt – sein riesengroßes Porträt. Gut gemacht. Ein Foto in schwarz-weiß. Sehr ausdrucksstark. Aber würdest du dich selber so ausstellen – in deiner eigenen Wohnung?" Fabio zuckte die Schultern: „Wahrscheinlich nicht, aber vielleicht war es ein Kunstwerk von einem Freund."

Er trank von seinem Kaffee, biss in sein Brötchen und kaute genüsslich. „Der Doktor war also wohlhabend. Was hat der denn so gemacht, beruflich meine ich?"

„Apotheker. Das weiß ich von seinen Eltern. Die habe ich gleich im Anschluss besucht. Sie wohnen in einer alten Villa in Obermais. Warst du schon mal dort?"

Fabio schüttelte den Kopf. „In Meran kenne ich mich noch nicht aus. Obermais, ist das ein Stadtteil?"

„Ein alter, vornehmer Stadtteil, würde ich sagen. Liegt am Berg. Wirkt wie ein riesiger Park. Alles voller alter Bäume. Sieht toll aus. Du musst dir vorstellen, dass es dort viele alte Villen gibt, die sich diesen Park teilen. Jede einzelne ist natürlich eingezäunt, eingemauert, liegt versteckt hinter riesigen Rhododendren. Schmiedeeiserne Tore, Kiesauffahrten und so. Dazu einige Hotels, alle in alter Pracht. Sehr schick da oben."

„Und die Eltern, sie wohnen in einer solchen Villa?"

„Die Eltern bewohnen eine riesige Villa. Schätze, so um die Jahrhundertwende gebaut. Ich schelle an der Toreinfahrt. Irgendwann fragt man mich über die Gegensprechanlage, was ich will. Dann gibt es eine lange Auffahrt zur Villa. Die siehst du erst, nachdem du eine Kurve gefahren bist. So groß ist der Park, der die Villa umgibt. Na ja. Wie beim Sohn macht mir eine Hausdame die Tür auf. Drinnen siehst du nur alte Pracht. Ich kam mir vor wie in einem Kinofilm. So was habe ich noch nie gesehen. Überall Teppiche, Antiquitäten, Gemälde."

„Und die Eltern?"

„So um die siebzig, würde ich sagen. Vornehme Menschen. Passen in ihre Villa. Die waren ziemlich fertig, als ich ihnen das Foto unserer Leiche gezeigt habe. Sie haben ihn sofort erkannt. Am Montag kommt die Mutter noch einmal in das Institut, um die Identifizierung abzusichern. Aber wir können heute schon davon ausgehen, dass wir die Identität geklärt haben."

„Die Mutter kommt alleine?"

„Der Vater sitzt im Rollstuhl. Wahrscheinlich Querschnittlähmung nach Unfall."

„Hast du sonst noch was herausbekommen?"

„Unser Mann heißt Bernhard Reiterer und ist Inhaber der Theaterapotheke in Meran. Die liegt direkt gegenüber dem Stadttheater am Theaterplatz. Ist ein Familienbetrieb. Der Sohn hat die Apotheke vom Vater übernommen, dieser von seinem Vater. Unser Mann ist ledig und hat keine Kinder. Damit dürfte die Apothekerdynastie ausgestorben sein."

„Haben die Eltern irgendetwas gesagt, was uns weiterhilft? Irgendein Hinweis, ob ihr Sohn Feinde gehabt hat? Gab es in der Vergangenheit irgendetwas, was Sorgen bereitet hat?"

„Die waren fertig. Das, was ich weiß, habe ich vor allem von der Hausangestellten des Toten erfahren."

„Wir haben also nichts, was uns weiterhilft."

„Was wir wissen, ist, dass ein anscheinend wohlhabender Apotheker aus einer wohlhabenden Familie mit einem Schlag auf den Kehlkopf getötet worden ist. Man hat ihm vermutlich danach die Augen herausgeschnitten."

„Moment, ist das gesichert? Ich meine, dass die Augen herausgeschnitten wurden?"

„Phillipi hat Spuren gefunden, die von einer Messerklinge herrühren. Er meint, dass man die Augen herausgeschnitten hat." Fabio nickte. „Weiter!"

„Dann hat man die Leiche in die Passer geworfen. Wichtig ist vielleicht, dass der Mann nur einen Anzug anhatte. Der Schneider meinte, dass der Doktor im Februar nicht ohne Mantel aus dem Haus gegangen wäre. Wenn das stimmt, dann könnte es sein, dass er nicht unbedingt in der Nähe des Fundortes, sondern irgendwo sonst ermordet wurde. Denn dass der Mörder sich die Mühe macht, einem Passanten den Mantel auszuziehen, ist eher ungewöhnlich."

„Ein Überfall auf offener Straße ist in der Tat unwahrscheinlich. Solche Täter wollen rauben, töten eher aus Versehen und verstümmeln ihre Opfer nicht." Fabio blickte in seine leere Tasse. „Und wenn wir den zweiten Toten hinzunehmen, der ebenfalls verstümmelt wurde, dann wird die Sache nicht einfacher."

„Oder doch, wenn wir eine Verbindung zwischen den beiden Toten finden."

„Wir wissen, wer der eine Tote ist. Noch wissen wir nicht, wer der zweite ist."

Francesca blickte in Richtung Frederico und bestellt noch einen Cappuccino. „Für dich auch einen?" Fabio schüttelte den Kopf. „Ich habe genug Kaffee getrunken." Er seufzte. Francesca schaute ihn fragend an. Da tänzelte Frederico heran mit dem bestellten Cappuccino. „Francesca, mit Liebe gemacht! Wie schön, dass du an einem Sonntag vorbeikommst. Aber warum so sorgenvolle Mienen? Ist heute nicht ein schöner Tag?" Es fielen einige wenige Sonnenstrahlen sehr sparsam durch Fredericos große Fenster. Eigentlich kein Grund, um zu jubeln. Fabio wusste aber, dass Frederico jubelte, weil Francesca da war, denn er verehrte sie seit dem Tag, als sie das erste Mal bei ihm am Tresen gestanden und einen Espresso getrunken hatte. Und seit gestern Abend wusste er auch, dass sich Frederico vergeblich abmühte. Irgendwie tat er ihm leid.

Francesca nahm seine Huldigungen und sein überschwängliches „Gute-Laune-um-jeden-Preis-verbreiten-Wollen" mit Gelassenheit hin, wirkte dabei aber leicht angespannt. Fabio nahm einen kurzen Blick wahr, mit dem sie ihn musterte. Sie wusste ja, dass er sie gestern gesehen hatte. Ahnte sie, dass er etwas ahnte? Jedenfalls konnte man Francesca anmerken, dass ihr die Situation unangenehm war. Sie wurde daraus erlöst, weil andere Gäste nach Frederico riefen. Francescas Anspannung löste sich etwas. Aber ein scheuer Blick Richtung Fabio sagte ihm, dass Elisabeth recht hatte.

Er sagte: „Manchmal übertreibt er ein wenig."

Francesca musterte Fabio.

„Aber er hat dich eben von Anfang an in sein Herz geschlossen."

Ihre Blicke trafen sich.

„Aber er ist nicht dein Typ?"

Fabio wusste nicht, ob er sich damit ein wenig zu weit vorgewagt hatte. Aber Francesca machte nicht zu, reagierte mit einem offenen Blick. Allerdings brauchte sie etwas Zeit, bis sie antwortete. So, als müsse sie ihre Worte gut überlegen.

„Vielleicht hast du es gestern Abend ja mitbekommen, als du mich in Meran gesehen hast. Ich war in Begleitung einer Freundin und nicht in Begleitung eines Freundes."

Sie blickte Fabio direkt in die Augen, so als wolle sie jede noch so winzige Reaktion bei ihm mitbekommen. Nichts sollte ihr entgehen. Fabio spürte, dass dies ein wichtiger Moment war. Wichtig für ihren weiteren Umgang miteinander. Er erinnerte sich an Francescas etwas freche Art, als sie ihn an ihrem ersten Tag gefragt hatte, ob er Probleme mit ihrer sehr körperbetonten Kleidung hätte. Er hatte damals ganz cool reagiert, wie er fand. Und ihr Verhältnis war auch deshalb von Anfang an ganz unverkrampft. Und so sollte es auch bleiben. Francesca war ein toller Mensch, eine tolle Kollegin.

Deshalb sagte er: „Also, ich fand deine Freundin sehr attraktiv. Elisabeth fand das übrigens auch. Und weißt du was? Sie hat mir sogar genau erzählen können, was ihr für Stiefel getragen habt, welche Taschen ihr dabeihattet und welchen Schmuck ihr getragen habt. Wie macht ihr Frauen das nur? Diese ganzen Einzelheiten mit einem Blick erfassen?"

In diesem Moment begann Francesca sehr bildhaft zu beschreiben, was Elisabeth gestern getragen und welch kauflustigen Blick sie gehabt hatte. Nun musste Francesca lachen und Fabio lachte mit.

Dann, wieder ernst, sagte Francesca: „Aber du hast schon verstanden, was ich dir sagen wollte?"

Fabio schaute ihr in die Augen, damit sie daraus lesen konnte. „Elisabeth hat mir gesagt, dass es unpassend wäre, euch Turteltäubchen zu stören. Ich muss zugeben, dass ich nicht von alleine darauf gekommen wäre. Aber für Elisabeth war die Sache sofort klar."

Francesca grinste.

„Und wie stehst du dazu?", wollte sie wissen.

„Für mich ist das nicht nur kein Problem, meine liebe geschätzte Kollegin. Es ist sogar ganz gut, dass ich es weiß. Denn jetzt verstehe ich dich auch ein bisschen besser. Und das kann nicht schaden, wenn man so eng zusammenarbeitet wie wir." Über Francescas Gesicht zog der Schimmer eines leichten Rot. Sie lächelte.

„Danke. Es ist nicht so einfach für mich", war alles was sie zu diesem Thema noch sagte. Sie nippte an ihrem Cappuccino und wurde dann wieder sachlich.

„Wie gehen wir jetzt weiter vor?", wollte sie wissen.

Fabio hatte das schon überlegt.

„Ich muss mich morgen um den Staatsanwalt aus Deutschland kümmern. Wir haben eine Besprechung mit Dottore Infedele, um 10 Uhr, glaube ich. Das heißt, dass ich morgen keine Zeit habe. Du bist dran und machst jetzt bitte erst einmal allein weiter. Das Übliche. Untersuchung des Nahfeldes unseres ersten Opfers. Befragung aller Angestellten der Apotheke, der Haushälterin usw. Bringe in Erfahrung, wie die Apotheke läuft. Gibt es wirtschaftliche Probleme? Hat der Mann Konkurrenten oder Feinde? Welche Freunde hat er? Vielleicht ist ja auch unser zweites Opfer mit ihm befreundet. All so was halt. Damit bist du morgen mehr als ausgelastet. Phillipi wird sicher morgen seine ersten Berichte abgeben. Vielleicht finden wir da was Neues. Die Identität des zweiten Toten herauszufinden wird vielleicht schwierig. Phillipi soll ein Porträtfoto machen. Mit geschlossenem Mund. Das könnten wir an die Zeitungen und an die Fernsehsender geben, wenn wir nicht alleine weiterkommen. Das reicht fürs Erste, oder?“

Sechzehn

„Ihr Frauen seid wirklich unglaublich."
Elisabeth wandte sich Fabio zu. Der schaute entspannt über sein Glas Rotwein zu Elisabeth, die im Begriff war, den Tisch zu decken. An diesem Sonntagabend wollten sie nur ein wenig Brot und Käse essen. Nach all den Genüssen vom Samstag schien das genau richtig. Und ein Glas Lagrein Riserva sollte es sein. Das machte den kalten Februar erträglicher.

Elisabeth wusste nicht, welche Gedanken ihrem Mann durch den Kopf gingen. Fabio grinste sie an: „Du hattest vollkommen recht mit Francesca." Aus tiefer Überzeugung sagte sie: „Aber sicher, mein lieber Mann. Woran hast du es gemerkt? Du hast Sie doch nicht etwa gefragt?" Elisabeth setzte das Käsebrett etwas zu hart auf die Tischplatte.

Fabio schaute sie verwundert an. Hielt sie ihn für plump?

„Es hat sich so ergeben. Und ich glaube, sie war ganz froh, dass dieses Thema durch ist und sie jetzt weiß, dass es für mich unerheblich ist, welche Orientierung sie hat."

Elisabeth schaute skeptisch. „Du bist sicher, dass sie es in Ordnung fand, dass du sie angesprochen hast?"

„Ich habe das Thema nicht einfach so plump angesprochen. Und eigentlich war es Francesca, die das Thema dann deutlich angesprochen hat."

„Und du?"

„Ich habe ihr erzählt, dass ich das überhaupt nicht spitzbekommen habe, sondern dass du es gestern im Vorübergehen festgestellt hast. Und deshalb, und auch wegen Francescas Reaktion, habe ich eben so vor mich hingesagt: ‚Ihr Frauen seid wirklich unglaublich.'"

„Wieso?"

„Weil ihr auf einer Ebene kommuniziert, die mir verschlossen bleibt. Weil ihr ganz viele Dinge seht und behaltet, die meine

Sinne nicht wahrnehmen. Weil ihr in Bruchteilen von Sekunden Zusammenhänge versteht, die ich mir mühsam erarbeiten muss."

„Und was fandest du an Francescas Reaktion so interessant?"

„Dass sie es für das Normalste auf der Welt hielt, dass du mit einem Blick erfasst hast, welche Stiefel die beiden trugen, welche Taschen sie dabeihatten und welchen Schmuck sie trugen."

„Das hat sie gesagt?"

„Nein. Das hat sie nicht gesagt. Sie hat nur leicht gelächelt und mir dann haargenau aufgezählt, was du gestern Abend getragen hast und dass du kauflustig aus den Augen geschaut hättest und gleichzeitig richtig verliebt. – Ich wiederhole mich: Ihr Frauen seid einfach unglaublich!"

Siebzehn

Hagen Bös war pünktlich. Und er war gut gelaunt. Dottore Infedele kam in die Questura. Man traf sich im Konferenzzimmer, Carlotta hatte für Kaffee und Gebäck gesorgt. Der Vicequestore begrüßte sie kurz und verschwand daraufhin. Er hatte Wichtigeres zu tun. Wie Fabio von Carlotta wusste, hatte er einen Termin bei seinem Friseur. Der Mann wusste die Dinge zu gewichten. Bös und Dottore Infedele kannten sich offensichtlich. Sie begrüßten einander herzlich. Und als der Vicequestore den Raum verlassen hatte, fingen sie gleich ein munteres Gespräch an.

Sie duzten sich.

„Na, hast du wieder alle Uhrengeschäfte abgeklappert?“, fragte Filippo.

Hagen Bös lachte. „Die Uhren der Welt sind hier zu Hause, mein Lieber. Was denkst denn du, weshalb ich extra den weiten Weg mache? Ein Uhrenparadies, euer Bozen, ein Uhrenparadies. Leider kann ich mir die meisten nur ansehen. Arbeitete ich auf der anderen Seite, könnte ich sie mir auch alle kaufen. Aber“, er zog den Sakkoärmel am linken Arm nach oben, „ein kleines Andenken habe ich mir doch gegönnt.“ Ihr Blick fiel auf eine sportive Uhr mit Metallband. Er dozierte: „Eine Eterna Kontiki. Ein älteres Modell. Der Händler gab deshalb 50 Prozent Rabatt. Da konnte ich nicht widerstehen. Ein schönes Stück, nicht wahr?“ Filippo Infedele lobte die Uhr gebührend, Fabio wirkte etwas irritiert. Hagen Bös schien zufrieden. Er betrachtete seine Errungenschaft. „Ach die Uhren, ich mag sie so!“, rief er aus, grinste in die Runde und sagte dann: „Aber wir sind ja wegen der Leute hier, die sich alle Uhren der Welt leisten können, weil sie anderen das Geld wegnehmen.“ Er bückte sich nach seiner Tasche, die er unter den Tisch gestellt hatte, und tauchte mit einigen Papieren wieder auf.

„Ich habe die Hoffnung“, fing er an, „dass ich bei euch einen Anknüpfungspunkt für meine Ermittlungen in Düsseldorf finde.“

Und wie sich zeigte, war Dottore Infedele bereits gut informiert worden. Bös hatte seinen Besuch in Bozen akribisch vorbereitet.

Dottore Infedele wandte sich an Fabio: „Mein lieber Commissario, es kann sein, dass Sie mit ihrem Zufallsfund einen Hinweis gefunden haben, der mir und unserem Kollegen aus Deutschland weiterhelfen kann. Ich erkläre Ihnen jetzt die Zusammenhänge." Er schlug eine Akte auf, die er vor sich auf den Tisch gelegt hatte. „Als Sie uns vor einigen Wochen von Ihrem Fund berichtet haben, sind wir sehr hellhörig geworden. Denn Ihr Fund passt ganz gut in den Gesamtzusammenhang einer Geschichte, an der wir", er deutete auf Hagen Bös, „dran sind. Sie müssen wissen, dass wir beide an einer Ständigen Konferenz in Den Haag teilnehmen, auf der sich Experten aus dem europäischen Raum treffen, um die Maßnahmen gegen Produktpiraterie und Markenfälschung zu koordinieren. Daher kennen wir uns auch." Hagen Bös lächelte: „Europol, kennen Sie sicher. Nur Spezialisten. Polizei, Zoll, Staatsanwaltschaft, die ganze Kavallerie", er lachte jetzt. Filippo Infedele schien amüsiert, aber nicht irritiert. Sie mochten sich anscheinend. Er wandte sich erneut Fabio zu: „Ja, die ganze Kavallerie. Und das zu dem Zweck einer konzentrierten Verfolgung dieses Unrates, der uns alle überflutet. Es geht um gefälschte Markenartikel aller Art. Und mir geht es besonders um gefälschte Medikamente und sogenannte Lifestylepräparate wie Schönheitsmittel, Muskelaufbaupräparate, Vitaminpillen, Diätpillen und betrügerische Wundermittel. Wir haben es weltweit mit einer professionell organisierten Fälscherindustrie zu tun. Und in der Ständigen Konferenz, von der ich erzählt habe, versuchen wir unsere Kenntnisse über deren Strukturen zu bündeln, um effektiv zuschlagen zu können. Das Problem ist immer dasselbe. Wir bekommen nur die kleinen Fische. Hier und da nehmen wir eine Lieferung hops. Manchmal gelingt uns auch ein großer Schlag. Dann vernichten wir medienwirksam mit einer Walze gefälschte Ware im Wert von mehreren Hundert Millionen Euro. Aber die Betreiber bleiben davon unberührt. Während wir Fälschungen vernichten, werden dieselben Mengen sofort nachproduziert und in Umlauf gebracht. Und Fehler, die die Händler, Zwischenhändler oder wer auch immer in der Vertriebsstruktur gemacht haben, passieren denen kein zweites Mal. Die Hintermänner lernen sehr schnell und", er machte eine Pause, um die Wichtigkeit des Folgenden zu betonen, „wir gehen inzwischen davon aus, dass wir es mit hochprofessionellen Experten zu tun haben, die wir bereits aus anderen Zusammenhängen kennen."

Filippo Infedele lehnte sich zurück und schaute in die Runde. Fabio verstand, dass er es spannend machen wollte. Aber warum?

„Von wem sprechen Sie genau?", fragte er.

Dottore Infedele und Hagen Bös schauten sich an. Bös war es, der das Wort ergriff.

„Arzneimittelfälschung wirft mehr ab als Drogenhandel. Und ich fasse unter dem Begriff der Arzneimittelfälschung jetzt all die Mittel zusammen, von denen Menschen glauben, dass sie ihr Leben verlängern, erträglicher machen oder sie besser und schöner werden lassen. Das sind in erster Linie Diätpillen, Anabolika, Steroide, Potenzmittel, Vitaminpräparate, aber auch Herzmittel oder Wundermittel gegen Krebs. Gekauft wird dabei, was billig ist. Bei der Herstellung von Fälschungen scheuen die Fälscher vor nichts zurück. Tabletten aus Straßenstaub, Abfällen, Altöl, alles schon da gewesen. Hauptsache sie haben eine glänzende Oberfläche. Das Prinzip ist immer dasselbe. Die Produktion kostet fast nichts. Und jetzt wird es interessant: Wie kommt das Zeug zum Verbraucher? Wo kann er es herbekommen? Der Favorit der Vertriebswege ist das Internet. Wer da bestellt, bekommt irgendwann ein Päckchen nach Hause geschickt. Wenn wir es nicht vorher abfischen. Dazu sage ich gleich noch was. Und ansonsten läuft viel über die Bodybuildingstudios und im Rotlichtmilieu. Die bekommen die Ware nicht über das Internet, sondern über normale Vertriebswege, wie wir es auch beim Textilschmuggel beobachten. Als normale Fracht per Schiff und LKW über Knotenpunkte und Verteilungsstationen. Und jetzt muss man sich die Fragen stellen, wer über eine solche Logistik verfügt und wer den größten Gewinn aus diesen Geschäften schlägt. Und bei dieser Frage gelangen wir an diejenigen, die wir aus alten Geschäftsfeldern kennen. Diese `Geschäftsidee` bedient sich teilweise derselben Strukturen wie der organisierte Drogen- und Waffenhandel. Und dahinter stecken alle bekannten Größen der Mafia und anderer krimineller Netzwerke. Wir sind ziemlich sicher, dass auch der internationale Terrorismus diese „Geschäftsidee" längst für sich entdeckt hat. Drogenanbau in Afghanistan und Pakistan, um Gelder für Kriege zu generieren – das ist nur ein Geschäftsfeld. Pillen für die erste Welt, damit Mutti abnimmt und Vati seine verlorene Potenz wiederbekommt, sind wesentlich einfacher herzustellen und zu vertreiben, bei viel geringerem Entdeckungsrisiko. Und die Bestrafung derjenigen, die wir erwischen, ist im Vergleich zur Bestrafung beim Drogenschmuggel lächerlich gering."

Bös machte eine Pause, betrachtete das Gebäck. „Oh! Teegebäck!", rief er aus und nahm einen der Kekse, die Carlotta auf den Tisch gestellt hatte, und biss hinein. „Lecker", sagte er mit vollem Mund, „sehr gutes Teegebäck!" Filippo Infedele nippte von seinem Kaffee und grinste.

Bös fuhr fort: „Jetzt wissen wir schon einiges und unser Zoll am Düsseldorfer Flughafen zum Beispiel, der fischt tagtäglich riesige Mengen von dem Zeug aus der Luftfracht. Fast alles Bestellungen, die über das Internet gelaufen sind. Wir können die Leute zwar davor warnen, aber die Bevölkerung lässt sich von diesen Warnungen nicht beeindrucken. Wie ich schon sagte, wenn es billig ist, wird es gekauft. Viagra ist teuer. Eine Pille aus der Apotheke kostet so um die 10 Euro. Da kauft sich Papi lieber ein billiges Präparat und muss auch nicht zum Apotheker gehen, was ihm vielleicht peinlich ist. Man kennt sich vielleicht. Da bestellt Papi lieber anonym und bekommt eine blaue Raute für kleines Geld. Dabei kann er nicht wissen, ob die Fälschung den Wirkstoff überhaupt enthält, oder zu wenig davon, oder zu viel. Und wenn unser Zoll fleißig war, dann erhält er sein Paket erst gar nicht. Denn der Zoll vernichtet das Zeug. Und jetzt kommen wir langsam dahin, wo es für uns hier in Bozen interessant wird. Ich glaube nämlich, dass unsere unbekannten Betreiber dieser `Geschäftsidee` nach neuen Vertriebswegen suchen, die weniger verlustintensiv funktionieren. Meine Theorie ist, dass sie die bewährten Routen der Textilfälscher nutzen und ihre Päckchen zwischen die Lieferungen mischen, zum Beispiel zwischen die Markenjeans, die sie hier gefunden haben. So auch von uns in Düsseldorf beobachtet.“ Er wandte sich direkt Fabio zu: „Ich habe Ihnen am Samstag davon erzählt. Und daher kommen Sie jetzt ins Spiel. Wir sammeln Anhaltspunkte, beobachten Einzelfälle, versuchen hinter die Abläufe zu schauen, um zu erkennen, wer eigentlich dahintersteckt. Und, ganz offen gesagt, wenn Sie jetzt alleine weiter in dieser Suppe herumstochern, dann könnte uns das ein weiteres Einfalltor zumachen.“

Jetzt war es also raus. Deshalb war Bös hier. Aber er sprach schon weiter: „Ihre Entdeckung kann für uns wertvoll sein. Wie wertvoll, weiß ich noch nicht. Aber wir sollten kooperieren und uns austauschen. Und jetzt wird Ihnen Dottore Infedele erzählen, an welcher Sache er arbeitet. Dann werden Sie verstehen, was uns antreibt.“

Filippo Infedele nickte und übernahm das Wort: „Ich beginne von vorne, damit Sie den Zusammenhang erkennen. Vor zwei Jahren gab es einige Todesfälle in Trient, die zunächst niemanden beunruhigt haben. Zwei Frauen, beide knapp über fünfzig, sind gestorben. Beide an Herzversagen. Nun war da eine Journalistin, die recherchierte einen Fall von Arzneimittelfälschung. Es ging konkret um Schlankheitspillen. Sie hatte eine Fabrik in Nicaragua und eine in Kolumbien ausgemacht, die solche Pillen produzierten. Die verdeckt gemachten Filmaufnahmen und Fotos zeigten, dass die Produktionsstätten keinerlei hygienische Standards erfüllten, dass die Arbeiterinnen in demselben Raum, in dem sie die Pillensubstanzen mischten, schliefen, aßen und lebten. Sie hatte recherchiert, dass viele der Arbeiterinnen schwer erkrankten und mutmaßte, dass dies mit den Substanzen zusammenhing, mit denen sie täglich in Berührung kamen. Es gelang ihr, einige der Substanzen außer Landes zu bringen und hier untersuchen zu lassen. All das wissen wir aus ihrer Dokumentation, die sie bei einem Notar hinterlassen hat. Er sollte, im Falle ihres Todes, alle Unterlagen an die Polizei aushändigen. Das hat er getan, denn die junge Frau starb, kurz nachdem sie wieder in Italien war. Ihre Todesursache ist bis heute ungeklärt. Der Totenschein wurde von einem Hausarzt ausgestellt, der nichts Besonderes feststellen konnte. Nachbarn hatten sie vermisst und die Polizei gerufen, die sie dann tot in ihrer Wohnung gefunden hat. Nachdem der Notar das Material abgeliefert hatte, ist die Leiche exhumiert worden. Das war zwei Monate nach ihrem Tod. Der Gerichtsmediziner konnte noch eine Einstichstelle im Arm feststellen, sonst nichts. Die Wohnung war nach den Aussagen der Carabinieri, die die Tote gefunden hatten, unauffällig. Es hätte nichts darauf hingedeutet, dass sie durchsucht worden war. Trotzdem ist ihr Tod sehr ungewöhnlich. Die Frau war erst knapp über dreißig. Man hat ihr Umfeld vernommen. Einer ihrer Freunde hat ausgesagt, sie habe sich verfolgt gefühlt, seit sie aus Kolumbien zurückgekommen sei. Aber ihren Freunden hatte sie offensichtlich nichts von ihren Recherchen erzählt. Bei der Auswertung des Materials sind wir auch auf ein Interview gestoßen, das sie mit einer der beiden Frauen geführt hat, von denen ich eingangs erzählte. Sie hatte herausgefunden, dass diese Frau Schlankheitspillen nahm, die in den Fabriken in Nicaragua und Kolumbien hergestellt worden waren. Es war eines von mehren Interviews mit Frauen, die diese Pillen nahmen. Wie die Journalistin an ihre Interviewpartner gelangt ist, hat sie nicht dokumentiert. Sie hat die Frauen auch nur danach gefragt, wie sie an die Pillen gekommen waren, wer sie ihnen empfohlen hatte und ob sie mit der Wirkung zufrieden waren. Als die Polizei die Interviewpartnerinnen aufsuchte, stellte man fest, dass zwei von ihnen inzwischen gestorben waren. An Herzversagen. Die eine war erst kurz vorher verstorben, so dass in ihrem Nachlass noch einige der Pillen sichergestellt werden konnten. Die Carabinieri haben die Pillen von den Gesundheitsspezialisten der NAS untersuchen lassen. Dabei hat sich herausgestellt, dass sich teils sehr gefährliche Substanzen darin befanden. Nicht in jeder Pille, aber in einigen eben. Und diese Substanzen können bei entsprechender Disposition auch zum Herzstillstand führen. Man nimmt daher an, dass die Pillen aus Nicaragua oder Kolumbien zum Tod der beiden Damen geführt haben. Aus den Unterlagen der Journalistin geht hervor, dass eine der beiden ihre Pillen über eine Freundin bekommen hat, die in einem Fitness-Studio arbeitete. Diese Frau ist ausfindig gemacht worden. Sie war Teilzeitkraft in diesem Studio und für die Bar zuständig. Ihren mageren Lohn hat sie durch den Verkauf dieser Pillen aufgebessert. Sie verkaufte sie sozusagen unter der Ladentheke. Es war nicht einfach herauszufinden, woher sie wiederum die Pillen bekam, denn sie kannte den Verkäufer nicht. Es war nach ihren glaubhaften Einlassungen so, dass sie ein halbes Jahr, bevor wir sie vernahmen, von einem Mann angesprochen wurde, der ein Probetraining in dem Studio gemacht hatte. Er erzählte ihr von einem Wundermittel zum Abnehmen, das er exklusiv vertreiben würde. Er bot ihr fünfzig Prozent vom Gewinn, wenn sie es an ihre Kundinnen verkaufe. Sie willigte ein und der Erfolg bei ihren Kundinnen war so groß, dass sie die Nachfrage kaum noch befriedigen konnte. Sie kannte nur eine Handynummer ihres Lieferanten. Und der lieferte schnell alle gewünschten Mengen. Die Geschäftsabwicklung sah so aus, dass sie sich in einem Cafe trafen, er ihr ein Paket mit der bestellten Anzahl Pillen gab und sie ihn bar bezahlte. Da der Kontakt noch bestand, haben die Carabinieri ein solches Geschäft vorgetäuscht, um den Mann anschließend zu beschatten. Er ist kein Unbekannter. Er ist als Drogenkurier aufgefallen, saß auch schon einige Male ein. Eine kleine Nummer. Bei seiner Beschattung sind die Carabinieri auf ein Ladenlokal in Trient gestoßen, das als An- und Verkauf-Shop firmiert. Ein Ramschladen. Inhaber ist ein Mann, der aus Kolumbien stammt, aber mittlerweile die italienische Staatsbürgerschaft besitzt. Der Laden ist observiert worden und es stellte sich heraus, dass eine ganze Menge der stadtbekannten kleinen Drogendealer hier ein und aus gingen. Eine Verteilerstelle war also gefunden. Dann haben die Kollegen einen Fehler gemacht. Sie haben den Laden durchsucht. Dabei sind 100.000 dieser Pillen gefunden worden. Schön. Aber das war es dann auch schon. Denn unser italienischer Kolumbianer hat nichts gesagt. Weder woher er die Ware hat, noch wer ihn beliefert. Allerdings hat er bei den Verhören Anzeichen großer Angst gezeigt. Einsperren haben sie ihn nicht können, denn er hatte einen festen Wohnsitz. Und eine Straftat, die so schwer ist, dass man ihn hätte einsperren können, war ihm nicht nachzuweisen. Die schwerste Straftat, die man ihm nachweisen konnte, war ein Steuerdelikt, weil er die Ware nicht durch seine Bücher hat laufen lassen." Dottore Infedele machte eine Pause. „Einen Tag nach der Vernehmung war er tot. Man fand ihn in seinem Laden. Herzversagen. Und ein kleiner Einstich am Arm. Wie bei der Journalistin. Feinstoffliche Analysen haben sie damals keine gemacht. Die Ermittler dachten, er habe gespritzt. Fertig. Und jetzt kommt die Staatsanwaltschaft Bozen ins Spiel. Mir ist die Sache auf den Tisch gekommen, weil ich im vergangenen Jahr dafür gesorgt habe, dass zwei Unternehmen geschlossen wurden, die genau diese Pillen vertrieben haben. Allerdings auf einem anderen Vertriebsweg. Die Kunden bestellten über das Internet und die Lieferungen wurden von diesen beiden Firmen für die Kunden portioniert und dann an diese fakturiert und expediert. Und auch da war es schwierig, hinter das Geschäftsmodell zu kommen. Die Internetseite wurde natürlich vom Ausland aus betrieben. An die Betreiber der Server kommt man einfach nicht ran. Kaum, dass wir einen Standort ausgemacht haben und über ein Rechtshilfeersuchen drankommen wollen, wandern die einfach weiter in ein Land, mit dem wir kein Rechtshilfeabkommen haben. Aber einen kleinen Erfolg konnten wir immerhin verzeichnen. Bei der Auswertung aller Unterlagen ist uns ein Name immer wieder begegnet. Klaus Stürmer. Ein Deutscher, der als eine Art Berater der Regierung auftritt. Er besitzt etliche Fabriken, in denen allerdings Textilien hergestellt werden sollen. Man nennt ihn dort den ‚Tuchbaron'. Das haben wir alles herausgefunden."

Filippo Infedele brauchte eine Pause und nahm von Carlottas Keksen. Hagen Bös griff ebenfalls zu: „Wirklich lecker dieses Teegebäck!“, rief er aus. „Sehr ordentlich, wirklich, sehr ordentlich!“ Infedele grinste. Es schien, als kenne er die Ausrufe von Hagen Bös.

Filippo ergriff wieder das Wort: „Als kleinen Erfolg haben wir die Internetseite offline stellen können. War schwer genug, das durchzusetzen. Aber damit ist unser Erfolg auch schon beschrieben. Aber weil wir in der Sache dieser Pillen wenigsten einen kleinen Erfolg vorzuweisen haben, ist die ganze Sache auf uns übertragen worden. Jetzt haben wir den gesamten Komplex am Hals. Auch die Sache aus Trient.“

Bös nickte, nahm noch einen Keks und sagte: „Und all diese Fälle, lieber Commissario, erzählen wir uns in Den Haag gegenseitig und stellen manchmal fest, dass wir alle irgendwelche Zipfel in der Hand halten und meist nicht wissen, wie die zusammenpassen. Und dann kommt da ein Commissario mit einer kleinen Entdeckung und wir haben die Hoffnung, dass wir einen weiteren Zipfel ergreifen können.“ Er biss in den Keks: „Wirklich sehr ordentlich!“ Noch mit vollem Mund sagte er: „Willkommen im Club.“

Achtzehn

Francescas Tag begann mit einem Kaffee bei Frederico. Den brauchte sie heute, um so richtig wach zu werden. Den Rest des Sonntags hatte sie damit zugebracht, alles zusammenzutragen, was die Datenbanken und Google über Doktor Bernhard Reiterer wussten. Sie fand eine Internetseite der Apotheke, in der unter anderem die Familiengeschichte der Reiterers beschrieben war. „Alter Apothekeradel" konnte man sagen. Die Theaterapotheke war in der dritten Generation in der Hand der Familie. Immer vom Vater auf den Sohn übergegangen. Alle Apotheker waren sehr erfinderisch. Der Großvater hatte ein Mittel gegen die Reisekrankheit erfunden. Der Vater hatte sich einen Namen gemacht, indem er eine besondere Art von Augentropfen erfunden hatte, die bei einem beginnenden grauen Star helfen konnten. Nur der Sohn hatte offensichtlich noch nichts erfunden. In den Polizeicomputern fand sie überraschenderweise auch einen Eintrag. Damit hatte sie bei der Vita der Familie nicht gerechnet. Der Vater des Ermordeten war in seinen jungen Jahren in das Fadenkreuz einer Mordermittlung geraten. Er gehörte zu einer Stammtischrunde, von der ein Mitglied eines Morgens in der Passer gefunden wurde. Mit verätzten Augen und eingeschlagenem Schädel. Am Abend vorher hatten alle noch munter gezecht. Der Ermordete hatte über tränende Augen geklagt und der damals noch junge Apotheker hatte in Gegenwart der anderen davon gesprochen, dass er etwas dagegen habe. Die Ermittlungsbeamten gingen damals dem Verdacht nach, dass der junge Apotheker irgendwelche selber zusammengepanschten Tropfen an seinem Kameraden ausprobiert haben könnte. Als er merkte, dass er seinem Kameraden damit die Augen verätzt hatte, habe er ihn erschlagen, um die Tat zu verdecken. Diese Tat konnte ihm aber nicht nachgewiesen werden, weil er ein wasserdichtes Alibi hatte. Demnach war er sofort nach der Zusammenkunft zu seiner damaligen Freundin gegangen und hatte die Nacht dort verbracht. Auch die anderen hatten nicht gesehen, ob der später Ermordete und der junge Apotheker gemeinsam das Lokal verlassen hatten. Es blieb der vage Verdacht. Beweise konnten nicht beigebracht werden. Der Mord wurde nie aufgeklärt.

„Ist schon komisch, dass wir den Sohn des alten Apothekers in der Passer finden, die Augen entfernt und in gewisser Weise auch erschlagen. Zwar nicht den Schädel eingeschlagen, sondern den Kehlkopf, aber ansonsten dem damaligen Opfer sehr ähnlich", dachte Francesca. Und sie suchte alle Unterlagen über den alten Fall heraus, der knapp 50 Jahre zurücklag. „Da war Reiterer junior noch gar nicht geboren", überlegte sie. Und weiter: „Ob die Freundin von damals die heutige Ehefrau des alten Apothekers ist?" Sie blätterte in den Akten und fand die Zeugenaussage der damaligen Freundin. Francesca notierte ihren Mädchennamen: „Marianne Gruber". Francesca stutzte: „Die Aussage ist druckreif. Da bleibt nicht der Hauch einer Interpretation. Was hat die Dame als ihren Beruf angegeben? ‚Juristin'. Aha. Klar, dass sie druckreif aussagt. Wenn sie ihren damaligen Freund decken wollte, dann hat sie das perfekt gemacht." Sie blätterte weiter in den Akten. Sie suchte nach den Daten der Tat und nach dem Datum der Aussage. Beide verglich sie mit dem Geburtsdatum des ermordeten Apothekers. „Die Frau muss zum Zeitpunkt ihrer Aussage schwanger gewesen sein", rechnete sie aus. „Der alte Apotheker hat eine Juristin geschwängert. Sie waren damals noch nicht verheiratet. Hätte sie ihm nicht geholfen, wäre die Ehe nicht zustande gekommen und sie hätte unter Umständen das Kind alleine großziehen müssen", kombinierte sie. „Was für eine Verstrickung. Der alte Apotheker musste darauf vertrauen, dass ihn seine damalige Freundin deckte und dicht hielt. Sie musste überlegen, was für sie schwerwiegender war: der Wunsch nach einem Mann fürs Leben und einem ehelich geborenen Kind oder der Verdacht oder sogar die Gewissheit, dass ihr Mann jemanden umgebracht hat. Keine leichte Lage damals", dachte Francesca.

Sie blätterte weiter und sammelte alle Daten rund um das Opfer. Name, Herkunft, Verwandtschaftsverhältnisse, kurz alles, was zu dieser Person aus der Akte zu entnehmen war. „Ich will mal überprüfen, ob sich einer dieser Namen im Umfeld des Ermordeten getummelt hat. Wäre doch interessant."

Auch die Namen der Angehörigen des damaligen Opfers ließ sie durch den Polizeicomputer laufen. Das gab aber keine Treffer. „Unauffällig", murmelte sie vor sich hin. Sie überlegte, was sie noch veranlassen konnte. Am Sonntag in der Questura zu arbeiten war zwar einerseits toll, weil nichts und niemand einen störte. Aber irgendwie war es auch seltsam. Kein Leben auf den Gängen, kaum Geräusche. Und wenn dann doch mal ein Geräusch zu hören war, wirkte es fremd oder befremdlich. Am späten Nachmittag stellte sie fest, dass ihr Privatleben heute auf der Strecke geblieben war. Bislang hatte sie noch keines gehabt und es deshalb auch nicht vermisst. Aber seit letzter Woche war das anders.

Sie schob diese Gedanken zur Seite und notierte sich, was sie am Montag alles abarbeiten wollte.

Und jetzt war es Montag und Francesca begann den Tag mit einem Espresso bei Frederico. Der war auch gleich wieder zur Stelle und umtänzelte sie in gewohnter Art und Weise. Francesca nahm es wohlwollend hin. Er war ja auch sehr nett und sah auch ganz gut aus. Sie nahm ein Croissant zum Espresso und blätterte in ihren Notizen. Im Kopf strukturierte sie ihren Tag.

„Zuerst gehe ich noch mal zu der Hausangestellten und lasse mir alles zeigen, was sie mir freiwillig zeigt. Privaträume, Büro, wenn vorhanden. Dann soll sie mir alles über sein Leben erzählen. Anschließend nehme ich mir die Apotheke vor. Schaue mir die Geschäftsunterlagen, die Korrespondenz an. Unterhalte mich mit den Angestellten. Wenn ich es heute noch schaffe, suche ich die Eltern noch einmal auf, um das Bild abzurunden." Francescas Gedanken schlossen mit der Erkenntnis: „Ziemlich viel für einen Montag."

Zwanzig

Hagen Bös hatte gerade den vorletzten Keks gegessen, als Carlotta fragte, ob noch ausreichend Kaffee da sei. Mit Interesse betrachtete sie den fast leeren Teller. „Ganz ausgezeichnet", rief Hagen Bös, dem der Blick nicht entgangen war. Bös schien nichts zu entgehen. Er hatte eine gute Beobachtungsgabe und schätzte jede Lage blitzartig ein. Er hatte Carlottas interessierten Blick sofort interpretiert. Ihr Interesse konnte nur daher rühren, dass sie sich darüber freute, dass man „ihre" Kekse offensichtlich lecker fand. „Und das", so kombinierte Bös blitzschnell, „konnte nur so erklärt werden, dass sie diese Kekse selber gebacken hatte."

„Schön, dass sie Ihnen schmecken. Habe ich selber gebacken."

„Volltreffer!" dachte Bös und sagte, „Wirklich sehr ordentlich, sehr ordentlich." Dabei schaute er sie freundlich an. Die sonst so selbstsichere Carlotta wirkte etwas verlegen, fand Fabio, der die Szene interessiert beobachtete. Er wusste ja, dass Carlotta mit ihrem Freund, dem reichen Bauunternehmer nicht so richtig glücklich war. Hatte Hagen Bös ihr Herz berührt? Selbstgebackene Kekse hatte Carlotta jedenfalls, seit er hier war, nie mitgebracht. Aber sie kannte Hagen Bös doch gar nicht. Fabio verscheuchte diesen Gedanken.

Sie hatten beschlossen Salvatores Groß- und Einzelhandel im Auge zu behalten. Die Lagerhalle lag am Rande der Industriezone und war von Obstplantagen umgeben. Fabio wollte in einem der größeren Büro- oder Gewerbegebäude einen Posten einrichten lassen, von dem aus man das Treiben auf dem Gelände filmen konnte. Hagen Bös wollte sich um die Düsseldorfer Firma ULK Fashion kümmern. „Das liegt ja vor meiner Haustür", hatte er gesagt. Und Fabio wollte Tommaso bitten, alle Aufzeichnungen der Carabinieri zur Verfügung zu stellen. Hagen Bös hatte wieder von den Türsteher-Typen erzählt, die in schwarzen matt lackierten Luxuskarossen fuhren. Dottore Infedele hatte ein wenig die Stirn in Falten gelegt, so schien es Fabio. War ja auch eine abenteuerliche Idee: „Batmobil“ in Südtirol.

*

Francesca wurde sofort geöffnet, nachdem sie geläutet hatte. Die Hausangestellte kannte sie von ihrem Besuch am Samstag.

„Ich muss Ihnen heute mitteilen, dass sich unsere Vermutung bestätigt hat. Der Tote, den wir am Freitag aus der Passer gezogen haben, ist Doktor Bernhard Reiterer.“

Die Angestellte schien berührt. Sie machte einen niedergeschlagenen Eindruck.

„Ich hatte schon damit gerechnet, als Sie am Samstag hier waren.“

„Warum?“

„Weil der Doktor am Donnerstagabend nicht nach Hause gekommen ist. Und er hat vorher nicht gesagt, dass er mehrere Tage wegbleibt.“

„Hat er das sonst immer getan?“

„Ja, der Doktor war öfter für mehrere Tage weg. Aber ich wusste immer Bescheid.“

„Wo war er dann gewöhnlich?“

„Das hat er mir nie gesagt. Ich vermute, dass er geschäftlich unterwegs war.“

Francesca überlegte: „Was hat ein Apotheker außerhalb seiner Apotheke zu tun?“ Sie fragte: „Er war doch Inhaber der Theaterapotheke?“ Die Angestellte nickte und schaute Francesca mit offenem Blick an. „Ja, er hat die Apotheke geleitet, aber ich glaube, dass er noch andere Geschäfte betrieben hat.“

„Das ist interessant. Wissen Sie“, Francesca schaute die Angestellte eindringlich an, „ich muss alles erfahren, was den Doktor angeht. Denn“, sie machte eine Pause, „wir ermitteln in einem Mordfall.“

Die Angestellte schlug ihre Hände vor den Mund. Sie war offensichtlich von einem Unfall ausgegangen.

„Das ist ja schrecklich!"

„Und deshalb kann alles, was Sie wissen oder beobachtet haben, wichtig sein. Verstehen Sie?"

Die Angestellte nickte heftig. Sie blieb aber stumm.

„Ich würde mich gerne im Haus umsehen. Darf ich?" Die Angestellte machte keine Anstalten, sie aufzuhalten. Sie verharrte in ihrer Haltung. Francesca betrat zum zweiten Mal den riesengroßen Wohnbereich. Wieder war sie beeindruckt und irritiert von dem überdimensional großen Porträt des getöteten Apothekers. „Was muss das für ein Mann gewesen sein, der sein eigenes Porträt derart dominant präsentiert?", dachte sie. Die Angestellte war ihr gefolgt und nahm Francescas Irritation wahr.

„Über das Bild hat sich jeder gewundert, der es zum ersten Mal gesehen hat. Aber er war eben so."

„Wie war er denn?"

Die Angestellte nahm auf einem der kleinen Hocker Platz, die mitten im Raum arrangiert waren. Sie blickte Francesca an. „Er war ein großer Mann. So hat er sich sicher selber gesehen."

„Inwieweit? Ich meine, hat er etwas Bedeutendes entdeckt oder eine tolle Erfindung gemacht? Ein neues Arzneimittel? Wie sein Vater und sein Großvater?"

Die Angestellte zuckte mit den Schultern. Das wirkte so, als beschreibe sie damit eine hoffnungslose Lage.

„Ich bin schon lange hier. Ich führe den Haushalt seit über zehn Jahren. Damals hat der Doktor die Apotheke von seinem Vater übernommen. Der hatte einen Unfall und war seither querschnittgelähmt. Ich glaube, er konnte es seinem Vater nie recht machen. Aus den Gesprächen, die ich gelegentlich mit angehört habe, konnte ich entnehmen, dass sein Vater den Doktor für einen Taugenichts hielt. Er hatte auch Angst, dass sein Sohn die Apotheke nicht ordentlich führen würde. Es war oft laut, wenn die beiden gestritten haben."

„Das war vor zehn Jahren? Und wie hat sich das Verhältnis entwickelt? Die Apotheke gibt es ja immer noch, also hat er sie nicht heruntergewirtschaftet?"

Die Angestellte seufzte leicht.

„Die ersten Jahre, nachdem er die Apotheke übernommen hatte, waren wohl nicht so einfach. Aber dann, plötzlich, war alles kein Problem mehr. Geld schien im Überfluss da zu sein. Das Haus hier hat der Doktor vor fünf Jahren bauen lassen. Vorher hat er nicht ganz so großzügig gelebt. Aber seit ungefähr fünf Jahren scheint das Geschäft gut zu laufen. Und der Vater kam auch nicht mehr so oft. Und wenn er mal da war, dann haben sie auch nicht mehr gestritten. Der Erfolg scheint auch den Vater überzeugt zu haben. Trotzdem war zwischen den beiden immer eine fast körperlich spürbare Spannung zu beobachten. Der Doktor war ganz anders als sonst, wenn er mit seinem Vater sprach. Dann wirkte er eher klein und es schien, als hätte sein Vater Macht über ihn. Doktor Reiterer Junior war ansonsten sehr von sich überzeugt. Ein eitler Mensch. Das kann man schon sagen."

Es formte sich langsam ein Bild von diesem Mann in Francescas Kopf. Ein Mann, der teure Maßanzüge trug, ein Mann, der sich ein Haus baute, das an einen Tempel erinnerte, der sein Porträt, oder sein Ego, prominent platzierte. So, als wolle er sagen: „Schaut her, das bin ich! Der große Doktor Reiterer!"

Sie fragte unvermittelt: „War Herr Doktor Bernhard Reiterer verheiratet?"

Die Angestellte zog eine Grimasse.

„Nein, war er nicht. Er war Junggeselle." Mehr sagte sie nicht, aber Francesca spürte, dass sie mehr erzählen wollte.

„Ich muss das jetzt fragen, weil wir sein privates Umfeld ausleuchten müssen: War er vielleicht schwul oder hatte eine feste Freundin oder diverse Frauengeschichten oder war er geschieden? Entschuldigen Sie, wenn ich so direkt frage."

Die Angestellte schien mit dieser Frage keine Probleme zu haben, denn es sprudelte nur so aus ihr heraus: „Frauengeschichten! Eine nach der anderen. Der hat die Frauen gesammelt, wie andere Männer Briefmarken. Der hatte immer Nachschub. Ich konnte mir die Namen gar nicht alle merken. Er kam wohl gut an. Sah ja auch gut aus. Nicht wie fünfzig, höchsten wie vierzig. Immer sehr gepflegt. Und er hat den Damen ja auch viel geboten. Jedenfalls so lange, bis er ihrer überdrüssig wurde."

Wie es schien, wollte die Angestellte gar nicht aufhören zu erzählen. Aber Francesca unterbrach sie an dieser Stelle.

„Für mich wäre es interessant zu erfahren, wer gerade aktuell seine Gunst genossen hat. Wissen Sie das?"

Die Angestellte schüttelte den Kopf.

„Das weiß ich nicht genau. Der Doktor hat auch gerne mehrere Frauen parallel `betreut`. Da war zwar eine im letzten Jahr, die war mal für längere Zeit seine Favoritin. Sehr aparte Erscheinung. Das ging über ein halbes Jahr. Das war für den Doktor die am längsten anhaltende Beziehung. Aber er hatte auch in dieser Zeit zwischendurch die eine oder andere Affäre. Diese Frau scheint ihn aber irgendwie fasziniert zu haben, denn er hielt lang an ihr fest."

„Wissen Sie, wie diese Frau heißt?"

„Ich kenne nur den Vornamen. Sie heißt Valerie, oder so ähnlich. Und sie hat irgendwas mit Forschung zu tun. Das habe ich mal aufgeschnappt. Aber was Genaues weiß ich nicht."

„Und die anderen Frauen?"

„Das waren meist nur One-Night-Stands. Da habe ich mir keine Namen gemerkt. Ich habe nur das Zimmer anschließend aufgeräumt. Das ist schließlich mein Job gewesen. Sie sehen ja, wie es hier aussieht. Alles musste immer pingelig sauber und akkurat sein. Minimalistisch, weiß und einfach sauber. Ich finde das alles steril, aber der Doktor sprach immer davon, dass alles schlicht sein muss. Diese Schlichtheit funktioniert jedoch nur, wenn man eine Angestellte hat, die alles sofort wegräumt, damit nichts herumliegt. So ist das mit dem Minimalismus. Man muss ständig aufräumen."

Die Frau wirkte dabei nicht verbittert. „Vielleicht ein wenig amüsiert", dachte Francesca.

„Darf ich mich im Haus ein bisschen umsehen? Ich würde auch gerne das Arbeitszimmer sehen, wenn es so etwas gibt."

Die Angestellte ging voran, zeigte die Küche, die ganz in Weiß gehalten war. Es sah nicht so aus, als ob hier oft gekocht würde.

„Der Doktor hat oft außer Haus gegessen. Die Küche wurde nur gebraucht, wenn er Gäste hatte. Dann kam ein Koch, der hier gearbeitet hat. Er selber konnte nicht kochen“, kommentierte die Angestellte ungefragt.

Das Schlafzimmer war eine Halle. Alles war aufgeräumt. Nichts lag herum. Eine lange Fensterfront im Zimmer bot einen atemberaubenden Blick über Meran. Hinter den Schiebetüren aus Glas sah Francesca eine großzügige Terrasse, auf der schöne Möbel standen, die dem kalten Wetter standhielten. Ankleidezimmer und Bad waren entsprechend großzügig gestaltet. Francesca betrat das Ankleidezimmer und staunte über die Anzahl der aufgehängten Anzüge.

„Alle von Meister Fellini?“, fragte sie.

Die Angestellte nickte, sagte aber: „Die meisten schon. Aber der Doktor hat auch andere Schneider für sich arbeiten lassen.“

Francesca zählte über dreißig Anzüge. „Was hat Dottore Phillipi gesagt? Ein Anzug von Fellini kostete 3.000 Euro aufwärts. Dann hängen hier Anzüge im Wert von mindestens 90.000 Euro“, rechnete sie.

Das Büro dagegen war spartanisch eingerichtet und ein eher kleiner Raum. Auf einem Glastisch stand einer der teuersten Computer, die es für Geld zu kaufen gab. Davor standen ein Designerbürostuhl und ein kleiner Schrank auf Rollen. Das einzige, was in diesem Zimmer auffiel, war ein gerahmtes Foto, das drei junge Männer in Motoradkluft zeigte, wie sie auf großen Motorrädern saßen. Sie trugen Lederklamotten und darüber eine Kutte mit einem Vereinsemblem. Francesca nahm es hoch und betrachtet das Bild genauer. Die Angestellte kommentierte: „Das ist der Doktor zu Studienzeiten mit seinen besten Freunden. Das Foto war ihm immer sehr wichtig. Das passte eigentlich nicht zu seinem Stil, den er sonst pflegte. Es musste auch immer in diesem alten Rahmen bleiben. Wo er doch sonst so viel Wert auf Design legte. Ich habe mir das immer so erklärt, das er mit diesem Foto Erinnerungen verband, die ihm sehr wichtig waren.“

„Wissen Sie, wer die beiden anderen sind?“, fragte Francesca.

„Seine besten Freunde, hat er mir einmal gesagt. Und dass er mit ihnen zusammen studiert hat. Aber ich habe sie hier noch nie gesehen."

Francesca wendete den Rahmen und hatte schon beschlossen, das Bild samt Rahmen mitzunehmen. Sie stellte es aber zunächst neben dem Computer ab. Den wollte sie auch mitnehmen.

„Sagen Sie, ist der Doktor denn gerne Motorrad gefahren?"

„Sie sollten mal seinen Fuhrpark sehen! Der hat drei Motorräder in der Garage. Eines größer als das andere. Und dann noch die Autos. Ich habe Ihnen ja gesagt, dass es vor fünf Jahren plötzlich finanziell bergauf ging. Haus, Autos, alles kam fast gleichzeitig."

„Dann wollen wir uns doch mal seine Garage anschauen!" Francesca erinnerte sich, dass sie zwei riesige Garagentore gesehen hatte, als sie am Samstag das erste Mal vor dem Haus stand. Sie gingen durch das Haus in die Garagenhalle. Das, was darin stand, musste einen Wert von mehreren hunderttausend Euro haben. Die Halle war hell, weiß gestrichen. Das wunderte Francesca jetzt auch nicht mehr. Aber alle Fahrzeuge waren schwarz. Und zwar in einem komischen matten Ton. Nicht glänzend, sondern matt.

„Das sieht irgendwie komisch aus, oder?" Francesca schaute die Angestellte an. Die zuckte mit ihren Schultern, hob die Arme und sagte: „Über Geschmack lässt sich bekanntlich streiten, aber der Doktor hat alle Wagen und alle Motorräder so lackieren lassen. Alles Sonderlackierungen. Die gibt es so nicht ab Werk."

„Aber alle in so einem stumpfen Farbton." Die Angestellte nickte.

„Das hat ihm so gefallen. Er hat mir mal einen Vortrag gehalten über die Philosophie der Farbwahl. Das war schon etwas schräg, was er sich da zusammengereimt hat. Aber er hat es bestellt und er hat es bezahlt."

Francesca interessierte sich vor allem für die Motorräder. Da standen drei Harley Davidson in mattschwarzer Lackierung. Die Chromteile blinkten, ansonsten war alles mattschwarz. Und alle drei Motorräder zierte das Emblem eines bekannten Motorradclubs, der „Riders of the hell (ROTH's)", ein Roter Dreizack, hinter dem ein Teufelchen hervorlacht.

Sie wandte sich an die Angestellte: „Sagen Sie, ist der Doktor oft mit den Motorrädern unterwegs gewesen? Und wissen Sie, ob er Mitglied in einem Motorradclub war?"

„Ich weiß nicht. Ich habe die Motorräder hier immer nur stehen sehen. Ich glaube, der hat gerne gesammelt. Frauen, Anzüge, Autos."

Francesca hatte vorerst genug gesehen. Die Angestellte machte keine Schwierigkeiten, als Sie das Bild im Rahmen und den Computer mitnehmen wollte.

„Und wie geht es jetzt weiter? Ich meine, was wird jetzt aus dem Haus? Und aus mir?"

„Das weiß ich auch nicht. Ich muss jetzt den Mörder finden. Und es kann sein, dass ich später noch mit Fragen auf Sie zukomme. Sie wohnen hier?"

„Ja, ich habe eine kleine Wohnung im Tiefparterre. Nichts Besonderes. Aber mir reicht es. Ist auch gemütlich eingerichtet, nicht so kalt und steril."

*

Hagen Bös hatte den letzten Keks genommen. Er lehnte sich entspannt in seinen Sessel zurück und betrachtete seine beiden Kollegen.

„Das mit den mattschwarzen Autos scheint Ihnen nicht so recht als Anhaltspunkt zu taugen, scheint mir." Er wiegte den Kopf hin und her. „Kann sein, dass es keine Bedeutung hat. Aber es ist eine Beobachtung. Eine kleine nur, ich weiß, aber eine Beobachtung. Und es sind oft die kleinen Dinge, die den großen Bogen spannen."

Er wandte sich Fabio zu. „Sie haben mir doch erzählt, dass Ihre Carabinieri alle Autos notiert haben, die diese obskure Speditionslagerhalle angefahren haben. Gibt es da eine Liste?"

Fabio hakte sofort ein, zumal der Staatsanwalt seine Augenbrauen hochgezogen hatte. „Es sind nicht ‚meine' Carabinieri. Sie wissen sicher, dass die Polizia dello Stato und die Carabinieri voneinander unabhängige Polizeieinheiten sind. Ich habe nur gehört, dass es eine besondere Einsatzlage in der Industriezone gegeben hat."

Dottore Infedele lachte leicht: „Mein lieber Fameo, mir gegenüber müssen Sie nichts verheimlichen. Ich weiß um Ihre Freundschaft zu Maresciallo Caruso. Das hat sich mittlerweile herumgesprochen, mein Lieber. Ich persönlich kann das nur begrüßen. Das macht auch mir die Arbeit manchmal leichter. Nur zu, vor mir brauchen Sie keine Geheimnisse zu haben."

Fabio war ein wenig erleichtert. Denn er konnte nicht einschätzen, ob seine Art, Erkenntnisse der Carabinieri zu verwenden, überall gut ankam.

„Nun, dann werde ich mich erkundigen, was es da an Erkenntnissen gibt. Vielleicht hilft uns das." Er schaute die anderen beiden an.

„Aber ich habe im Moment noch ganz andere Sorgen."

Die beiden schauten neugierig.

„Am Freitag haben wir eine Leiche aus der Passer gezogen."

Dottore Infedele nickte. Er hatte es in der Zeitung gelesen. Hagen Bös war diese Information neu. Er wirkte interessiert.

„Und gestern haben wir eine zweite Leiche entdeckt. Beide waren Männer um die fünfzig. Beide wurden auf dieselbe Art getötet. Nämlich mit einen Schlag gegen den Kehlkopf. Und beide Leichen wurden verstümmelt. Dem einen sind die Augen herausgeschnitten worden, dem anderen die Zunge."

„Ähh", Hagen Bös machte ein angewidertes Gesicht. Er zog eine Grimasse, die Ekel ausdrückte. Seine Augen waren nur noch Schlitze und er hatte sämtliche Gesichtsmuskeln zusammengezogen, so dass seine Mimik recht zerknautscht aussah. „Wer macht denn so was? Das ist ja ekelhaft!", rief er aus.

Filippo Infedele hingegen hörte interessiert zu.

„Gibt es weitere Besonderheiten? Waren die Leichen bekleidet?"

„Ja, vollkommen bekleidet. Keine Spuren von Gegenwehr. Sie wirkten so, als hätte der Mörder sie mit einen Schlag auf den Kehlkopf getötet und sie anschließend verstümmelt."

Dottore Infedele stand auf und ging im Raum herum. Er redete vor sich hin: „Das sieht nach ein und demselben Mörder aus. Ein Muster. Es ist ein Muster. Die Verstümmlung ist eine Botschaft. Was wissen Sie über die Männer? Ist die Identität bereits geklärt?"

„Der erste, den wir am Freitag aus der Passer gezogen haben, ist Doktor Bernhard Reiterer. Ihm gehört die Theaterapotheke in Meran. Der Mann ist bestens bekannt in der Stadt. Der zweite ist noch nicht identifiziert. Papiere hatten beide keine dabei. Scheint so, als hätte man ihnen alles abgenommen."

Dottore Infedele schritt weiter im Raum auf und ab.

„So einen Fall hatten wir hier noch nie. Wissen Sie schon, wie Sie vorgehen werden?"

Fabio stand ebenfalls auf. Er musste sich jetzt bewegen.

„Meine Assistentin ist heute damit beschäftigt, das Umfeld von Doktor Reiterer auszuleuchten. Dann werden wir das Foto des zweiten Toten an die Zeitungen geben, wenn uns nicht Dottore Phillipi mit seiner Datenbank weiterhelfen kann. Vielleicht ist der Mann irgendwo registriert. Fingerabdrücke, DNA oder Fotodatenbank. Es könnte eine Verbindung zwischen den Männern geben. Wenn wir die kennen, haben wir es vielleicht leichter. Oder es gibt keine Verbindung. Dann könnten wir es mit einem Mörder zu tun haben, der seine Opfer willkürlich aussucht." Fabio macht eine Pause und starrte die Wand an. Er sagte: „Wissen Sie meine Herren, mit Mordermittlungen habe ich keine rechte Erfahrung. Ich habe zwar in der kurzen Zeit, in der ich hier in Bozen bin, einige Mordfälle gehabt. Der erste war ein Rachefeldzug eines alten Mannes. Die anderen beiden Fälle waren dann schon etwas schwieriger zu ermitteln. Die beiden Opfer hatten nichts miteinander zu tun. Sie sind ihrem Mörder einfach in die Quere gekommen. Und ich habe gedacht, das wird es dann gewesen sein im stillen Südtirol. Und jetzt?" Fabio wandte sich den beiden Staatsanwälten zu: „Ich bin ein Spezialist für

Wirtschaftskriminalität, für organisiertes Verbrechen. Ich kann Strukturen erkennen, ich kann Bilanzen auswerten, ich recherchiere in Computernetzwerken, ich fahnde nach Schwarzgeld, ich finde Geldwaschanlagen. Und hier in Bozen bin ich ständig auf Mörderjagd. Und Mord ist gar nicht mein Gebiet."

Dottore Infedele kam auf ihn zu und legte seine Hand auf Fabios Schulter.

„Mein lieber Fameo. Bevor Sie kamen, war es hier auch ruhig. Ich will sehr hoffen, dass es nicht deshalb unruhig geworden ist, weil Sie gekommen sind." Dabei zwinkerte er ihm zu.

„Aber im Ernst. An einen solchen Fall kann ich mich auch nicht erinnern. Sieht ja wie ein Ritualmord aus. Als ob der Mörder damit etwas ausdrücken will. Aber das ist auch nicht mein Spezialgebiet."

Hagen Bös räusperte sich: „Das ist ein Fall für einen Profiler. Der kann uns ein Täterprofil erstellen."

Fabio hatte auch schon davon gehört. Aber die Questura Bozen hatte niemanden von diesem Kaliber. Dafür war sie zu klein. „Und wo bekomme ich so einen Profiler her?", fragte er in die Runde.

Staatsanwalt Infedele kramte in seiner Tasche und förderte ein Notizbuch zu Tage: „Ich kenne da vielleicht jemanden, der Ihnen helfen kann. Eine Psychologin. Die habe ich auf einem Seminar kennengelernt. Wohnt in Bozen, glaube ich. Die Frau betreut unter anderem Häftlinge mit Gewalthintergrund, bevor sie endgültig entlassen werden. Sie trainiert mit diesen Menschen, sich im richtigen Leben wieder zurechtzufinden. Alle haben langjährige Haftstrafen wegen irgendwelcher Gewaltdelikte abgesessen, also Mörder, Totschläger, Vergewaltiger. Während dieser Betreuung nehmen die Probanden freiwillig an einem Forschungsprojekt teil. Die gewonnenen Daten fließen in eine Langzeitstudie ein. Was diese Frau für Sie interessant macht, ist ihr Wissen über die Tatmotive dieser Gewalttäter. Sie trainiert mit ihnen nicht nur das Verhalten im normalen Leben, sondern exploriert auch ihren gedanklichen Hintergrund. Sie geht einer These nach, die in der Hirnforschung heiß diskutiert wird: Handeln wir aus freiem Willen oder gibt das Gehirn die Entscheidung vor? Das soll unter anderem anhand der Auswertung vieler Tests mit den Probanden untersucht werden. Deshalb hat diese Frau ein immenses Wissen über die Motive vieler Täter. Sie ist keine Profilerin, aber sie kann vielleicht das Muster interpretieren und Ihnen helfen. Soll ich sie anrufen?"

Fabio überlegte nicht lange: „Ja, ich kann mit der Frau sprechen. Aber ich kann sie nicht in die Ermittlungsergebnisse einweihen."
Dottore Infedele wählte die Telefonnummer in sein Telefon ein. Währenddessen sagte er: „Ist schon klar. Aber Sie brauchen ihr vielleicht auch nur abstrakt von den Verletzungsmustern zu erzählen. Vielleicht kann sie damit schon etwas anfangen."

*

Francesca hatte den Computer und das Erinnerungsfoto mit den drei Freunden in ihrem Auto verstaut und verabschiedete sich von der Angestellten des Doktor Reiterer. Im Wagen überlegte sie, ob sie zuerst zu den Eltern des Opfers oder zur Apotheke fahren sollte. „Die Eltern hebe ich mir bis zuletzt auf. Es ist sinnvoll, wenn ich mir vorher ein umfassendes Bild vom Leben des Toten mache. Interessant ist, was wohl zum plötzlichen Reichtum geführt haben mag. Was ist vor fünf Jahren passiert, dass Doktor Reiterer plötzlich so viel Geld hatte? Vielleicht finde ich in der Apotheke darauf eine Antwort."

Die Apotheke lag genau gegenüber vom Stadtheater im Erdgeschoss eines großen, fünfstöckigen Hauses. Die Geschäfte im Erdgeschoss waren von einem Laubengang aus zu erreichen. Das Gebäude war deutlich jünger als die Häuser in der Altstadt. Fünf Straßen mündeten sternförmig in den Theaterplatz. Das bedeutete für Meran ein wuseliges Verkehrsaufkommen, das fast für italienische Verhältnisse sorgte. Eine Bushaltestelle direkt vor der Apotheke sorgte für zusätzlichen Stress. Menschen überquerten die Straße, um ihren Bus zu bekommen, Zebrastreifen interessierten die Fahrer wenig, zwischen den Fahrzeugen schlängelten sich die Menschen über die Kreuzung, Ampelzeichen ignorierend. Aber irgendwie funktionierte dieses Ballett aus Blech und Mensch.

Francesca hatte Glück und fand direkt auf der Via Carducci einen Parkplatz. Gegenüber sah sie eine Bar, ‚Bar Teatro'. Sie überlegte kurz, ob sie einen Espresso nehmen sollte, verschob das aber. Sie war jetzt neugierig, was sie in der Apotheke über Doktor Bernhard Reiterer erfahren würde.

Die Apotheke war modern eingerichtet. Helles Licht durchflutete den Raum. „Man könnte meinen, der Dottore hat denselben Innenarchitekten wie bei seinem Haus beschäftigt", dachte Francesca. Die dominante Farbe war weiß. Nur die Fronten der Apothekerschränke waren aus Nußbaumholz. Tiefbraunes, fast schwarzes Nußbaumholz. Und hinter der Theke nur Schönheiten. Schlanke, groß gewachsene Frauen, alle im weißen Kittel mit dem Logo der Theaterapotheke. Alle geschminkt und die Haare gestylt, als wären sie gerade vom Friseur gekommen. Francesca zählte drei Frauen, nahm aber Bewegung in den hinteren Räumen, schräg hinter den Apothekerschränken, wahr. Es gab also noch mehr Personal. Die Wände der Apotheke waren, anders als sonst üblich, nicht mit Hustenbonbons, Pflegemitteln, Vitaminpillen und was sonst noch der Schönheit oder dem Wohlbefinden dienen konnte, vollgestellt. Nein, man sah nur einige wenige, ausgewählte Bilder. Die Motive waren abstrakt und die Farben der Bilder waren auf den Raum abgestimmt. Die Apotheke wirkte eher wie ein Kunsttempel oder eine Galerie. „Und die Angestellten wirken wie Modells", dachte Francesca. Sie wandte sich an eine der Schönheiten und zeigte ihren Dienstausweis vor. „Commissaria Francesca Giardi von der Questura Bozen", stellte sie sich vor. „Ich habe einige Fragen. Mit wem kann ich bitte sprechen?" Die Apothekenangestellte bat sie hinter die Theke und führte sie an den dunklen Apothekerschränken vorbei in die hinteren Räume der Apotheke. Dort sah es nicht mehr so durchgestylt aus wie im vorderen Bereich. Hier fanden sich Büroeinrichtungen aus den fünfziger Jahren, alte Apothekerschränke, Labore mit all den Instrumenten, Waagen und Zentrifugen, die ein Apotheker braucht, um Medikamente herzustellen. Die junge Angestellte führte Francesca in ein Büro, in dem ein älterer Herr saß. Auch er hatte einen langen weißen Kittel an, der das Emblem der Theaterapotheke trug. Francesca schätzte ihn auf über sechzig. Er war klein, hatte schütteres, hellblondes, fast weißes Haar. Er blickte Francesca erstaunt, fast ungläubig an, als sie sich ihm vorstellte. Es war, als könnte er es nicht fassen, dass die Polizei im Hause war.

„Was kann ich denn für Sie tun?", fragte er. Seine Stimme war dünn. Er sprach leise.

„Ich bin Dottore Mandracchia. Ich bin der Apotheker." So stellte er sich vor.

Francesca setzte sich ihm gegenüber, um nicht von oben herab zu sprechen. Denn der Dottore machte keine Anstalten aufzustehen. Er war, wie es aussah, damit beschäftigt, eine Rezeptur zusammenzustellen. Vor ihm auf dem Tisch standen verschiedene braune Gläser mit aufgeklebten weißen Etiketten. Darin konnte Francesca Pulver und Flüssigkeiten sehen. Eine altmodische Waage stand vor dem Dottore und kleine Spatel lagen daneben. In der Kuhle eines Mörsers befand sich dunkler, samtener Staub.

„Ich störe Sie ungern bei Ihrer Arbeit", begann Francesca das Gespräch, „aber ich ermittele im Mord an Apotheker Bernhard Reiterer."

Dottore Mandracchias Gesicht wechselte die Farbe. Nein. Die wenige Farbe, die es hatte, wich aus dem Gesicht. Er wirkte schlagartig farblos. Leicht gräulich, schien es Francesca. Jedenfalls war es ihm deutlich anzusehen, dass ihn diese Nachricht schockierte.

„Gut, dass ich schon sitze", sagte er. „Das ist ja schrecklich! Wie? ... Wann?", stammelte er.

Francesca nahm sich vor, den älteren Mann schonend zu befragen. Aber zunächst wollte sie herausfinden, welche Stellung er in der Apotheke einnahm. Da die junge Frau sie direkt zu ihm geführt hatte, konnte sie annehmen, dass er hier so etwas wie der

Vertreter des Inhabers war. Und er selber hatte sich vorgestellt mit den Worten: „Ich bin der Apotheker."

„Wir haben Doktor Reiterer am Freitag in der Passer gefunden. Wir gehen davon aus, dass er ermordet worden ist. Jetzt muss ich mir ein Bild vom Umfeld des Ermordeten machen. Ich befrage alle Kollegen, Freunde, Mitarbeiter." Sie machte eine Pause. Bei dem Wort Freunde hatte der alte Apotheker leicht mit den Mundwinkeln gezuckt.

„Würden Sie mir bitte einige Fragen beantworten?"

Der alte Apotheker stand auf und schloss die Tür. Er nahm Haltung an, streckte sich und blickte auf Francesca herab. Er nickte.

„Ja, natürlich. Fragen Sie."

Francesca schossen viele Gedanken durch den Kopf. „So, wie sich der Mann benimmt, will er nicht, dass die anderen hören können, was er erzählt. Vorsicht oder Misstrauen? Misstrauen ihr gegenüber oder den anderen gegenüber? Und so, wie er seine Haltung verändert hat, vom leicht gebeugten Mann, der an einer Rezeptur arbeitet, zum stramm und aufrecht stehenden Mann, scheint er mir eine Botschaft vermitteln zu wollen. Etwa: „Ich bin wer. Schau her, dann kannst du es sehen. Aber warum? Hat es etwas mit seinem Verhältnis zu seinem Chef zu tun?"

„Wie war ihr Verhältnis zu Doktor Reiterer?", entfuhr es ihr spontan.

Der ältere Apotheker räusperte sich: „Zunächst war er mein Chef, der Inhaber und Eigentümer dieser Apotheke. Übrigens auch der Eigentümer des gesamten Hauses, um genau zu sein." Dabei machte der Dottore ein leicht angewidertes Gesicht. Die Mundwinkel waren es, die das Signal gaben. „Leichter Widerwille ist zu erkennen", registrierte Francesca. Er fuhr fort: „Mein Verhältnis zu ihm ist also das eines Angestellten zu seinem Chef, wenn Sie so wollen." Er machte eine Pause, um das, was folgen würde, zu betonen. „Ich bin schon hier gewesen, als noch sein Vater die Apotheke geleitet hat. Ich bin Apotheker. In jeder Apotheke muss ein Apotheker anwesend sein. Und deshalb bin ich überhaupt noch hier. Denn gebraucht werde ich schon seit Jahren nicht mehr." Der Blick war finster geworden. „Als vor ungefähr zehn Jahren mein alter Chef, der Vater von Doktor Reiterer, einen schweren Unfall hatte, konnte er lange Zeit nicht mehr hier arbeiten. Ich habe die Apotheke also alleine geleitet. War für alles verantwortlich. Dann hat mein alter Chef die Apotheke auf seinen Sohn übertragen. Und von da an ging es bergab." Er machte erneut eine Pause. Diesmal kam es Francesca vor, als brauche er sie, um sich zu sammeln. Es war keine Pause, die die Dramatik des Folgenden betonen sollte.

„Mein neuer Boss hatte zwar auch Pharmazie studiert. Aber, wie soll ich sagen, er hat einerseits dafür ungewöhnlich lange gebraucht, und andererseits war sein Vater nicht überzeugt, ob sein Sohn seinen Abschluss redlich erworben hatte. Auch die Promotion kam für alle überraschend. Will sagen, sein Vater hatte den Verdacht, dass sein Sohn sowohl das Examen als auch die Promotion nicht ehrlich erworben hatte."

„Sondern?"

„Na ja, das ist natürlich nur Spekulation. Aber Sie wissen doch auch, dass man für Geld heutzutage alles kaufen kann. Promotionsarbeiten sowieso. Und die universitären Examensprüfungen sind mancherorts mit Geld und guten Worten möglicherweise auch einfacher zu erlangen als anderswo."

„Sie wollen damit andeuten, dass Doktor Bernhard Reiterer möglicherweise kein richtiger Apotheker war?"

„Möglicherweise! Das muss ich betonen. Denn er hatte natürlich alle Zertifikate, die er brauchte, um eine Apotheke zu leiten. Die Urkunden hängen in seinem Büro. Können Sie sich alle gerne anschauen. Es war ein Verdacht, den sein Vater auch offen ausgesprochen hat. Auch in meiner Gegenwart. Das war dem Junior enorm peinlich. Und der Vater hat darauf bestanden, dass ich in der Apotheke bleibe, damit hier kein Unfug passiert."
„Das war dann sicher konfliktreich?"

„Und wie! Seither war mein Leben hier nicht mehr wie früher. Wenn mich der Vater nicht immer wieder beschworen hätte hierzubleiben und sein Werk weiterzuführen, dann hätte ich, kurz nachdem der Junior das Regiment übernommen hat, gekündigt.

Aber ich bin dem alten Herren sehr verbunden. Wir hatten eine sehr gute Zeit miteinander. Das war eben ein Apotheker, wie man ihn sich vorstellt. Innovativ, erfinderisch und immer darauf bedacht, dass die Kunden zufrieden sind."

„Und sein Sohn war da anders?"

„Anders ist nicht der richtige Ausdruck. Der hatte keine Berufsehre. Wissen Sie, was das bedeutet?" Er kam Francesca dabei recht nah. Sein Gesicht hatte jetzt etwas Fratzenartiges. Man konnte sehen, dass sich in ihm alles zusammenzog, wenn er an den Junior dachte.

„Versuchen Sie bitte, es mir zu erklären." Sie schaute ihn aufmunternd an.

Der alte Mann nahm wieder Haltung an und steckte die Hände in die Taschen seines Apothekerkittels. Die Daumen hakten dabei in den Saum der Tasche ein. „Das hat etwas Professorales", dachte Francesca.

„Nun, der Junior interessierte sich nicht für unsere Kunden. Überhaupt nicht. Wir hatten damals viele Kunden, die schon lange zu uns kamen, weil wir selber hergestellte Medikamente verkauften. Mein alter Chef hatte einiges erfunden, was unseren Kunden gut geholfen hat. So hat er zum Beispiel Augentropfen entwickelt, mit denen man eine Operation des grauen Stars hinauszögern kann. Die Tropfen beheben den grauen Star nicht auf Dauer. Aber sie zögern das Eintrüben der Linse hinaus. Er hat, teils zusammen mit mir, weitere Mittel entwickelt, die einigen unserer Kunden sehr gut geholfen haben. Unsere Hämorrhoidensalbe ist zum Beispiel ein echter Verkaufsschlager gewesen. Und so haben wir einige Präparate entwickelt, die unseren Kunden Erleichterung brachten. Der Junior wollte von all dem nichts wissen. Das hat er mir klipp und klar erklärt, nachdem er die Apotheke übertragen bekommen hatte. Er wollte hier alles moderner gestalten. Sein Vater hat ihm seine Umbaupläne längere Zeit blockiert. Denn nachdem der Junior die Apotheke übernommen hatte, gingen der Umsatz und der Gewinn rasant in den Keller. Der Junior hat sich auch nicht wirklich um die Apotheke gekümmert. Der war viel auf Reisen und hatte ja mich, einen echten Apotheker, damit er die Apotheke weiter am Laufen halten konnte. Aber immer, wenn er wieder mal da war, hat er Krach mit unseren langjährigen Angestellten angefangen. Nach und nach sind sie alle gegangen und der Junior hat nur noch diese Damen eingestellt." Der Dottore ruckte mit seinem Kopf Richtung Verkaufsraum. Sein Gesicht zeigte Missbilligung. „Keine von denen hat Ahnung von dem Geschäft. Trotzdem bezahlt er ihnen übertariflichen Lohn. Kaum zu glauben."

„Darf ich mal dazwischenfragen?"

„Aber ja. Deshalb sind Sie doch da, oder?"

Francesca lächelte ihn an: „Wenn das Geschäft in den Keller geht, wie muss ich mir es dann erklären, dass er seinen Angestellten so gute Gehälter zahlen kann?"

Der Dottore lächelte jetzt leicht.

„Wenn Sie das herausfinden, wäre auch meine Neugier befriedigt. Ich kann Ihnen nur sagen: Ich weiß es nicht! Ich weiß es einfach nicht. Seit ungefähr fünf Jahren hat der Junior Geld ohne Ende. Er hat auch die Apotheke so umgebaut, wie Sie sie heute sehen. Nach irgendwelchen Designerideen gestaltet. Das hat doch nichts mehr mit einer Apotheke zu tun!" Der alte Mann wirkte jetzt erregt. „Ich kann nicht feststellen, dass wir viele Kunden haben, die hier Rezepte einlösen. Die werden von Jahr zu Jahr weniger. Und die Damen stehen sich die Beine in den Bauch. Das führt nur dazu, dass sie sich langweilen und jeden Kunden als lästig empfinden. Aber Geld scheint da zu sein. So wie es in den ersten fünf Jahren bergab ging, so ging es in den darauffolgenden Jahren bergauf. Und zwar steil bergauf. Ich habe den Junior natürlich darauf angesprochen. Aber er hat mir nur ins Gesicht gelacht. Er hat was von einer Internetapotheke gesagt. Da liege die Zukunft. Damit mache man heute Geld. Aber das war es dann auch schon." Der alte Apotheker schwieg jetzt, zog seine Hände aus den Kitteltaschen und zuckte mit den Schultern. „Der Erfolg scheint ihm Recht zu geben. Seinen Angestellten bezahlt er pünktlich den Lohn, mehr als er müsste. Seinen Vater hat er mit seinem Erfolg auch irgendwie überzeugt. Vielleicht weiß der mehr. Mir hat aber auch der Vater nichts erzählt. Er hat nur einmal erwähnt, dass er sich wohl doch in seinem Sohn getäuscht habe. Er habe ihn als Taugenichts eingeschätzt, aber nun sei er doch ein erfolgreicher Geschäftsmann. So hat er sich ausgedrückt. Ein erfolgreicher Geschäftsmann." Der Apotheker seufzte leicht. „Vielleicht hatte der Junior ja seine Talente auf einem anderen Gebiet. Kann schon sein. Aber mir hat die Arbeit hier jedenfalls in den letzten Jahren wenig Spaß gemacht, das können Sie mir glauben."

Der alte Apotheker setzte sich wieder hin und nahm einen seiner kleinen Spatel in die Hand. „Ich bin Apotheker. Ich will Medikamente herstellen, die den Menschen helfen. Aber das war hier in den letzten Jahren nicht sehr gefragt."

Francesca nickte verständnisvoll. Aber in ihrem Kopf gingen die Gedanken andere Wege. Es war schon wichtig herauszufinden, woher der plötzliche Geschäftserfolg des Herrn Doktor herrührte. Da konnte der Hintergrund zu seiner Ermordung liegen. Denkbar jedenfalls. Gedankenfetzen wie „Motorradclub", „Frauenheld", „Geschäftsreisen", „Eitelkeit" schufen ein Bild von dem Ermordeten, das zwar an Dimension zunahm, aber immer noch vage blieb. Ein altes Foto mit Freunden, die alle Kutten eines berühmt-berüchtigten Clubs trugen, hieß noch lange nicht, dass er immer noch Mitglied in diesem Club gewesen war. Dass er ein Frauenheld gewesen sein sollte, gab zwar Stoff, um sich den Mund zu zerreißen, aber Eifersucht schien ihr vorerst kein denkbares Mordmotiv. Jedenfalls nicht in Anbetracht der Verletzungsmuster. Die vielen Geschäftsreisen, von denen die Angestellte gesprochen hatte, waren da schon interessanter. Die Reisen, die Bemerkungen gegenüber dem angestellten Apotheker, dass man heute mit einer Internetapotheke Geld verdiene, das schien ihr in diesem Moment ein erfolgversprechender Ansatzpunkt zu sein.

„Sagen Sie, Dottore Mandracchia, diese Internetapotheke, von der Ihr Chef gesprochen hat – wissen Sie welche das ist? Ich meine, kennen Sie die Adresse im Netz?"

Der Mann blickte Francesca müde an: „Nein. Kenne ich nicht. Und ich glaube auch nicht, dass es sie gibt. Ich kenne natürlich den Markt. Und ich kenne auch die Internetapotheken, die uns echten Apothekern das Leben schwer machen. Die verkaufen gängige Produkte unter dem Preis, zu dem wir anbieten können. Alles, was man ohne Rezept bekommen kann und Schmerzen lindert, der Verdauung hilft, Erkältungen vorbeugt und so weiter. Mit den Gewinnmargen, die wir für diese Produkte nehmen, gleichen wir das schlechte Geschäft mit selten gefragten Arzneien aus. Und genau das machen uns die Internetapotheken kaputt. Die können Massenware günstiger anbieten. Und die Leute kaufen, was billiger ist. Dabei haben die Internetapotheken kaum Personalaufwand, brauchen kaum qualifiziertes Personal. Aber Sie können weder beraten, noch können sie seltene Arzneien selber herstellen. Dieses Geschäft bleibt bei uns, ist aber bei den Personal- und Sachkosten, die eine klassisch geführte Apotheke verursacht, defizitär.“ Er seufzte. „Aber der Junior hat nicht eine solche Internetapotheke betrieben, wie ich sie beschrieben habe. Die hätte ich nämlich gekannt. Da muss was anderes dahinterstecken. Aber das habe ich nie herausgefunden.“ Er machte eine Pause, schaute lange auf den Tisch und auf den Spatel, den er in seinen Händen bewegte. Es war, als überlegte er, was er als Nächstes machen oder sagen sollte. Er verharrte in der Zeit. Dann, abrupt: „Kommen Sie!“

Er stand auf, öffnete die Tür und ging voran. Francesca folgte ihm. Er ging durch einen schmalen Gang nach hinten in die Eingeweide des großen Hauses. Es wurde immer dunkler und ungemütlicher. Jedenfalls verglichen mit der hellen Pracht, die man im vorderen Teil erlebte. Es war, als würde der Mann Francescas Gedanken ahnen: „Ja, ja, bis hier hinten hat er seine Gestaltungsideen nicht durchgezogen. Vorne hui und hinten pfui! So war er. Nur die Fassade war wichtig.“

Er ging jetzt eine schmale Treppe hinauf in den ersten Stock. Francesca folgte ihm. Oben angekommen befanden sie sich wieder in einem schmalen Gang, von dem einige Türen in diverse

Zimmer führten. Dottore Mandracchia blieb vor einer der Türen stehen.

„Das ist sein Büro, das außer ihm niemand betreten durfte. Es ist immer abgeschlossen. Dort hat er hin und wieder gearbeitet. Manchmal auch nachts. Das Zimmer geht zur Straße hin und wenn ich abends noch einen Spaziergang gemacht habe, sah ich es mitunter erleuchtet. Aber was er hier gemacht hat? Keine Ahnung. Jetzt, wo er tot ist und Sie die Hintergründe seines Lebens ergründen wollen, sollten Sie wissen, dass ich vermute, dass er von hier seine Geschäfte betrieben hat. Welche das auch immer waren. Aber ich könnte mir vorstellen, dass wir hier die Antwort finden."

Das „Wir" hatte Francesca vernommen. Sie konnte sich auch gut vorstellen, dass es den alten Apotheker brennend interessierte, welches Geheimnis sich hinter der Tür verbarg.

„Und wie kommen wir da hinein?", fragte sie. Die Tür sah solide aus. Beim Druck auf die Klinke stellte sie fest, dass sie verschlossen war. Der alte Apotheker zuckte nur mit den Schultern: „Ich habe keinen Schlüssel zu diesem Zimmer."

Francesca überlegte. Die Tür öffnen zu lassen war kein Problem. Dafür gab es Spezialisten. Andererseits war es auch keine besonders gesicherte Tür. Eine normale, abgeschlossene Bürotür. Sie zückte ihre Kreditkarte und zwängte sie oberhalb des Schlosses in den schmalen Spalt zwischen Zarge und Türblatt. Die Karte ließ sich leicht nach unten führen und stoppte an dem Widerstand, den der Bolzen bot, der in die Zarge hineinragte. Sie ruckelte ein wenig, die Kreditkarte bog sich, verhakte sich, rutschte tiefer und drängte den Bolzen ins Schloss zurück. Die Tür sprang auf.

Der Apotheker staunte, Francesca betrachtete ihre Kreditkarte: „Glück gehabt. Magnetstreifen heil geblieben."

Sie betrat das kleine Büro, dessen beide Fenster den Blick auf den Theaterplatz freigaben.

*

Hagen Bös schaute auf seine neue Uhr. Sein Blick blieb länger daran haften, als er brauchte, um die Zeit abzulesen. Der Blick hatte etwas Verliebtes, seine Miene drückte Kennerschaft aus. „Kein Zweifel", dachte Fabio, „dieser Mann liebt Uhren."

„Meine Herren", vernahm man ihn jetzt – und dabei hatte er wieder diesen singenden Tonfall in der Stimme, der Fabio schon am Bahnhof aufgefallen war, „meine Herren, ist es nicht an der Zeit, eine Mittagspause einzulegen?" Er schaute dabei gemütlich in die Runde.

„Das Teegebäck war ganz ausgezeichnet, ja wirklich, das war es, aber ich habe ehrlich gesagt jetzt Lust auf etwas Herzhaftes. Wie sieht es bei Ihnen aus?" Die dunklen Augen blitzten dabei schelmisch.

Dottore Infedele hatte soeben die Psychologin mit seinem Handy erreicht und deutete den anderen, bitte ruhig zu sein, damit er dieses Gespräch führen konnte. Er schilderte ihr knapp sein Anliegen und fragte, ob sie Zeit hätte, sich den Fall anzuhören.

„Ja das ist ja ganz wunderbar. Vielen Dank Signora. Wann? Ja, wann es Ihnen passt, aber das besprechen Sie vielleicht besser mit dem Commissario." Pause. „Ja, wir wollten gerade Essen gehen. Wenn es Ihnen passt, wäre es uns ein Vergnügen, wenn Sie uns Gesellschaft leisten würden." Pause. „Ich frage ihn sofort." Er wandte sich an Fabio: „Wo sollen wir uns zum Essen treffen? Signora Gufler kommt dazu." Fabio überlegte nicht lange. „Ich schlage Fredericos Bar vor. Gegenüber der Questura."

Dottore Infedele gab den Treffpunkt durch. Die andere Seite schien einverstanden.

„Perfekt! Signora Gufler kommt dazu. Dann können wir den Fall kurz besprechen. Vielleicht hilft Ihnen das schon weiter."

Fabio nickte: „Und ich rufe noch Tommaso dazu. Er kann vielleicht etwas bezüglich der Erkenntnisse der Carabinieri beitragen. Wann welche Fahrzeuge bei Salvatore ein- und ausgefahren sind."

*

Das Büro, das Francesca betrat, wirkte karg. Nichts von dem stylischen Ambiente, mit dem sich der junge Doktor sonst umgeben hatte. Alte Büromöbel. Buchefurnier. Hängeregistraturen, ein Computer, ein Drucker, ein offenes Regal voller Ordner. Es sah aus wie in einer gewöhnlichen Buchhaltung. Der Schreibtisch war aufgeräumt. Keine Papierstapel, keine unerledigte Korrespondenz. Dottore Mandracchia ging ebenfalls neugierig im Zimmer herum. Er betrachtete die Ordner in dem offenen Regal mit Interesse. Francesca beobachtete, wie er mit dem Finger an den Ordnerrücken entlangging und die Aufschriften studierte. Francesca las lauter lateinische Namen. Ihr sagten diese Aufschriften nichts, also fragte Sie den Dottore:
„Dottore, was steht darauf?“, fragte sie.

Dottore Mandracchia blickte sie ganz kurz an, dann vertiefte er sich wieder in das Studium der Aufschriften. Dabei murmelte er: „Alles Arzneibegriffe. Hier zum Beispiel.“ Er deutete auf einen der Ordner. „Hier finde ich die Bezeichnung für den Hauptwirkstoff in Potenzpillen wie Viagra. Und hier.“ Er zeigt auf einen anderen Ordner. „Hier finde ich den Namen für den Hauptwirkstoff der Anabolika.“ Er drehte sich zu Francesca um. „Wenn Doktor Reiterer all dieses Zeug vertrieben hat, dann kann ich mir vorstellen, wo das Geld herkommt. Das sind alles Präparate, die heutzutage massenhaft im Internet angeboten werden. Aber das meiste davon ist gefälscht. Wir stellen es hier in dieser Apotheke jedenfalls nicht her.“ Dottore Mandrachia schien erschüttert.

Francesca fiel eine Frage ein, die sich ihr jetzt aufdrängte: „Was meinen Sie. Wusste sein Vater irgendetwas davon?“

Mandracchia schüttelte den Kopf: „Das glaube ich nicht. Seit seinem Unfall war er zwar ab und zu in der Apotheke. Aber hier gibt es keinen Aufzug. Deshalb konnte er wegen des Rollstuhls auch nicht in diese Etage gelangen. Das war ausgeschlossen. Und ob sein Sohn ihm etwas erzählt hat? Nun, das glaube ich nicht.“ Er blickte sich im Raum um: „Wenn Sie jemanden brauchen, der sich sachkundig mit den Unterlagen auseinandersetzen soll, dann können Sie mich gerne fragen.“ Mit diesen Worten verließ er das Zimmer. Es schien, als habe er genug gesehen. Francesca war allein.

*

Frederico hatte heute als Mittagsgericht eine Lasagne im Angebot. Er kochte mittags für seine Stammkunden immer nur ein Gericht – mehr gab seine kleine Küche nicht her. Aber er war gut in Nudelgerichten aller Art. Pasta war seine Spezialität und seine Lasagne war legendär. Altes Rezept von seiner Mama, wie er gerne bei jeder Gelegenheit kundtat. Tommaso hatte sich gefreut, als Fabio anrief. Dass er jetzt noch auf die Schnelle die Berichte seiner Carabinieri zusammensuchen sollte, fand er dann schon weniger amüsant. Aber einer seiner flinken jungen Kollegen war ihm behilflich. „Diese jungen Leute, die noch vor Ehrgeiz brennen, sind sehr hilfreich", dachte er, als man ihm binnen kurzer Zeit ein kleines Dossier auf den Tisch legte. „Überwachungsmaßnahmen Salvatore D`Amigo" stand darauf. Darin befand sich eine Liste, auf der sämtliche Bewegungen rund um das Grundstück von Salvatore aufgezeichnet waren. Die Carabinieri waren sehr sorgfältig gewesen. Selbst Fahrzeuge, die nur in der Nähe geparkt waren, waren von ihnen mit Tag, Uhrzeit, Fahrzeugtyp, Kennzeichen und Wagenfarbe verzeichnet worden. „Sind schon gründlich, meine Carabinieri", dachte Tommaso zufrieden und machte sich auf den Weg zu Fredericos Bar. Vorsichtshalber meldete er sich im Vorzimmer seines Chefs ab. „Ich habe einen Termin", rief er in das Zimmer. Von dort bekam er zu hören: „Bei Frederico?" Tommaso wunderte sich. Er hatte noch nie davon erzählt, dass er sich gerne mit Fabio in Fredericos Bar traf. Das war, so glaubte er bisher, ein geheimer Treffpunkt. Er spähte daher um die Ecke und sah einer gut gelaunten Chefsekretärin ins Gesicht.

„Woher weißt du das?"

Sie lachte: „Ich muss alles wissen, sonst wäre ich hier am falschen Platz. Grüße an deinen Commissario."

Tommaso schluckte. Das, was er für ein Geheimnis gehalten hatte, war also längst bekannt. „Die Welt ist klein in Bozen", dachte er, als er die Kaserne verließ.

Die anderen saßen schon bei Frederico, als er eintraf, das Dossier unter dem Arm. Fabio stellte ihm Hagen Bös vor. Dottore Infedele und Tommaso kannten sich. Filippo Infedele erzählte, dass man noch auf die Psychologin, Dr. Valentina Gufler, warten würde, die ihre Meinung zur Tötungsart der beiden Leichen abgeben sollte. Tommaso war über die Leichenfunde informiert. Fabio hatte ihm am Morgen bei ihrer Fahrt von Tisens nach Bozen davon erzählt.

Hagen Bös hatte das Dossier sogleich erspäht und mutmaßte, dass es sich um die Aufzeichnungen rund um die Beobachtung von Salvatores Grundstück handelte.

„Darf ich etwas vorlaut eine Frage an Sie richten?" Bös hatte sich Tommaso zugewandt. Der nickte und betrachtete Bös mit Interesse. Fabio hatte ihn heute Morgen nicht nur mit vielen Informationen über die beiden Leichenfunde überrascht. Er hatte ihm auch detailliert den deutschen Gast beschrieben. Jetzt war er neugierig darauf, wie Hagen Bös auf ihn wirken würde. Tommaso wollte gerade nicken, als Bös auch schon fragte:
„Gibt es bei den Fahrzeugen, die Ihre Leute aufgezeichnet haben, auch Fahrzeuge der Oberklasse, die mattschwarz lackiert sind?"

„Komische Frage", dachte Tommaso. Er nahm aber das Dossier und schlug es auf.

Er ging die Liste durch. Und stutzte. Er stoppte den Finger an einer Stelle der Liste.

„Hier. Da ist ein mattschwarzes Fahrzeug. Ein VW-Transporter, mattschwarz, italienisches Kennzeichen. War drei Stunden auf dem Gelände. Ist in die Halle gefahren. Alle Scheiben, bis auf die Frontscheibe und die beiden vorderen Seitenscheiben, waren dunkel gefärbt, sodass man nicht hineinsehen konnte." Hagen Bös schaute sehr zufrieden. Dottore Infedele und Fabio waren verblüfft.

*

Francesca schaute sich in dem kleinen Büro um, öffnete alle Schubladen, schaute in alle Schränke. „Wenn ich mich in die Situation von Bernhard Reiterer versetze – wo würde ich Unterlagen verstecken, die mir gefährlich werden könnten? Sicher nicht in all den offen herumstehenden Ordnern, den nicht verschlossenen Schubladen. Wo ist der Tresor?" Sie schaute sich im Raum um. Ein wenig attraktives Bild hing links neben der Tür. Ein Ölschinken, der überhaupt nicht in die Sammlung passte, die Francesca bisher zu sehen bekommen hatte. „Wandtresor hinter Bild", dachte sie. „der Klassiker." Und so war es tatsächlich. Hinter dem Bild fand Francesca einen in der Wand eingelassenen kleinen Tresor, der mit einem Schlüssel zu öffnen war. „Wo ist jetzt der richtige Schlüssel?", überlegte sie weiter. „Entweder der Doktor hat ihn immer bei sich getragen oder er hat ihn im Zimmer versteckt. Machen viele Leute. So wie der berühmte Hausschlüssel unter der Fußmatte. Die Menschen sind nicht so erfinderisch." Ihr Blick glitt über die Einrichtung und an allen Gegenständen entlang. „Wo würde ich einen Schüssel verstecken?" Ihr Blick blieb an einem Becher hängen, aus dem ein Lineal und verschiedene Stifte herausschauten. Der Becher stand, zugänglich für jeden, auf dem Schreibtisch. „Das ist immer gut. Wirkt nicht wie ein Versteck. Dort vielleicht?" Sie schüttete den Inhalt aus. Lineal, Stifte, ein Radiergummi, lange Büroklammern und ein Schlüssel fielen heraus. Francesca lächelte zufrieden. Der Schlüssel passte.

*

„Ein mattschwarz lackierter VW-Transporter also. Und das Kennzeichen haben Sie auch. Bestens!" Hagen Bös war zufrieden. „Wir haben einen Zipfel!" Er beugte sich über den Tisch, so dass auch die anderen seiner Bewegung folgen konnten. „Wir dürfen nur nicht zu stark daran ziehen", sagte er nun eher leise. „Aber wenn wir den Halter dieses Wagens haben, kann uns das wieder einen kleinen Schritt voranbringen." Tommaso hatte das schon vorher verstanden. In Gedanken hatte er den Auftrag zur Haltermittlung längst erteilt. Er zückte sein Handy und gab den Auftrag an seine Leute durch. „Haben wir gleich."

Da trat eine attraktive Frau an den Tisch und begrüßte Dottore Infedele herzlich. Fabio erkannte die Frau. Er hatte sie schon einmal gesehen. Filippo Infedele stellte Valentina Gufler vor. Sie nahm am Tisch der vier Männer Platz und Frederico nahm die Bestellung auf.

*

Im Tresor lagen dicke Bündel Bargeld. Nur Hundert-Euro-Scheine. Und im unteren Fach fand Francesca einige Datensticks. Mehr war nicht im Tresor. Sie nahm die Datensticks heraus und steckte sie in ihre Tasche. „Den Inhalt sollen sich unsere Spezialisten ansehen", überlegte sie. Ihr Blick fiel auf den Computer. „Den lasse ich abholen. Der ist mir jetzt zu schwer." Sie verschloss den Tresor, behielt aber den Schlüssel. Auf die Tür zum Büro pappte sie ein Polizeisiegel.

Dottore Mandracchia fand sie in seinem Büro. Er hatte die Tätigkeit wieder aufgenommen, bei der sie ihn zuvor unterbrochen hatte. Er wog geringe Mengen Pulver auf seiner altmodischen Waage und füllte sie in die Kuhle des Mörsers, um anschließend mit dem Stößel den Brei weiterzukneten und zu mischen.

„Was wird das, Dottore?", fragte sie.

„Ein Abführmittel."

Der Dottore machte keine Anstalten sie zu verabschieden. Er wirkte vertieft in seine Arbeit. „Komischer Kauz", dachte Francesca und ging den schmalen Gang in Richtung Ladentheke. Die drei schönen Frauen standen hinter der Theke und schwiegen. Die Atmosphäre war irgendwie komisch. Kunden waren keine im Laden. Aber es war auch schon kurz vor 13 Uhr und wie es schien, hatten die drei nur auf sie gewartet, um die Apotheke für die Dauer der Mittagszeit abzuschließen. Francesca fragte in die schweigende Runde: „Ist außer ihnen und Dottore Mandracchia noch jemand hier, der zur Apotheke gehört?“ Eine der jungen Frauen zeigte mit ihrem Kopf in den Gang, aus dem Francesca gerade gekommen ist: „Wir haben noch eine Pharmazeutisch-technische Assistentin. Unsere PTA arbeitet hinten im Labor. Kann aber sein, dass sie schon durch den Hinterausgang gegangen ist. Wir machen nämlich jetzt zu.“ Francesca spürte, dass man sie loswerden wollte. Sie drehte sich frontal zu den drei Schönheiten: „Ihr Chef, Doktor Bernhard Reiterer ist ermordet worden. Ich untersuche den Fall. Und deshalb würde ich gerne mit Ihnen sprechen. Einzeln.“

*

Fabio hatte die Psychologin sofort wiedererkannt. Es war die Frau, deren Begleiter ihm im Kallmünz am Samstagabend durch sein merkwürdiges Verhalten aufgefallen war. Es bestand kein Zweifel, denn er erinnerte sich noch genau daran, wie er und Elisabeth über diese Diskrepanzbeziehung ein wenig gelästert hatten. Sie so schön, er deutlich weniger attraktiv. Gut, der Körperbau war ansehnlich. Kräftiger Kerl. Aber die Garderobe! Im Vergleich zum eleganten Auftreten von Valentina Gufler wirkte er grobschlächtig. So, als hätte man einer Königin einen Stallburschen zur Begleitung gegeben. Sie wirkte auch heute wieder irgendwie … erhaben. Ja, das schien die richtige Bezeichnung zu sein. Erhaben. Perfekt sitzende Frisur. Die kurz geschnittenen blonden Haare streng nach hinten gekämmt. Das Gesicht vielleicht etwas zu akzentuiert. Spitzes Kinn. Dünne Lippen. Unter ihrem Mantel trug sie einen modischen Hosenanzug. Das Sakko war sehr kurz gehalten, endete knapp unter der Hüfte, so dass der gesamte Anzug die sehr attraktive Figur betonte. „Eine tolle Frau“, dachte Fabio. „Die hat Ausstrahlung!“. Auch auf Hagen Bös und Tommaso schien der Auftritt der Dame zu wirken. Ihre Augen verrieten es. Sie blieben einfach länger als nötig an dieser weiblichen Erscheinung hängen – als Valentina Gufler den Raum betrat, Dottore Infedele begrüßte, ihren Mantel ablegte, sich zu ihnen setzte, einen freundlichen Blick in die Runde schickte. All das wurde von den Herren der Schöpfung wohlwollend registriert, in jeder Einzelheit. Nur Filippo Infedele, der den Zauber kannte, der von Valentina Gufler ausging, wirkte nicht wie gebannt. Fabio musste innerlich schmunzeln. „Menschen reagieren auf Menschen. Ist klar. Aber manche Menschen lösen Reaktionen aus, die andere niemals auslösen. Woran liegt das? Gut, diese Frau ist attraktiv. Aber das alleine ist es nicht.“ Sie hatte eine Ausstrahlung, die sie von anderen unterschied. Sie zog andere in ihren Bann. Fabio meinte, dass es ihre Art zu schauen war. Sie blickte jedem kurz und intensiv in die Augen, wenn sie auf Menschen traf.

Dottore Infedele wirkte amüsiert: „Commissario, ich hatte Sie soeben gebeten, Frau Gufler zu erläutern, mit welchem Problem Sie zu tun haben. Aber Sie waren wohl in Gedanken?“

Fabio merkte, wie ihm ein wenig heiß wurde. Ertappt zu werden, bei was auch immer, ist kein gutes Gefühl. Aber die anderen wirkten alle amüsiert. Wahrscheinlich konnten sie ganz gut nachvollziehen, was mit ihm passiert war. Die Psychologin sah ihn interessiert und freundlich an. Sie hatte ihre Beine übereinandergeschlagen und saß ganz entspannt ihm gegenüber. Fabio räusperte sich: „Das ist richtig. Ich war gedanklich unterwegs und habe einen Moment nicht zugehört.“ Fabio war jetzt wieder ganz bei der Sache: „Es ist so“, sprach er in Richtung von Valentina. “Wir haben am Freitag einen Mann aus der Passer geborgen. Sein Kehlkopf war eingeschlagen, was nach den Erkenntnissen der Rechtsmedizin zu seinem Tod geführt hat. Der Leiche waren die Augen fein säuberlich herausgeschnitten worden. Ansonsten war die Leiche unversehrt. Keine Fesselspuren, keine Spuren von Gegenwehr, keine anderen Verletzungen. Die Leiche war vollständig bekleidet. Allerdings waren keine Papiere, keine Geldbörse zu finden. Am Sonntagmorgen haben wir im Industriegebiet in Bozen, in einem leerstehenden Gebäude der alten Aluminiumhütte, eine weitere männliche Leiche gefunden.

Die Tötungsart war diesselbe. Eingeschlagener Kehlkopf. Dieser Leiche wurde die Zunge herausgeschnitten. Ansonsten alles wie bei der am Freitag gefundenen Leiche. Keine anderen Verletzungen, vollständig bekleidet. Die Identität der ersten Leiche ist bekannt. Die der zweiten noch nicht. Beide Männer sind um die fünfzig Jahre alt.“ Er beendete seinen Bericht. Mehr mochte er zunächst nicht preisgeben. Frau Dr. Gufler war immerhin eine Privatperson und in einer polizeilichen Ermittlung war es heikel, Menschen, die man nicht einschätzen konnte, viel zu erzählen. Frau Gufler nickte. Sie hatte interessiert zugehört: „Kann man schon etwas zum genauen Zeitpunkt der Ermordungen sagen?“, fragte sie.

Fabio überlegte, ob er das sagen konnte: „Der Tote, den wir am Freitag gefunden haben, war noch nicht lange tot, vielleicht ein oder zwei Tage. Er ist vielleicht am Mittwoch oder am Donnerstag der letzten Woche auf seinen Mörder getroffen. Der zweite Tote könnte schon länger tot gewesen sein. Da laufen noch Untersuchungen. Aber unser Rechtsmediziner schätzt, dass der Tötungszeitpunkt für die Leiche vom Sonntag vor dem der Leiche am Freitag lag. Grob geschätzt lag eine Woche dazwischen. Genaues wissen wir noch nicht.“

Frau Gufler nickte leicht mit dem Kopf. Ihre Fußspitzen bewegten sich ebenfalls leicht. Es arbeitete in ihr. Man konnte das sehen.

Sie schaute in die Runde und ihr Blick blieb bei Fabio hängen: „Dieses Muster ist mir in meiner Praxis schon mal begegnet. Ist lange her. Aber eines ist evident. Der Mörder will etwas zum Ausdruck bringen. Und das soll auch bekannt werden. Denn sonst hätte er die Leichen besser versteckt, oder dafür gesorgt, dass sie endgültig verschwinden. Wenn Sie betonen, dass keine weiteren Verletzungen vorhanden sind, dann kann ich davon ausgehen, dass die Männer zuerst durch einen Schlag auf den Kehlkopf getötet wurden, bevor der Täter sie verstümmelt hat?“ Fabio nickte: „Davon geht die Rechtsmedizin bis heute aus.“ Die Psychologin erklärte: „Dann will der Täter mit der Entfernung der Augen und der Zunge etwas zum Ausdruck bringen, was in Zusammenhang mit den Getöteten steht. Dem einen nimmt er die Augen. Der soll nicht mehr sehen können. Dem anderen nimmt er die Zunge, er soll nicht mehr reden oder schmecken können. Und das wiederum ist eine Botschaft, die sich an jemanden richtet. Das kann eine Einzelperson sein oder die Gesellschaft. Jedenfalls ist das Motiv für die Tat sehr interessant. Der Täter will durch seine Tat kommunizieren. Eine andere Frage ist natürlich auch von Interesse: Waren die Opfer zufällig ausgewählt oder gibt es ganz konkrete Ursachen für ihre Ermordung? Wenn er sich aus Gründen, die wir noch nicht kennen können, diese Menschen ganz bewusst ausgewählt hat, dann müssen Sie den Hintergrund dieser Menschen durchleuchten und versuchen herauszufinden, was sie gemeinsam hatten. Waren es Zufallsopfer, wird die Sache deutlich schwieriger. Dann gibt es unter Umständen keinen Bezug des Täters zu seinen Opfern. Dann mordet er vielleicht im Wahn. Solche Fälle gibt es auch. Religiöser Wahn ist ein denkbares Motiv. Du sollst kein falsches Zeugnis ablegen – Zunge raus. Du sollst nicht begehren deines Nachbarn Weib – Augen raus. Das jetzt nur als Beispiel, wie so einer denken könnte. Verstehen Sie?"

Die anderen nickten.

„Als nächstes vielleicht – du sollst nicht stehlen – Hand ab. Verstehe." Fabio stöhnte leicht auf: „So einen Fall hatte ich noch nie. Wie kann man nur an solche Leute herankommen?"

Die Psychologin blickte ihn direkt an, tief in seine Augen. Sie war sehr ruhig dabei: „Ich bin sicher, dass wir es mit einem Einzeltäter zu tun haben. Er will, dass die Leichen gefunden werden. Nicht sofort. Er macht es uns nicht einfach, denn er nimmt ihnen alles, was ihre Identität leicht feststellen ließe. Und er entnimmt ihnen ein Organ, um etwas mitzuteilen."

Sie lehnte sich zurück und holte tief Luft: „Ich kann und will Ihnen nicht in Ihre Arbeit hineinreden. Davon verstehe ich zu wenig. Aber ich würde zwei Wege verfolgen. Der erste ist der Hintergrund der beiden Ermordeten. An welcher Stelle kreuzen sich ihre Lebenswege? Was haben sie gemeinsam? Und dann würde ich an dieser Stelle weitersuchen. Der andere Weg ist, dass sie beobachten, ob in letzter Zeit irgendwo etwas passiert ist, was komisch war, aber nicht zu polizeilichen Aktivitäten geführt hat. Zum Beispiel: Jemand hat sich an einen Kirchturm gekettet, um gegen irgendetwas zu protestieren. Oder Flugblätter verteilt, die vor dem Untergang der Welt warnen, oder jemand hat unverständliche Botschaften an Hauswände geschmiert. Das könnte auch ein Anhaltspunkt sein. Denn Wahn, ob mit religiösem oder anderem Hintergrund, bahnt sich seinen Weg auf verschiedene Art und Weise. Das fängt nicht mit einem Mord an. Dann ist noch interessant, wo die beiden Opfer ermordet worden sind. Das Wie scheint ja bekannt zu sein. Ein Schlag gegen den Kehlkopf." Sie machte eine Pause und stellte sich diese Tötungsart offensichtlich vor: „Das ist natürlich auch sehr interessant. Ich nehme an, dass man einen heftigen Schlag gegen den Kehlkopf führen muss, damit man daran stirbt?"

Es war Tommaso, der sich jetzt einschaltete.

„Der Kehlkopf ist für den Menschen das, was in der germanischen Sage Siegfrieds Schulterblatt war. Ein sehr leicht zu verletzender Teil des Körpers. Und zwar irreparabel. Wenn der Kehlkopf einmal eingedrückt ist, dann erstickt der Mensch schnell und qualvoll. Und der Schlag muss gar nicht so heftig sein. Er muss nur sehr präzise durchgeführt werden. Darin liegt die Kunst."

Alle schauten Tommaso erstaunt an.

Die Psychologin hakte nach: „Wie präzise? Ich meine, muss man das vorher üben?"

Tommaso ließ seinen Bass rollen: „Ich glaube, dass man das vorher üben muss. Und man muss um die Wirkung wissen. Das ist eine lautlose Tötungsart. Lernt jeder Kampfsportler kennen, damit es dort im Training eben nicht aus Versehen passiert. Aber auch unsere Sondereinheiten trainieren das. Soldaten, die als Späher hinter den feindlichen Linien abgesetzt werden, beherrschen diese Techniken. Das muss man trainieren. Von daher kann ich mir vorstellen, dass unser Täter darin Übung hat. Denn sonst könnte er nicht binnen kurzer Zeit zwei Männer auf dieselbe Art umbringen. Und wenn dann keinerlei Spuren von Gegenwehr zu finden sind, dann kann ich mir das nur so erklären, dass unser Täter seine Opfer kaltblütig sozusagen im Vorübergehen erledigt. Dann hat er aber noch das Problem, dass er die Organentnahme vornehmen muss. Und das ist auf offener Straße schwierig. Da könnte es Zeugen geben. Deshalb gehe ich davon aus, dass unser Täter seinen Opfern da begegnet, wo er sie zwar überraschen kann, aber auch nicht befürchten muss, dass man ihn bei der Tat beobachten kann. Die offene Straße als Ort für den Mord halte ich daher für unwahrscheinlich."

Dottore Infedele übernahm: „Dann fasse ich mal zusammen, wie das Täterprofil aussehen könnte. Wir haben es mit einem Menschen zu tun, der aus Wahn oder aus Gründen, die in der Person der Opfer liegen können, mordet. Er mordet mit einer präzisen, lautlosen Methode, für die man eine Art Ausbildung braucht. Er möchte, dass seine Taten entdeckt werden, denn er will damit eine Botschaft zum Ausdruck bringen. Richtig soweit?"

Die Psychologin und Tommaso nickten.

„Wieso gehen alle davon aus, dass wir es mit einem Einzeltäter zu tun haben?" fragte Fabio.

Die Psychologin nahm die Frage auf: „Ja warum? Ist erst mal nur so ein Gefühl. Denn der Aufwand der Organentnahme ist gewaltig. Warum sollte eine Bande von Typen, die von Raubüberfällen leben, sich diese Mühe machen? Die wollen Geld, Kreditkarten, Handys und nicht, dass ihr Opfer dabei auf der Strecke bleibt. Aber hier gibt es kein Zeichen von Gegenwehr. Also trifft die Opfer der Schlag unvermittelt, ohne Warnung. Die Opfer sind völlig überrascht. Das kann man besser alleine. Wie der Maresciallo schon sagte, so eine Art Einzelkämpferausbildung ist da zu erkennen. Und das deutet eben auch auf einen Einzeltäter hin."

Da kam Frederico mit der bestellten Lasagne.

*

Die drei Schönheiten aus der Apotheke schauten einander betroffen an. Eine kam hinter der Theke hervor, ging an Francesca vorbei und schloss die Tür von innen ab. Sie schien das Sagen zu haben.

„Wenn Sie wollen, können wir ins Labor gehen." Sie wies den Weg, indem sie auf den Gang zeigte, aus dem Francesca gekommen war. Sie erinnerte sich, dass sie eine Tür gesehen hatte. Und genau dahinter war das Labor. Ein zweckmäßig eingerichteter Raum, der Francesca an ihren Chemieunterricht erinnerte. Der Raum war leer. Die PTA war offensichtlich schon gegangen. Die Frau, die das Kommando übernommen hatte, stellte sich als Erste zur Verfügung.

„Wie lange arbeiten Sie schon für Doktor Reiterer?", fragte Francesca.

„Drei Jahre", war die knappe Antwort.

„Und die anderen?"

„Kamen später."

Die Dame wirkte sehr einsilbig. Nicht unfreundlich, aber auch nicht sonderlich mitteilsam. Die Betroffenheit hielt sich in Grenzen. Eigentlich war sie kaum wahrnehmbar.

„Wie war ihr Verhältnis zu Ihrem Chef?", fragte Francesca aus einem Bauchgefühl heraus.

Die Mundwinkel der Dame zuckten etwas. Sie wirkte dadurch leicht spöttisch. Das Timbre ihrer Stimme hatte jetzt etwas leicht Gehässiges, Schadenfrohes.

„Ich war eine seiner Angestellten. Er hat gut gezahlt."

Francesca begriff, dass hinter der Fassade irgendetwas komisch war.

„Haben Sie in letzter Zeit eine Beobachtung gemacht, die Ihnen eigenartig vorkam?"

„Nein."

„Wann haben Sie Doktor Reiterer das letzte Mal gesehen?"

Die Dame überlegte kurz, gab dann aber eine deutliche Antwort:

„Er war am Mittwoch hier. Er kam so gegen 17 Uhr und ging nach oben in sein Büro. Wir haben die Apotheke um 18 Uhr geschlossen und sind dann gegangen. Das Licht im ersten Stock hat noch gebrannt. Ich nehme daher an, dass er noch gearbeitet hat."

„War er regelmäßig hier?"

„Er kam unregelmäßig. Mal blieb er länger, mal nur kurz."

„Sie sprachen von einem Hintereingang. Wo ist der bitte genau?"

Die Dame erhob sich und ging voran. Sie zeigte Francesca den Hintereingang, der zu einem kleinen Parkplatz führte.

„Hier hat er für gewöhnlich geparkt."

„Er hat also immer den Hintereingang benutzt?"

„Nein. Er ist oft in die Bar Teatro gegangen. Und wenn er von dort kam, dann benutzte er den Vordereingang."

„Aber am besagten Mittwoch in der letzten Woche, da ist er beim Vordereingang hereingekommen?"

„Ja. Sonst hätte ich ja nicht wissen können, dass er nach oben gegangen ist, oder?"

Die Dame war nicht gerade kooperativ. Francesca blieb ganz ruhig, zugleich aber auch hartnäckig.

„Und es war nicht ungewöhnlich, dass sie ihn seit Donnerstag nicht mehr gesehen haben?"

„Nein. Das war nicht ungewöhnlich. Kam oft vor, dass er sich tagelang hier nicht sehen ließ."

„Geht das denn? Ich meine, er ist doch schließlich der Apotheker."

„Dafür hat er doch Dottore Mandracchia. Es reicht, wenn ein Apotheker anwesend ist."

Francesca überlegte, was sie noch wissen wollte.

„Wie laufen denn die Geschäfte? Haben sie viele Kunden?"

Die Dame zog die Augenbrauen in die Höhe.

„Wieso wollen Sie das denn wissen?"

„Ich bin eben neugierig. Wir ermitteln immer alles. Und es ist von Interesse, ob die Geschäfte gut laufen oder nicht. Verstanden?"

Die Dame machte einen Schmollmund.

„Ich weiß das nicht. Ich kenne die Buchhaltung auch nicht. Aber wir haben nicht so viele Kunden." Sie wirkte dabei etwas verlegen.

„Kaum Kunden, aber drei Apothekenangestellte im schick designten Verkaufsraum. Eine PTA, ein Apotheker. Das bedeutet hohe Personalkosten. Wie rechnet sich das?"

Die Dame wurde leicht nervös.

„Das weiß ich nicht. Das interessiert mich auch nicht. Uns hat er jedenfalls immer pünktlich bezahlt." Und etwas leiser: „Kann sein, dass er noch andere Geschäfte hatte."

Francesca hakte nach: „Welche?"

Die junge Dame wirkte jetzt nicht mehr so selbstsicher. Ihr war sichtlich unwohl.

„Fragen Sie besser den alten Apotheker. Der weiß vielleicht etwas. Irgendwas mit so Wundermitteln vielleicht. Internethandel oder so. Ich habe da mal so was aufgeschnappt. Aber wir", sie deutete Richtung Verkaufsraum, „sind hier sowieso nur Dekoration."

Francesca bedankte sich und entließ die junge Dame. Dann rief sie die nächste zu sich.

*

Die Vernehmung der beiden anderen Damen aus der Apotheke brachte nur eine neue Erkenntnis. Keine von ihnen hatte eine Ausbildung zur Apothekenhelferin gemacht. Die eine war Friseurin, die andere hatte einen Abschluss als Zahnarzthelferin. Die dritte war nach ihren eigenen Angaben Masseurin. Doktor Reiterer hatte seine Mitarbeiterinnen nach ihrem Aussehen eingestellt. So hatte es eine der drei Damen ausgedrückt. Er wollte einen einladenden Empfangsraum schaffen. Das waren anscheinend seine Worte gewesen. Wenn die drei Angestellten Fragen hatten, waren da ja noch eine echte Pharmazeutisch-technische Assistentin und der angestellte Apotheker, die sich aber in den hinteren Räumen aufzuhalten hatten. Als Francesca nachhakte, als eine von den Dreien davon sprach, dass sie alle nach ihrer

Schönheit eingestellt worden waren, kam heraus, dass Doktor Reiterer mit allen Dreien ein Verhältnis gehabt hatte. Nur kurz zwar, aber er hatte sie alle gehabt. Wie es schien, gab sich zumindest die eine, die offen darüber gesprochen hatte, nicht der Illusion hin, dass ihr Chef ein echtes Interesse an ihr gehabt hatte. Sie schien mit der Bezahlung für diesen Job ganz zufrieden und trauerte dem Doktor offensichtlich nicht nach. Dies war auch bei den anderen festzustellen. Dass ihr Arbeitgeber ermordet worden war, schien sie alle nicht weiter zu berühren. Allerdings konnte sich auch keine von ihnen an etwas erinnern, was auffällig, verdächtig oder ungewöhnlich gewesen wäre.

Francesca hatte jetzt Hunger. Sie erinnerte sich an die Bar Teatro und dass Doktor Reiterer am Mittwoch die Apotheke durch den Vordereingang betreten hatte. Das konnte bedeuten, dass er vorher in der Bar gewesen war. „Ich kann meine Nachfrage dort mit einem Imbiss verbinden“, dachte Francesca und entließ die letzte der drei Damen. Sie nahm den Hinterausgang.

Dort gab es einige reservierte Parkplätze. Einer war für die Apotheke ausgezeichnet. „Hier hat er also geparkt“, überlegte sie und nahm den Weg, den der Dottore genommen haben musste, wenn er die Bar Teatro besuchte. Sie sah ihren Wagen, den sie auf der Via Carducci geparkt hatte und an der Ecke rechts einen kleinen Vorbau, der zur Bar gehörte. Im Sommer konnte man dort prima draußen sitzen und dem Treiben vor dem Stadttheater zuschauen. Aber jetzt im kalten Februar war alles leer geräumt und die Pflanzen machten den Eindruck, als interessierten sie sich nicht für den Gast, der an ihnen vorbei in die Bar eilte.

Die Bar war modern eingerichtet. Die Theke zog sich an der linken Seite des langgezogenen Raumes entlang. Weiß war die dominierende Farbe. „Der Doktor wird sich hier wohl gefühlt haben“, dachte Francesca. Holz gab es auch. Das wirkte in keinster Weise rustikal, sondern war sparsam und fein, wie eine Intarsie verarbeitet. Zwei unterschiedliche Holzfarbtöne bildeten geometrische Muster entlang des Thekenkörpers. Dieses wurde später im Raum wieder aufgegriffen. „Moderne Innenarchitektur, jedenfalls verglichen mit den Bars im urigen Altstadtviertel." Francesca sah aber auch sofort die klassischen Bestandteile jeder Bareinrichtung. Eine Vitrine mit leckeren Brötchen, Hörnchen und Gebäck und eine große, herrlich blinkende Espressomaschine. Der Boden war gefliest und der Übergang zu den Wänden mit Edelstahlleisten ausgelegt. Es gab einige Tische mit Hockern. Hinter der Bar hantierte eine Frau an der Maschine. Die Bar war gut besucht. Gegen Mittag nahmen offensichtlich Stammgäste hier einen Imbiss ein. Francesca beobachtete, wie sich die Gäste teils miteinander unterhielten, teils schweigend mit ihrem Espresso dastanden. Die meisten Gäste waren Männer in Anzügen. „Wahrscheinlich die Angestellten aus den umliegenden Büros", dachte Francesca. Sie stellte sich an die Theke und wartete, bis sie von der Barfrau angesprochen wurde. Sie bestellte zwei Brötchen und einen Cappuccino. Die Barfrau bedeutete ihr, dass sie die Bestellung an den Tisch bringe. Francesca wählte den letzten Stehtisch ganz hinten im Raum. Von hier aus hatte sie einen guten Überblick über das Geschehen in der kleinen Bar. Es war späte Mittagsstunde und die Männer zahlten alle fast gleichzeitig. So voll es eben noch gewesen war, leerte sich jetzt die Bar fast schlagartig. Bevor die Barfrau bei den Männern zu kassieren begann, stellte sie Francesca die ausgewählten Brötchen auf den Tisch. Dabei warf sie ihr einen neugierigen Blick zu.

Francesca spürte, wie ihr Magen knurrte. „Nur ruhig", raunte sie ihm zu. „Es gibt gleich was." Sie aß gerne gut. Aber als Junggesellin machte es ihr keinen Spaß, für sich alleine zu kochen. Und in der schäbigen Unterkunft, die sie bewohnte, gab es zwar einen Herd, aber alle Kochgerätschaften waren nicht gepflegt worden und somit ziemlich heruntergekommen. Es machte einfach keinen Spaß, dort zu kochen. Hier und da ging sie auswärts essen. Fredericos Bar war ihr Favorit, denn Frederico kochte sehr gut und es gab auch spät abends immer noch irgendeine Kleinigkeit zu essen. Und für sie würde er alles tun, wie er immer wieder versicherte. „Armer Frederico", dachte sie, als sie von der Bardame angesprochen wurde. Die hatte alle Tische abgeräumt und war jetzt mit Francesca alleine in der Bar.

„Neu in der Gegend?", fragte sie ziemlich direkt. Der neugierige Blick war wieder da.

Francesca hatte eines der Brötchen bereits gegessen, ihr Magen war zufrieden. Sie zückte ihren Dienstausweis und hielt ihn der Barfrau vor die Nase.

„Neu im Revier, das ist richtig. Ich bin dienstlich hier. Darf ich Sie etwas fragen?"

Die Barfrau schien wenig beeindruckt von dem Dienstausweis. Sie stellte ihr Tablett auf einen der Nachbartische, zog sich einen Hocker heran, setzte sich und schaute Francesca fragend an.

„Kennen Sie Herrn Doktor Bernhard Reiterer?"

Der Gerichtsausdruck änderte sich schlagartig. Vorher war er neugierig. Jetzt war ein leichter Widerwille zu erkennen.

„Doktor Reiterer? Ja, wer kennt den nicht." Sie hatte ihre Mimik wieder im Griff. „Ist Stammgast bei mir. Ihm gehört die Apotheke gleich da drüben", sie zeigte aus dem Fenster.

„Wann war er das letzte Mal hier? Können Sie sich daran erinnern?"

Die Barfrau überlegte: „Heute ist Montag. Er war in der letzten Woche hier. Aber wann? Ich glaube, es war Mittwoch. Ja, am Mittwoch war er mittags hier. Ziemlich sicher."

„Und was hat er hier so gemacht – gewöhnlich?"

Die Barfrau schaute etwas ungläubig.

„Was soll er hier schon machen? Dasselbe wie Sie. Mal trinkt er einen Espresso, mal einen Cappuccino, isst eine Kleinigkeit."

Francesca schaute ihr in die Augen: „Er ist ermordet worden. Deshalb bin ich hier."

Die Wirkung war verblüffend. Aus dem Gesicht der Barfrau wich die Farbe. Sie musste schlucken. Diese Nachricht hatte sie mitgenommen, das sah Francesca deutlich.

„Geht es Ihnen nicht gut?"

Die Barfrau hatte sich mit einer Hand am Tisch festgehalten. Wie es schien, war ihr diese Nachricht sehr nahe gegangen. Sie fand nur langsam ihre Fassung wieder. Sie schaute Francesca ungläubig an.

„Wie ist das passiert? Ich meine, wieso?"

Sie brachte keinen vernünftigen Satz zustande.

„Wir haben seine Leiche am Freitag aus der Passer gezogen. Nicht allzu weit von hier entfernt. Ich ermittle jetzt sein näheres Umfeld. Und daher ist es wichtig, dass Sie mir alles sagen, was Sie wissen, was Sie beobachtet haben, was Ihnen aufgefallen ist. Alles kann jetzt wichtig sein. Auch wenn es Ihnen bedeutungslos erscheint. Wollen Sie mir dabei helfen?"

Die Barfrau nickte, schien aber nicht alles verstanden zu haben. Sie wirkte irgendwie abwesend. „Ist schon komisch, diese Reaktion", dachte Francesca. „Wenn es sich auch um einen Stammkunden handelte, war die Reaktion doch sehr gefühlsbetont".

*

Hagen Bös machte ein zufriedenes Gesicht. Die rechte Hand leicht erhoben, blickte er in die Runde und sagte: „Das war alles sehr ordentlich. Sollen wir noch einen Absacker nehmen?" Er blickte ernst in die Runde. Nicht alle hatten verstanden, was er meinte. „Kennt ihr diese Redewendung nicht? Einen Absacker nehmen? Na, einen Williams zum Beispiel oder einen Nusseler?" Alle mussten noch arbeiten und lehnten daher dankend ab, aber Hagen Bös hatte sein Tagwerk heute hinter sich. „Einen Willi bitte!", rief er Frederico zu. Der nickte hinter seiner Theke.
Auch Dottore Filippo Infedele schien wieder in sein Büro zu wollen: „Wir sollten in Kontakt bleiben", sagte er mit einem Blick zu den Männern. „Vielen Dank, dass Sie so schnell kommen konnten", sagte er zu der Psychologin. Und: „Das war sehr interessant, was Sie uns erklärt haben. Vielleicht hilft das Commissario Fameo weiter." Damit stand er auf und ging. Da klingelte Tommasos Handy. Er horchte hinein und blickte dabei Hagen Bös an. Damit war klar, dass es sich um eine Mitteilung

hendeln musste, die mit dem mattschwarz lackierten Wagen zu tun hatte, für den sich Bös interessierte.

„Der Wagen gehört einer Frau. Über die wissen wir nicht viel. Außer, dass sie ein Haus angemietet hat, in dem der Motorradclub ROTH's sein Vereinsheim eingerichtet hat. Das Haus liegt außerhalb von Bozen. In der Nähe der Brennerautobahn auf der Höhe der Ausfahrt Bozen Nord. Die Frau ist völlig unauffällig. Sie hat das Haus gemietet und es sind verschiedene Fahrzeuge auf sie zugelassen. Auch der mattschwarz lackierte VW-Transporter."

Die Augen von Hagen Bös verengten sich: „Ein Motorradclub? Rocker? Mmh." Er dachte nach, das sah man ihm an. „Das würde zu der Beschreibung der Typen passen, die wir in Düsseldorf beobachtet haben. Türsteherszene. Rocker passt auch. Und diese Clubs sind international aufgestellt. Die gibt es überall und sie haben eine vernetzte Struktur. Mmh." Er blickte Tommaso direkt an: „Sehr interessant, wirklich sehr interessant. Darf ich Sie um einen Gefallen bitten?"

Tommaso nickte.

„Ich muss bald wieder nach Hause. Es wäre schön, wenn ich etwas mitnehmen könnte, das mir in Düsseldorf weiterhilft. Wenn Sie also noch irgendetwas in Erfahrung bringen können, dann bin ich Ihnen sehr dankbar. Im Gegenzug stelle ich Ihnen meine Erkenntnisse zur Verfügung."

Tommaso schaute zu Fabio, dann zu Hagen Bös. Er war weder dem einen, der sein Freund war, noch dem Fremden zu irgendetwas verpflichtet. Aber in Fabios Gesicht las er, dass er Hagen Bös vertrauen konnte.

„Ist gut. Ich will mich darum kümmern. Sie halten ja bestimmt den Kontakt zu Commissario Fameo, dann können Sie über ihn alles erfahren."

Hagen Bös stand auf und drückte Tommaso fest die Hand. Die beiden waren fast gleich groß. Tommaso etwas bulliger, muskulöser und mit seinem kurz geschorenen Schädel sah er etwas martialischer aus als der gemütlich wirkende Hagen Bös.

„Ich heiße Hagen!" Damit hatte er Tommaso das Du angeboten. Dieser war etwas erstaunt, nickte aber erfreut: „Tommaso!". Dann wandte sich Hagen Bös zu Fabio: „Auch für dich: Ich heiße Hagen!" Der überraschte Fabio drückte ebenfalls die angebotene Hand: „Ja. Danke. Ich heiße Fabio."

Hagen Bös schien zufrieden. Er wandte sich jetzt zu Valentina Gufler. „ War schön, Sie kennengelernt zu haben. Ich wünsche Ihnen alles Gute. Auf Wiedersehen." Er verabschiedete sich von der Psychologin mit einem freundlichen Händedruck.

Dann kramte er in seiner Jackentasche und zog zwei Visitenkarten heraus, die er Fabio und Tommaso gab. „Für alle Fälle. Ihr könnt mich jederzeit auf dem Handy anrufen." So sprach er und ging.

Tommaso und Fabio blickten ihm hinterher. Fabio sah die Psychologin an, die sich anschickte ebenfalls zu gehen. „Ich will Sie sicher nicht aufhalten, aber wenn Sie noch ein paar Minuten für mich hätten, wäre ich Ihnen dankbar." Die Psychologin nickte und schaute erwartungsvoll über den Tisch. Tommaso nutze diesen Moment, um sich zu verabschieden. Sein Schreibtisch bog sich vor Arbeit. „Wann fahren wir? Wie immer?" Fabio nickte: „Wie immer."

Als Tommaso gegangen war, sagte Fabio: „Ich kenne Sie übrigens. Ich habe Sie schon einmal gesehen."

„Ich weiß", war die schnelle Antwort. „Ich habe Sie auch gesehen. In Begleitung einer sehr attraktiven Frau. Am Freitag im Kallmünz. Sie saßen hinten an dem Ecktisch, nicht weit von mir und meinem Begleiter entfernt." Sie lächelte Fabio dabei an.

„Und jetzt interessiert es Sie, was ich mit diesem Mann in einem solchen Restaurant gemacht habe, stimmt's?"

Fabio fühlte sich ertappt.

„Das braucht Ihnen nicht unangenehm zu sein. Sie haben bestimmt gedacht: Was für ein ungleiches Paar. Und Sie haben recht."

„Ja, dieser Gedanke ist mir gekommen. Ich gebe es zu." Dabei guckte Fabio wie ein ertappter Schüler. Das löste bei der Psychologin Heiterkeit aus. Sie lächelte leicht.

„Ich will es Ihnen erklären." Sie lehnte sich entspannt zurück. „Ich bin nicht nur Psychologin. Ich bin auch Psychiaterin. Das Gebiet, auf dem ich forsche, ist die biologische Psychiatrie. Mich interessiert der Einsatz neurotechnischer Verfahren bei der Rehabilitation und Resozialisierung von Straftätern. Das klingt jetzt vielleicht kompliziert, ist im Kern aber ganz einfach. Ich gehe der Frage nach, welche Pillen das Bewusstsein von kriminellen Menschen so ändern können, dass sie nicht mehr straffällig werden. Dazu brauche ich Straftäter, die freiwillig an einer Feldstudie teilnehmen. Um deren Freiwilligkeit zu fördern, mache ich ihnen das Angebot, sie auf die Entlassung vorzubereiten. Dabei setze ich ein bis zwei Jahre vor dem voraussichtlichen Entlassungszeitpunkt an. Ich trainiere mit ihnen soziales Verhalten, begleite sie für einen Tag oder auch für länger in die Freiheit, führe sie langsam an das normale Leben heran. Diese Straftäter sind alles Männer, die wegen einer Gewalttat einsitzen. Viele Jahre im Knast haben sie lebensuntüchtig werden lassen. Die haben mehr Angst vor der Freiheit, als man sich vorstellen kann. Ich kümmere mich also um sie und im Gegenzug untersuche ich sie, befrage sie und teste neurotechnologische Verfahren an ihnen. Das wird alles dokumentiert und klinisch ausgewertet. Ich arbeite in einem Verbund von international tätigen Wissenschaftlern. Wie sind auf der Suche nach bewusstseinsverändernden Substanzen im positiven Sinne. Was dem Depressiven sein Stimmungsaufheller, soll unseren Tätern ihr Gewaltpotentialminimierer sein. Wir wollen aus Wölfen Lämmer machen, um das zu verbildlichen."

Sie machte eine kurze Pause und blickte Fabio an, um einzuschätzen, ob er ihr folgen konnte.

„Sie wollen Pillen entwickeln, die aus diesen Typen lammfromme Menschen machen?"

„So in etwa, ja. Und der Mann, den sie am Freitag mit mir im Kallmünz gesehen haben, war ein solcher Proband. Mit ihm habe ich eine besondere Therapie erprobt. Er muss versuchen, die Konflikte, in die er ununterbrochen stolpert, nicht mit Gewalt zu lösen. Sie haben doch erlebt, wie er fast alles ungeschickt vom Tisch gewischt hat?"

Fabio nickte. Ja, das hatte er gesehen.

„Das war ein kurzes Aufflackern seiner Aggressionen, die er aber an diesem Tag ganz wunderbar im Zaum hatte. Dieser Mann konnte früher in keine Kneipe gehen, ohne dass er Streit anfing. Und in einem Restaurant wie dem Kallmünz sind seine Aggressionen gegen seine Umwelt um ein Vielfaches höher als in den Kneipen, in denen er sich ansonsten aufzuhalten pflegte. Ich habe ihn also der für ihn schlimmsten Umgebung ausgesetzt. Und es ist bloß ein bisschen Geschirr zu Bruch gegangen. Das war ein tolles Ergebnis."

Sie lächelte Fabio fröhlich an. Anscheinend sehr zufrieden mit ihrer Tat.

„Hatten sie ihm vorher eine Pille gegeben?"

„Ja, hatte ich. Und das Mittel wirkt sehr gut, wie sie haben sehen können."

Fabio musste schlucken. „Was hat der Mann denn gemacht?"

„Darf ich Ihnen natürlich nicht sagen, aber ..." Sie blickte sich um, es war niemand in Hörweite: „Er hat drei Menschen auf dem Gewissen. Ungezügelte Aggression, ausgelöst durch das Empfinden, ungerecht behandelt worden zu sein. Ein extremer Fall von Gerechtigkeitsfanatismus. Ein sehr interessanter Fall von impulsiven Aggressionsausbrüchen. Auch im Knast war er sehr schwierig zu führen. Seit ich mit ihm arbeite, geht es ihm deutlich besser."

„Und Sie betreuen viele Menschen solchen Kalibers?"

„Nicht sehr viele. Nur sehr interessante. An ihnen kann man vielleicht nachweisen, dass die Hirnforscher Recht behalten, die die Meinung vertreten, dass der Mensch keinen freien Willen hat, sondern dass das Gehirn vorgibt, was wir tun oder unterlassen."

„Ich verstehe nicht richtig."

„Es ist so: Wenn wir Menschen einen freien Willen haben, dann handeln wir, weil wir es wollen. Wenn aber das Gehirn die Handlung vorgibt, dann handeln wir nicht aus freiem Willen. Und das hätte dann unter Umständen viele Auswirkungen. Zum Beispiel im Strafrecht. Welche unserer Täter könnten wir dann noch verurteilen? Wir suchen nach einem Schuldigen. Und da ist das Handeln aus freiem Willen heraus wichtig.

Nehmen wir zum Beispiel den Mann, den Sie kurz gesehen haben. Er handelte stets sehr impulsiv. Die Aggression ist bei ihm, fast könnte man sagen, explodiert. Er wollte ein Unrecht ausgleichen und hat dabei noch größeres Unrecht begangen. Wenn er das jetzt nicht aus freiem Willen gemacht hat, sondern ihm sein Gehirn das befohlen hat, was dann? Ist er dann schuldig? Und was, wenn wir ein bewusstseinsveränderndes Mittel erfinden, das ihm hilft mit diesem Mechanismus in seinem Kopf umzugehen?“

Fabio schaute fasziniert in das vor Eifer leuchtende Gesicht der Psychologin.

„Ich beginne zu begreifen.“

*

Die Barfrau der Bar Teatro hatte sich wieder gefangen. Die Nachricht vom Mord an Bernhard Reiterer hatte sie sichtlich mitgenommen. Allein deshalb war Francesca bewusst, dass diese Frau mehr über den Doktor wusste. Sie mussten eine besondere Beziehung gehabt haben, anders war dieses Verhalten nicht zu erklären. Francesca schaute sich die Dame genauer an. Sie war eine attraktive, langbeinige, blonde Frau Mitte dreißig. Ihre Attraktivität beruhte auf den gelungenen Proportionen von Po, Taille und Oberweite. „Wie gemalt“, hätte man denken können. Sie war weder extrem schlank, noch war ihre Oberweite besonders groß. Aber das Verhältnis zueinander war ideal und hatte Wirkung auf den Betrachter. Das fiel auch Francesca sofort auf, als sie die Frau genauer betrachtete. Allerdings wirkten die wasserstoffblonden Haare sehr künstlich. Sie umrahmten aber ein recht hübsches, ebenmäßiges Gesicht, in dem der rot geschminkte Mund eine dominierende Rolle einnahm. Die

Frau hatte sich körperbetont, aber nicht aufreizend gekleidet. Schwarze lange Hose, schwarzer enger Pullover. Und das Ganze stand auf hohen schwarzen Schaftstiefeln. Mit dem hellen Gesicht, dem roten Mund und den sehr hellen blonden Haaren wirkte sie wie eine lebende Skulptur. Nach allem, was Francesca von der Hausangestellten über den Doktor erfahren hatte, war es durchaus möglich, dass diese Frau vielleicht auch eine von denjenigen war, mit denen er ein Liebesabenteuer gehabt hatte. „Das würde jedenfalls die Reaktion der Frau erklären. Nur wenn man jemanden kennt oder sehr schätzt, erschüttert einen die Nachricht von seiner Ermordung so wie diese Frau." Sie fragte daher: „Sie kannten den Doktor näher?" Dabei betonte sie das Wort „näher" auf eine Art, die die Frau nur in eine Richtung interpretieren konnte.

Die Augen der Frau flackerten leicht. Zunächst wich sie Francescas Blick aus. Dann aber schien es, als ringe sie sich zu einer Antwort durch.

„Es ist ..." Sie brach ab. Und nahm einen neuen Anlauf. „Es war so." Sie nahm den Blickkontakt wieder auf.

„Es war so, dass der Doktor hier nicht nur Stammgast war." Sie nagte jetzt an der Unterlippe. „Er war ein besonderer Stammgast." Jetzt konnte Francesca sehen, dass sich die Augen mit Tränen füllten. Aber die Barfrau hatte sich in der Gewalt. „Doktor Reiterer war ein sehr interessanter Mann. Wie soll ich sagen? Er war ein Mann, für den wir Frauen schwärmen. Charmant, gebildet, kultiviert und ein echter Verführer." Jetzt hatte sich die Barfrau wieder im Griff. Ihr Redetempo nahm zu.

„Der kam hier rein und war präsent. Das konnte ich jedes Mal beobachten, hinter meiner Theke. Wenn Doktor Reiterer meine Bar betrat, drehten sich alle Frauen nach ihm um. Natürlich nicht so offensichtlich, wie das Männer machen, wenn eine attraktive Frau durch die Tür kommt. Sie wissen schon, was ich meine. Frauen sehen alles. Auch aus den Augenwinkeln. Aber so wie sie sich reckten, streckten, in Position setzten, den Bauch einzogen, wenn er hereinkam, das war schon stark. Jedes Mal. Jedes Mal dasselbe. Der hatte eine Ausstrahlung, kann ich Ihnen sagen." Damit wollte sie es wohl bewenden lassen, denn es kam nichts mehr.

Francesca wagte den direkten Vorstoß: „Und wie hat er auf Sie gewirkt?"

Die Reaktion war erstaunlich. Die Barfrau schaute Francesca lange an ohne den Blick zu senken. Der Blick verriet Francesca, dass sie die Antwort längst wusste und dass die andere wusste, dass sie es wusste. Aber sie sprach es dann doch aus: „Auch ich bin nur aus Fleisch und Blut. Und der Doktor hat sie alle bekommen. Wen immer er sich ausgesucht hat. Und irgendwann hat er sich auch mich ausgesucht. Und ich habe mir gedacht: Wollen wir doch mal sehen, was an dem Mann so toll ist."

Francesca wusste, dass diese Frage eigentlich nichts mit ihren Ermittlungen zu tun hatte: „Und? War er so toll?" Dabei machte sie ein Gesicht, das bei ihrem Gegenüber Heiterkeit auslöste. Jedenfalls lächelte die Barfrau leicht: „Ehrlich gesagt: Nein. Total normal. Durchschnitt würde ich sagen. Eher unter dem Durchschnitt." Sie lehnte sich etwas zurück und schien in Erinnerungen einzutauchen, war aber kurz darauf wieder präsent: „Ich kann mir eigentlich kein richtiges Urteil bilden." Sie machte eine längere Pause, um nach der richtigen Formulierung zu suchen. „Ich war nur einmal in seinem schicken Haus. Für eine Nacht. Und das, was ich hier in der Bar so erlebt habe, ich meine, wie er hier die Frauen abgeschleppt hat, schien mir nach dieser einen Nacht wie, wie ..." Sie stockte. „Es schien, als sei er ein Getriebener. Sexsüchtig vielleicht? Ich weiß es nicht. Bindungsunfähig? Sicherlich auch. Auf jeden Fall bindungsunwillig. Der war nur auf schnellen Sex aus. Und das sehr häufig. Und meine Bar war für ihn einerseits Futterstation und andererseits eine der Stellen, an denen er sich neue Betthasen holte." Sie nagte wieder an ihrer Unterlippe. „Jedenfalls war das für mich sehr einträglich."

Francesca horcht auf: „Inwieweit?"

„Wir hatten eine Vereinbarung. Wenn er in meine Bar kam und einen Tisch ansteuerte, an dem eine Frau alleine stand, hatte ich den Auftrag, zwei Getränke fertig zu machen. Je nach Jahreszeit und Uhrzeit, Prosecco, Martini, Veneziano und so weiter.

Wenn er kurz Richtung Bar aufblickte, hatte ich die Getränke an den Tisch zu bringen. Dann war er meist schon im Gespräch mit der Dame und schleppte sie in der Regel auch ab. Wenn das mal nicht funktionierte, zahlte er und ging."

Francesca hakte nach: „Wie funktionierten diese Eroberungsmanöver genau?", wollte sie wissen.

Die Barfrau nahm eine entspannte Haltung ein und erzählte: „Wenn sich die Dame einladen ließ, dann hatte er mit diesem Getränk mindestens 15 Minuten Gesprächszeit sicher. Und die nutzte er. Lehnte die Dame ab, trank er einen Espresso, ließ die beiden Prosecchi, Veneziani oder was ich gerade gemacht hatte, unangetastet, zahlte alles und verließ das Lokal wieder. Nur schnell musste ich sein. So schnell, dass ihm seine Beute nicht von der Angel ging." Die Barfrau seufzte leicht. Es war, als spiele sich die Szene vor ihren Augen wieder ab: „Doktor Reiterer verschwendete keine Zeit, sondern stellte sich direkt an den Tisch der Frauen. Die blickten ihn mit einer Mischung aus gespielter Verachtung und verdeckter Neugier an. Reiterer kannte sich mit diesem Typ Frau sehr gut aus. Diese Frauen wissen alle, dass sie auf die Männer wirken, und erleben täglich, dass ihnen der Hof gemacht wird. Und deshalb können sie auch auswählen. Dieser Typ Frau will überzeugt, überredet, erobert werden. Und das machen sie den Männern nicht so einfach. Sie strafen sie zunächst mit Missachtung. Gestandene Männer, wie der Doktor, ignorieren das. Anfänger lassen da schon von ihrem Vorhaben ab. Diese Frauen wollen den Siegertypen, den Tiger, den Gewinner, den Erfolgreichen und nicht den zaghaften ehrbaren Tölpel. Und sie bekommen Typen wie Doktor Reiterer." Jetzt wurde die Stimme der Barfrau leicht sarkastisch: „Siegertyp? Wie man es nimmt. Tiger? Na ja, im Bett ist er eher Durchschnitt, gibt aber mächtig an." Sie lachte Francesca jetzt an. „Gewinner? Sicher. Reich ist er. Stinkreich. Und erfolgreich. Aber was gibt er den Frauen wirklich? Eigentlich nicht viel. Bewunderung fürs Erste, eine schnelle Nummer, vielleicht auch zwei. Dann ist er sie schnell wieder leid. So habe ich es selber erfahren. Und ich kann mir vorstellen, dass es allen so ergangen ist."

Die Barfrau pausierte und blickte sich im Raum um. Noch war kein weiterer Gast gekommen. Sie konnte also weitererzählen: „Bernhard wusste, dass ihn diese Frauen hinter ihrer blasierten Fassade genau musterten und taxierten. Wenn die Frau Interesse hatte, würde sie das schnell kundtun. Wenn sie kein Interesse hatte, würde sie, ohne ein Wort zu sagen, gehen. Er hatte einen Standardspruch mit einigen kleineren Abwandlungsmöglichkeiten parat. Er sagte immer: ‚Alleine trinken ist irgendwie doof. Darf ich Sie zu einem Veneziano einladen?' Und das so, dass es auf die Frau ganz spontan wirken musste. Er betrat die Bar, machte eine Geste zur Theke und ging zielstrebig auf die Dame zu und hatte nur noch Augen für sie, und das drückte er mit jeder Faser seines Körpers, seiner Augen, seiner Aura aus. Meist beeindruckte das die Damenwelt. Und wenn ich hinter der Theke spurte und ohne Kommentar zwei Veneziani servierte, hatte er meist schon gewonnen. Wenn er es bis hierhin geschafft hatte, dann blieben sie auch, fühlten sich geschmeichelt, wurden neugierig und waren auch irgendwie interessiert. Der Rest war Routine. Meist ging er mit ihnen abends essen und dann ins Bett. Danach – so vermute ich jedenfalls – war die Show auch meist schon wieder vorbei. Selten traf er sie ein zweites Mal. Jedenfalls nicht hier."

Francesca nickte. Das rundete das Bild ab, das die Hausangestellte ihr gegeben hatte. Reiterer war also einer, der Frauen sammelte, wie andere Männer Bierdeckel. Nicht sehr sympathisch. Sie dachte an den letzten Tag, als er hier gesehen worden war:

„Sie haben gesagt, dass er Mittwoch das letzte Mal hier war. Können Sie sich genauer daran erinnern, mit wem er zusammen war? Oder ist Ihnen in den letzten Wochen irgendetwas aufgefallen, was anders war als sonst?"

Die Barfrau dachte nach. „Ja, da war etwas. Ist aber schon eine Weile her. Da hat sich eine junge Frau nach Doktor Reiterer erkundigt. Aber die meinte gar nicht ihn, sondern seinen Vater."

Francesca wurde hellhörig.

„Und was hat die junge Frau genau gewollt?"

Die Barfrau überlegte: „Ich glaube, die hat nur gefragt, ob das die Apotheke von Doktor Reiterer sei. Das habe ich ihr bestätigt. Und dann hat sie gefragt, ob Doktor Reiterer noch praktiziere. Das habe ich zuerst nicht verstanden und habe wohl gesagt, dass der doch noch gar nicht so alt sei. Sie hat mich etwas verdutzt angesehen und dann gesagt, dass der Dottore doch mindestens siebzig sein müsse. Erst an der Stelle habe ich kapiert, dass sie nur den Vater meinen konnte. Das habe ich ihr dann auch gesagt, dass jetzt der Sohn die Apotheke führt."

„Und weiter?" fragte Francesca.

„Nichts weiter. Die Frau hat dann die Bar wieder verlassen. Hat auch nichts verzehrt. Wirkte irgendwie komisch."

„Hat sie sich mit Doktor Reiterer getroffen?"

„Das weiß ich nicht. Aber eines weiß ich. Die war nicht die Sorte Frau, die den Doktor interessiert hätte."

„Können sie die Frau noch beschreiben?"

Die Barfrau dachte nach.

„Sie war eher klein. Hatte dunkelblonde Haare, war ohne besondere Ausstrahlung. War auch nicht besonders zurechtgemacht. Irgendetwas mit Grün habe ich noch im Gedächtnis. So eine Art Parka. Das war so eine alte Handtasche aus der Vorkriegszeit". Die Barfrau wirkte jetzt amüsiert. Wie es schien, war das Outfit der jungen Dame eher modefern gewesen.

„Hat sie denn gesagt, was sie von Reiterer senior wollte?"

Die Barfrau schüttelte langsam den Kopf: „Nein, hat sie nicht. Aber sie wirkte aufgeregt. Und sie wollte offensichtlich etwas über den alten Apotheker wissen. Mehr weiß ich auch nicht."

*

Fabio hatte sich von der Psychologin verabschiedet. „Interessante Frau“, dachte er. Und: „Interessantes Projekt, an dem sie arbeitet. Wenn man das weiterdenkt, dann könnte man zumindest die Art von Kriminalität aus der Wirklichkeit verbannen, die aufgrund menschlicher Unzulänglichkeit entsteht.“ Er dachte weiter: „Aber ob es je eine Pille gegen Machtgelüste, Geldgier, Gier überhaupt geben wird und ob die dann bewirkt, dass es auch die andere Kriminalität nicht mehr gibt, die, gegen die zu kämpfen ich angetreten bin, das scheint mir doch sehr fraglich.“ Jedenfalls fand er die Frau und ihr Projekt faszinierend. Er beschloss, sich mit diesem Gebiet der Hirnforschung eingehender zu beschäftigen – wenn, ja wenn, sich dafür je eine zeitliche Lücke finden sollte.

Dr. Valentina Gufler war gegangen und Frederico kam an seinen Tisch. Der Ansturm über die Mittagszeit war vorbei. Außer ihnen war nur noch ein Gast in Raum. Und der war mit einer Zeitung beschäftigt.

„Ich zahle für alle“, sagte Fabio. Frederico hatte die Summe im Kopf. Er nahm das Geld und steckte es in seine Börse. Ein Zeichen des Vertrauens. Aber es schien, als hätte er noch etwas auf dem Herzen. Er druckste ein wenig herum.

Fabio nickte ihm aufmunternd zu.

„Commissario, es ist mir ein wenig unangenehm“, begann er umständlich. „Ich will Sie da

auch nicht hineinziehen.“ Er wand sich ein wenig. „Es ist ... ich meine ... also, ich weiß mir keinen Rat. Und da habe ich gedacht, ich frage Sie.“ Er wirkte unsicher, sein Blick suchte Halt irgendwo im Raum. Dann gab er sich einen Ruck: „Ich weiß mir nicht zu helfen. Ihre Assistentin, nun sie ist sehr schön. Und sie ist sehr nett. Und zu mir ist sie auch sehr freundlich. Na ja, und manchmal, da leiht sie sich mein Handy, vergisst dann, es mir zurückzugeben. Oder hält eine Verabredung zum Frühstück nicht ein. Dann ist sie aber wieder ganz reizend.“ Er machte eine Pause, die voller Verlegenheit war. „Ich habe mir gedacht, ob ich

Sie einmal frage, ob sie vielleicht einen festen Freund hat, oder ob ich mir einfach falsche Hoffnungen mache. Ich meine, vielleicht hat Sie Ihnen ja etwas gesagt?"

Frederico stand vor Fabio wie ein kleiner Junge. Dabei war er größer als Fabio, sah klasse aus. Ein echter Italiener halt. Schwarzes volles Haar, markantes Gesicht, eine scharf gezeichnete Nase, dunkle Augen, schlank, etwas zu drahtig vielleicht, flinker Geist, flinke Zunge. Gleichzeitig aber auch simpatico!

Was sollte Fabio ihm jetzt sagen? Fabio befand sich in einer Zwickmühle. Einem von beiden konnte er nicht gerecht werden. Außerdem widerstrebte es ihm, sich in das Gefühlsleben anderer einzumischen.

Er druckste herum: „Frederico, ich kann Ihnen auch keine klare Antwort geben. Mit mir hat sie jedenfalls nicht über Sie gesprochen. Ich glaube schon, dass Francesca Sie mag. So wie ich Sie mag jedenfalls." Er bemerkte eine leichte Enttäuschung im Gesichtsausdruck von Frederico. „Wissen Sie, manchmal sollte man eine zarte Freundschaft einfach nur genießen und nicht versuchen noch mehr daraus zu machen. Dann kann das lange so weitergehen. Verliebtheit kommt, Verliebtheit geht. Ich kann Sie schon gut verstehen, aber ich kann nicht für Francesca sprechen. Wie es scheint, mag Francesca Sie, wie Sie sind. Und zwar so, wie ich Sie auch mag. Sie sind unser ‚Wohnzimmer', Sie sind unser Rückzugspunkt, Sie sind unser Hauptquartier, Sie sind so viel für uns. Für mich, für Tommaso und jetzt auch für Francesca. Aber mehr? Ich weiß nicht."

Frederico schien zwar enttäuscht, aber auch irgendwie erleichtert.

„Es tut mir leid", ergänzte Fabio achselzuckend.

Aber Frederico lachte schon wieder: „Braucht Ihnen nicht Leid zu tun, Commissario! Sie haben mir schon geholfen. Glauben Sie mir. War jetzt richtig und wichtig. Das hilft schon." Und mit einer aufmunternden Geste: „Noch einen Espresso? Geht aufs Haus."

*

Francesca überlegte, ob sie noch die Eltern von Doktor Reiterer besuchen sollte. Es war später Nachmittag. Zumindest die Mutter hatte wahrscheinlich in der Zwischenzeit im Institut von Dottore Phillipi die Leiche ihres Sohnes identifiziert. Kein leichter Tag für eine Mutter. Und dann noch Besuch von der Polizei. Mit neugierigen Fragen.

Fragen, die sich um den geschäftlichen Erfolg des Sohnes drehten. Fragen, die sein außergewöhnliches Privatleben betrafen. Fragen zu seinen Freunden auf dem einstigen Foto, das sie in seinem Arbeitszimmer gefunden hatte. Alles Fragen, die sie klären musste. Sie wollte im Mordfall weiterkommen. Warum hatte jemand den Apotheker Reiterer umgebracht? Warum wurden ihm die Augen herausgeschnitten? Was wollte die junge, modefern gekleidete Frau von Doktor Reiterers Vater? War sie beim Vater?

Francesca wusste, dass die Mörder oft aus dem engeren Umfeld des Opfers kamen. Selten passierte es, dass ein Opfer keinerlei Kontakt oder Beziehung zu seinem Mörder gehabt hatte. Außer bei Raubmord. Aber Raubmord war in diesem Fall unwahrscheinlich. Das Verstümmeln der Leiche sprach eine andere Sprache. Was wollte der Mörder damit sagen? Wem wollte er eine Nachricht übermitteln? Den Eltern?

Dann war es richtig und wichtig, sie so schnell wie möglich zu vernehmen. Also noch heute.

Einundzwanzig

In Fabios Büro war es schon nicht mehr hell genug. Er musste das Licht einschalten, um arbeiten zu können. Er gähnte und betrachtete seinen Schreibtisch mit Unlust. „Für heute reicht es mir“, dachte er und schaute auf die Uhr. Halb vier. Er rief Tommaso an: „Wie sieht es bei dir aus? Ich mag nicht mehr so recht.“ Tommaso, am anderen Ende der Leitung, grinste. „Passt ja hervorragend“, dachte er. Er sagte aber: „Du hast also keine Lust mehr, was? Und jetzt soll ich dich wieder nach Hause fahren, oder? Und wer macht dann meine Arbeit?“ Doch bevor Fabio darauf etwas erwidern konnte, donnerte Tommasos lautes Lachen durch die Leitung. „Passt schon, mein Lieber, passt schon. Ich habe auch den Winterblues. Ab nach Hause mit uns. Komm rüber!“

Fabio überlegte noch, ob er Francesca anrufen sollte. Aber der Blick in die beginnende Dämmerung ließ sein Pflichtgefühl schnell schwinden. „Morgen ist auch noch ein Tag.“ Mit diesem Gedanken verließ er die Questura und ging über die Straße, um zu Tommaso zu stoßen. Der wartete bereits auf dem Parkplatz der Carabinierikaserne auf ihn.

„Steig ein!“ Er grinste. Das Grinsen war anders als sonst. Fabio hatte einen untrüglichen Instinkt dafür, dass etwas los war.

Er schaute Tommaso von der Seite an, nachdem er auf dem Beifahrersitz Platz genommen hatte. Der grinste immer noch. Auf diese komische Art, die er an ihm noch nicht oft gesehen hatte. Da war etwas von einem Spitzbuben, das verriet, dass er etwas verbergen musste, es aber für ihn schwer war, es für sich zu behalten. Dieses Grinsen war erwartungsvoll, es war belustigt, es war schwer zu beschreiben. Aber eines war klar: Tommaso saß auf glühenden Kohlen und hatte seine Not, irgendetwas, was er verbergen musste oder wollte, nicht preiszugeben.

Fabio ging es vorsichtig an, als sie die Marconistraße entlangfuhren: „Hast du was?“

Dabei beobachtete er jede Regung von Tommaso. Es schien ihm, als wurde sein Grinsen noch eine Spur breiter, einen Tick spitzbübischer. Tommaso musste sich auf den dichten Verkehr konzentrieren und antwortete nicht sofort. Aber als sie etwas später Richtung Verteilerknoten zur MEBO unterwegs waren, konnte Tommaso sein Schweigen nicht länger halten. Mit tiefem Bass sprach er Richtung Windschutzscheibe: „Ich habe eine Überraschung für dich. Wirst schon sehen. Wir machen jetzt einen kleinen Abstecher."

„Und du willst mir jetzt noch nicht sagen, um welche Art Überraschung es sich handelt?", bohrte Fabio.

Tommaso schüttelte betont langsam seinen kahl rasierten Kopf.

„Lass dich einfach überraschen", war das Einzige, was er dazu noch sagte. Dann fragte er Fabio, ob es etwas Neues in den Mordfällen gäbe. Fabio wusste nichts zu berichten. Er hatte ja auch nichts unternommen. Da war Francesca jetzt dran und die würde er erst morgen wiedersehen. Er erzählte Tommaso aber vom zweiten Teil seines Gespräches mit der Psychologin und von dem Forschungsprojekt, an dem sie mitarbeitete.

„Und da hat die einen Kriminellen, der bei der kleinsten Kleinigkeit ausrastet, mit in ein tolles Restaurant genommen? Vorher eine Pille eingeworfen und dann mal schauen, ob es klappt? Sag mal ehrlich, ist das nicht ein bisschen riskant? Ich meine, wenn das Zeug jetzt nicht wirkt und dem Kerl brennen die Sicherungen durch, wie will sie denn dann verhindern, dass er um sich schlägt oder abhaut? Und wenn ich das richtig verstanden habe, dann sitzt der auch noch im Knast?"

Fabio wusste das zwar nicht exakt, aber die Psychologin hatte ihm gesagt, dass sie ab zwei Jahre vor der Entlassung mit den Strafgefangenen arbeitete.

„Ich weiß nicht genau. Aber ich glaube ja."

Tommaso ruckelte mit seinem Kopf. „Also, davon habe ich noch nie gehört. Dann kommt der vielleicht nicht aus dem Bozner Knast. Von einem solchen Experiment hätte ich bestimmt etwas gewusst. Denn die müssen ja alle an uns vorbei. Ist ja schließlich in unserer Nachbarschaft." Das Bozner Gefängnis lag direkt hinter der Carabinierikaserne. „Aber ich will mich mal erkundigen. Das ist schon interessant. Pillen gegen Kriminalität. Wenn das so einfach wäre!" Sie schwiegen, bis sie die MEBO bei Nals verließen.

„Das ist jetzt aber unsere Hausstrecke, wie immer", bohrte Fabio Richtung Tommaso. Der bekam wieder diesen besonderen Gesichtsausdruck: „Wir sind gleich da." Mehr sagte er nicht.

In Nals fuhr er von der gewohnten Strecke ab. Er nahm nicht den Weg an der Stachelburg vorbei auf den mit 15% Steigung Richtung Himmel kletternden Weg nach Prissan. Diesmal bog er in eine andere Richtung ab und kurvte durch den kleinen Ort am Fuß des Tisner Mittelgebirges. An einem großen alten Hof hielt er an. „Wir sind da. Komm!"

Fabio folgte Tommaso durch den großen steinernen Torbogen, der sie auf eine mit groben Steinen gepflasterte freie Fläche treten ließ. Sie wurde von verschiedenen Gebäuden umrahmt. Darunter ein Wohnhaus und mehrere Zweckbauten wie Scheunen, Stallungen, Geräteschuppen. Sie wurden anscheinend erwartet, denn ein Mann, schätzungsweise zwischen fünfzig und sechzig, kam ihnen entgegen. Er begrüßte Tommaso sehr herzlich. Die beiden kannten sich offensichtlich. Mit einem ausgeprägten Dialekt begrüßte der Mann Fabio: „Sie sind also der Commissario? Mein alter Freund Tommaso hat mir viel von Ihnen erzählt. Na dann kommen Sie mal mit." Er ging in Richtung der großen Scheune und bedeutete den beiden ihm zu folgen. Tommaso wirkte wie ein kleiner Junge vor der Bescherung. Sein Gesicht schien vor Aufregung leicht gerötet. Allerdings konnte das auch täuschen, denn das trübe Wetter mit der dichten Bewölkung und die Abenddämmerung ließen das Tageslicht langsam schwächer werden. Der Mann ging durch eine kleine Tür in dem großen Scheunentor und schaltete das Licht an. Das Dunkel in der alten Scheune wurde durch eine Vielzahl großer, in ihrem Innenbereich weiß emaillierter Lampen hell ausgeleuchtet. Und was Fabio sah, verschlug ihm kurz den Atem. Da standen fein säuberlich nebeneinander aufgestellt mindestens zehn chromglänzende Motorräder, ach was: Rennmaschinen. Eine schöner als die andere. Und neben dieser Reihe von Schönheiten aus dem Rennsport standen drei schmucke Autos. Der Mann ging auf das mittlere zu. Es war ein rotes Coupe. Zweisitzer. Zwei Augenpaare, links und rechts von den Luftschlitzen des Kühlergrills, wurden von einer fein geschwungenen Chromleiste umrahmt. Die lange Motorhaube zeigte, kurz bevor die Frontscheibe ansetzte, weitere chromglänzende Lufteinlässe, was dem Auto den Hauch eines Rallyefahrzeugs gab. Das Rot der Lackierung glänzte im Licht der tief hängenden Lampen. Fabio konnte ein Holzlenkrad im Inneren ausmachen. Die Fahrerkabine wölbte sich und fügte sich harmonisch in den Verlauf der Flanken des Fahrzeugs. Die Flanken endeten abrupt in einem kurzen Heck. Das sah Fabio, als er den Wagen, wie magisch von ihm angezogen, umrundete. Tommaso und der Mann schauten sich wissend an.

Fabio kapierte natürlich längst, was Tommaso gemeint hatte. Er erinnerte sich an das Gespräch vom Wochenende. Die Mitteilung, dass er sich nun endlich einen Wagen zulegen wollte. Tommasos Miene, als er ihm sagte, er habe da eine Idee. Jetzt war klar, dass Tommaso während des Wochenendes für ihn einen Termin mit seinem neuen Wagen arrangiert hatte.

„Und, wie findest du ihn?" Das war Tommaso. Er schaute Fabio interessiert an. „Ein Wagen mit Charakter! Und toll in Schuss. Obwohl er einige wenige Jahre älter ist als du."

Der Mann, der sie hierhin geführt hat, flocht sich in das Gespräch ein: „Ein Lancia Fulvia Coupé Rallye. Eines der letzten aus der Baureihe. Baujahr 1976. Ist auch bei den Mendelrennen dabei gewesen."

Fabio nahm die Worte wahr. Aber sein Blick wanderte über die schwarzen Ledersitze, deren Nähte rot eingefasst waren. Aus den Lehnen kamen die Sicherheitsgurte, die den Fahrer nicht diagonal sicherten, sondern wie Rucksacktrageschlaufen parallel von den Schlüsselbeinen abwärts verliefen. Die Gurte waren weiter hinten im Wagen an dem Gestänge des Überrollkäfigs befestigt, der im Inneren der Fahrerkabine eingezogen war. Der Mann, dem der Wagen offensichtlich gehörte, hatte Fabios Art, sich dem Wagen zu nähern, genau beobachtet. Er registrierte jede Facette seiner Reaktionen.

„Der Wagen hat eine Rallyeausstattung. Sehr solide alles. Der hält auch viel aus." In der Stimme klang Stolz mit. Fabio registrierte, dass er nicht alleine war, nahm wahr, dass er sich einen kurzen Moment außerhalb der Zeit befunden hatte. Er wischte sich durch das Gesicht, um zu spüren, dass er wieder da war.

„Toller Wagen!"

Die Art, wie er es sagte, die Betonung, der Gesichtsausdruck, das alles zusammen nahm der Mann mit allen Einzelheiten wahr, beobachtete jede noch so kleine Regung. Tommaso hatte das Schauspiel ebenfalls mit Interesse verfolgt. Er wusste, dass sein alter Freund sich nur dann von seinem Wagen trennen würde, wenn er sicher war, dass der Mann, der ihn bekam, dieses Wagens würdig war. Denn er hatte mit diesem Wagen selber viel erlebt. Sehr viel. Und so manches Mal hatte Tommaso die Augen zugedrückt, hatte entgegen allen Dienstvorschriften den Wagen wieder freigegeben, nachdem ihn andere Carabinieri beschlagnahmt hatten. Tommaso kannte den Mann wie kaum ein zweiter Carabiniere in dieser Gegend. Sie waren einander sehr vertraut. Und als Tommaso ihn am Sonntag angerufen und ihm gesagt hatte, dass er mit einem guten Freund vorbeikommen wolle, damit er ihm einen Wagen mit Charakter empfehlen solle, da hatte Tommaso genau diesen alten Lancia Fulvia im Auge. Er wusste, dass er eigentlich nicht zum Verkauf stand. Er wusste aber auch, dass sein Freund viele alte Wagen hatte und nicht mehr alle fahren konnte. Er wusste auch, dass er ihm einige Gefallen schuldete. Und das wusste sein Freund auch. Unausgesprochen war klar, dass sich der Kandidat, den Tommaso anschleppen wollte, sich des alten Lancia würdig erweisen musste. Diese Entscheidung konnte nur am Objekt vorgenommen werden. Wie würde der Kandidat auf den Wagen zugehen? Welche Wirkung hatte der Wagen auf den Kandidaten?

„Wenn Sie wollen, machen wir morgen eine Probefahrt. So einen Wagen muss man erklärt bekommen. Man muss sich mit ihm vertraut machen. Der Wagen muss spüren, wer ihn fährt, und der Fahrer muss spüren, was man dem Wagen abverlangen kann."
Fabio hörte andächtig zu. Aber für ihn stand jetzt schon fest: „Diesen Wagen nehme ich. Der passt zu mir."

Und diese Gedanken standen so deutlich im Raum, dass alle sie wahrnehmen konnten.

Auf der kurzen Fahrt von Nals nach Tisens wich das freudige Grinsen nicht aus Fabios Gesicht. Tommaso hatte seinen Spaß daran, dass sich Fabio in diesen Wagen verliebt hatte.
„Wie bist du auf diesen Wagen gekommen? – Und wieso will dein Kumpel ihn mir verkaufen?"

Tommaso war vergnügt: „Es war eine Eingebung, als du sagtest, du willst einen Wagen mit Charakter. Da ist mir der rote Lancia wieder eingefallen. Der hat Charakter. Und – wie gesagt – dieser Mann schuldet mir einen Gefallen."

„Muss aber ein großer Gefallen sein, dass er sich dafür von so einem Schmuckstück trennt."

„Sagen wir so: Eine Reihe von kleinen Gefallen, die in ihrer Summe einem riesengroßen Gefallen nahe kommen. Und er fährt ihn auch nicht mehr. Aber der Wagen ist bestimmt topgepflegt. Und das Beste an der ganzen Geschichte ist", Tommaso machte eine Pause und Fabio ergänzte: „dass ich dich jetzt ab und zu mitnehmen kann?"

Tommaso nickte: „Genau!"

Der Wagen hatte die Steigung geschafft und fuhr gemächlich über die schmale Brücke auf den Prissianer Dorfplatz. Im Gasthaus „Zur Brücke" brannten alle Lichter und man konnte einige Köpfe durch die Fenster sehen. Fabio erkannte den alten Inhaber des kleinen Krämerladens, den Wirt und einige Stammgäste. Im „Mohren" spielten sie Hausmusik in der Zirbelholzstube, deren Fenster zur Straße gingen. Und die Tore der Feuerwehrhalle standen offen. Offenbar wurden die Gerätschaften überprüft. Tommasos Wagen holperte langsam über das Kopfsteinpflaster und passierte den „Prissianerhof“, den letzten Gasthof vor Tisens. „Sollen wir noch was trinken gehen?“, fragte Tommaso. Im „Prissianerhof“ trafen sich die Jäger und die Bauern. Es wurde gerne gelacht und die Stimmung war meist gut. Tommaso gefiel die Atmosphäre und ihm schmeckte das Essen. Besonders im Herbst und im Winter. Dann gab es Wild. Der Wirt jagte selber und seine Frau kochte sehr gut. Tommaso hatte das alles sofort ausprobiert, nachdem er im Frühsommer des vergangenen Jahres hierher gezogen war.

Fabio stand heute nicht der Sinn nach einem Bier: „Heute nicht. Ich kann es nämlich nicht erwarten, Elisabeth von dem Auto zu erzählen.“ Er schwieg eine Weile. Als sie Tisens erreichten, fragte er: „Ich kann doch sicher sein, dass ich den Wagen auch bekomme, oder?“

Tommaso nickte: „Ich kenne meinen Kumpel. Dass er dir den Wagen gibt, hat er bereits entschieden, als er gesehen hat, wie du dich dem Wagen genähert hast und wie deine Augen dabei leuchteten.“

„Gut. Aber wir haben uns gar nicht über Details unterhalten. Zum Beispiel über den Preis. Kann ich mir den Wagen überhaupt leisten? Ich habe keine Ahnung, was so ein Wagen kostet. Und wie fährt der sich überhaupt? Ist der schnell?“

Jetzt musste Tommaso lachen: „Morgen machst du eine Probefahrt. Dann werden alle deine Fragen beantwortet werden. Und leisten wirst du ihn dir bestimmt können. Du bist doch Commissario. Verdienst doch ganz ordentlich. Außerdem ist mein Kumpel kein Halsabschneider. Er freut sich, wenn du den Wagen so liebst, wie er es tut.“

„Mmh. Ich bin gespannt. Ist schon ein komisches, aber auch ein tolles Gefühl. So ein schnittiges Fahrzeug. Schicke Farbe. Hast du die schwarzen Ledersitze gesehen? Schalensitze.“ Fabio lehnte sich gerade entspannt zurück, da hielt Tommaso auch schon vor Elisabeths Apotheke: „Viel Spaß heute Abend. Und morgen wie immer?“

Fabio drückte Tommaso die Hand zum Abschied. „Das macht der sonst nie“, dachte er.

*

Elisabeth wollte gerade die Apotheke abschließen, als Fabio zur Tür hereinrauschte – bester Laune offensichtlich.

Sie lachte ihn an: „Montagabend und du hast beste Laune. Und dann noch so früh? Was gibt's?"

Er nahm sie in seinen Arm und sagte: „Überraschung! Erzähle ich dir bei einer Pizza. Wir gehen in die Pizzeria Tisene, komm!"

Elisabeth war leicht zu überreden. Die Pizzeria Tisene lag nur zwei Minuten zu Fuß von der Apotheke entfernt. Elisabeth hatte einen Mordshunger, Lust auf Pizza sowieso und außerdem war sie neugierig, was Fabio für eine Überraschung auf Lager hatte. „Vielleicht hat das was mit unserer Hochzeitsreise zu tun?", überlegte sie. Sie zog noch ihren Kittel aus, zog schnell und gekonnt die Lippen nach und schon war sie startbereit.

Sie gingen händchenhaltend und bester Laune den kurzen Weg zur Pizzeria. Die Luft schmeckte nach Schnee.

„Wird es schneien?"

„Der Wetterbericht hat so was gesagt." Die wohlige Wärme in der Pizzeria Tisene empfing sie. Der Pizzaofen bullerte. Aus der Küche kamen leckere Gerüche und die Wirtin begrüßte sie wie alte Freunde. Seit sie hier gemeinsam in Tisens, in der Wohnung oberhalb der Apotheke, wohnten, waren sie öfter hier gewesen, hatten die Speisekarte rauf- und runtergegessen und kannten jetzt ihre Favoriten. Der Koch war auch der Inhaber und kochte richtig gute Pastagerichte. Aber manchmal musste es einfach Pizza sein. Die war hier hauchdünn, riesengroß und es gab sie mit ausgefallenen Belägen. Fabio mochte sie mit Rucola, Mozzarella und Parmaschinken, Elisabeth mochte ihre Pizza lieber mit Kapern, Sardellen und scharfer Salami. Kaum hatten sie Platz genommen, ging die Tür auf und Tommaso und Anna kamen herein: „Hatten wir denselben Gedanken?", ertönte Tommasos Bass. „Setzt euch zu uns", rief Elisabeth. Sie mochte die beiden sehr. Anna war für sie eine mütterliche Freundin, eine Vertraute.

Anna spürte, was in den Menschen vorging und hatte die Gabe, im richtigen Moment das Richtige zu sagen und zu tun. So hatte sie im Sommer, als nicht klar war, welche Rolle Francesca in Fabios Leben spielte, ganz entscheidend dafür gesorgt, dass sie Klarheit darüber gewinnen konnte, wer diese Assistentin war und wie sie tickte. Mittlerweile war das kein Thema mehr. Aber als Fabio einfach „vergessen“ hatte, seiner Elisabeth von seiner neuen, überaus attraktiven Assistentin zu berichten, und er und Elisabeth damals überlegten, zu heiraten, waren ihr Zweifel gekommen. Und Anna hatte diese Situation nicht nur erkannt, sie hatte sie entschärft.

Tommaso hatte sich schon gedacht, dass Fabio seine Elisabeth mit der Geschichte des neuen Wagens überraschen wollte. Ihm war es daher nicht klar, ob es jetzt passend war, sich zu den beiden zu setzen. Aber Fabios einladende Geste ließ keine andere Entscheidung zu. Die Männer schauten einander an – leicht verschmitzt. Und es war Anna, die sofort erkannte, dass etwas im Busch war: „Ihr habt doch etwas? Irgendwas habt ihr zwei!“ Sie wandte sich Elisabeth zu: „Wenn Tommaso so guckt, dann hat er Mühe, etwas für sich zu behalten.“ Elisabeth wusste, dass ihr Fabio irgendeine Überraschung hatte. Aber wenn auch Tommaso darüber Bescheid wusste, dann würde es wohl nichts mit der Hochzeitreise zu tun haben. Eine leichte Enttäuschung stellte sich bei ihr ein. Aber bevor dieses Gefühl sich tiefer in ihr Herz fressen konnte, kam die nette Wirtin und brachte die Getränke. Sie nahm die Bestellung von Tommaso und Anna entgegen. Auch sie hatten heute Lust auf Pizza. „Die kann ich selber nicht so gut machen“, meinte Anna. „Mein Ofen wird nicht so heiß wie ein echter Steinofen und der Geschmack einer echten Pizza ist eben doch einzigartig.“

Über dieses Geplauder über den besonderen Geschmack einer echten Steinofenpizza wurde Elisabeth abgelenkt. Anna hatte ein Talent selbst größte Tischgesellschaften zu unterhalten. Sie bezog dabei quer über den Tisch auch den Pizzabäcker mit ein, der die Teigfladen kunstvoll durch die Luft wirbelte. Und es dauerte nicht lange, da sprach sie auch mit einer Frau am übernächsten Tisch. Sie verabredeten sich für den nächsten Tag, wenn die Männer zur Arbeit waren. Mitten in diese von ihr selber produzierte Fröhlichkeit fragte sie völlig unvermittelt: „Und was habt ihr beiden jetzt ausgeheckt? Ich habe jetzt lange genug gewartet. Raus damit!"

Tommaso lehnte sich zurück, machte ein unschuldiges Gesicht, was bei seinem archaischen Schädel irgendwie komisch aussah, und zeigte auf Fabio: „Er muss es euch verraten."

Fabio nickte in die Runde: „Wenn es denn raus muss, dann soll es jetzt raus." Er schaute nochmals in die Runde, um die Spannung zu erhöhen: „Ich habe, glaube ich, ein Auto."

Anna jubelte, denn sie wusste, dass sich Tommaso insgeheim darüber geärgert hat, dass Fabio immer nur mit ihm mitfuhr, ohne sich jemals zu revanchieren. Tommaso grinste über das ganze Gesicht, denn er war sehr zufrieden mit sich. Er war sich nicht sicher gewesen, ob er Fabio richtig verstanden hatte, als der ihn nach einem Auto mit Charakter gefragt hatte. Aber wie es schien, hatte er den richtigen Riecher gehabt. Elisabeth freute sich auch – jedenfalls ein bisschen. Sie fand es schon immer etwas merkwürdig, dass Fabio so gar keine Anstalten machte, sich ein eigenes Auto zuzulegen. Am Geld konnte es nicht liegen. Sie wusste ja über seine Finanzen Bescheid. Aber ihre Freude über die „Überraschung" war ein wenig getrübt, weil sie nichts mit der Hochzeitreise zu tun hatte. „So langsam könnte Fabio sich wirklich Gedanken darüber machen", dachte sie. „Schön, jetzt hat er ein Auto, aber was ist denn wichtiger?"

Das leichte Schmollen hatte wahrscheinlich nur Anna bemerkt. Sie sagte aber vorerst nichts. Außerdem kamen jetzt die dampfenden Pizzen. Sie überlappten die ohnehin großen Teller und dufteten würzig. Fabio träufelte sich mit Peperoni scharf gewürztes Öl über die Rucolablätter und die Parmesanspäne. Und alle schnitten sie hinein in den leckeren Teigfladen. Anna beobachtete dabei ganz genau, was sich in Elisabeths Gesicht abspielte.

Sie kannte ihre jüngere Freundin schon ganz gut. Und sie konnte eins und eins zusammenzählen. „Männer", dachte sie, „Männer sind immer ganz bei der Sache, wenn es um den Job geht. Darin gehen sie völlig auf." Und wenn ihr Polizist mal wieder unterwegs war, dann dachte er eben auch nicht stets daran, dass seine Anna es zu Hause nicht immer nur schön hatte. Allerdings war Tommaso sofort bereit, alles stehen und liegen zu lassen, wenn er merkte, dass Anna ihn brauchte. Nur musste sie ihm das immer sagen. Von alleine kam er selten drauf. Und bei Fabio? – Bei dem war das vielleicht auch so. Anna schüttelte den Kopf. „Nein, der ist anders. Der ist sensibler. Der bekommt das schon von alleine mit", entschied sie. Aber was Elisabeth unter den Nägeln brannte, das ahnte Anna.

„Was hast du denn für ein Auto?" Das war Elisabeth. Fabio kaute fröhlich an einem Stück Pizza und kämpfte dabei mit einem widerspenstigen Rucolablatt.

Als er es besiegt hatte, sagte er: „Ein Lancia Fulvia. Ich glaube irgendwas mit Rallye. Ist jedenfalls ein schnittiges Auto mit Charakter. Und außerdem älter als ich."

„Und wo hast du dieses Prachtstück so plötzlich her?"

Fabio deutete mit seiner Kinnspitze auf Tommaso, denn er hatte den Mund voll und seine Hände waren damit beschäftigt, das nächste Stück Pizza abzuschneiden. Er hatte einen Mordshunger.

Tommaso erzählte, dass er den Wagen seit Jahrzehnten kannte. Und seinen Fahrer. Als er noch Maresciallo in Terlan war, blieb es nicht aus, dass er ihn hin und wieder erwischte, wie er mit viel zu hoher Geschwindigkeit die Gampenstraße hochgejagt war. „Aber ich habe meinen Job immer so verstanden, dass ich nicht allein dafür da bin, aufzupassen, dass hier alle brav bei Grün über die Ampel gehen. Man muss immer das Gesamtgefüge im Auge haben. Und unser Rallyefahrer war hier in der Gegend so was wie ein Held. Wenn ich diesem Helden jedes Mal, wenn ich gekonnt hätte, seinen Führerschein entzogen hätte, wäre das im Ergebnis fatal gewesen. Es hätte vielleicht dem Gesetz entsprochen. Aber in dieser Gegend wäre das ein Signal gewesen, das die Menschen gegen die Staatsmacht, gegen die Carabinieri aufgebracht hätte. Wir hatten gerade die Zeit, als sich eine Entspannung im Verhältnis zwischen Südtirolern und Italienern abzeichnete. Und da einem ihrer Helden den Führerschein abzunehmen und ihm damit die Teilnahme an seinen Rennen zu vereiteln, das hätte böses Blut gegeben."

Fabio war neugierig geworden und hatte das Besteck auf dem Teller gekreuzt. Drei Viertel der Pizza hatte er geschafft. Jetzt brauchte er eine Pause für den Anlauf auf das letzte Viertel.

„Und was hast du gemacht? Ihn einfach laufen lassen?"

Tommaso schüttelte den Kopf: „Nein. Ich habe ihn mir zur Brust genommen. Jedes Mal. Und wir haben jedes Mal über seine Bestrafung verhandelt."

„Ihr habt was?"

Tommaso lachte. Schaute sich dabei aber um, ob andere Gäste in Hörweite waren. Etwas leiser als sonst sagte er: „Wir haben das tatsächlich ausgehandelt. War so eine Art Sport. Ich habe ihn geschnappt und dann musste er etwas tun."

„Zum Beispiel?"

„Am Sonntag in die Kirche gehen, zum Beispiel. Hat er sonst nicht gemacht. Und wenn er sonntags in der Kirche gesehen wurde, dann wussten alle Bescheid. So was spricht sich nämlich rum. Oder er hat eine Woche im Altenstift ausgeholfen." Etwas nachdenklich fügte er hinzu: „Da hat er sehr oft aushelfen müssen." Tommaso schaute ein wenig versonnen, so als vermisse er diese Zeit.

„Und das hat geholfen?"

„Jedenfalls habe ich mir damit und auch mit anderen, nicht immer konventionellen Entscheidungen hier Respekt und Achtung verschafft. Das war damals nicht so einfach. Aber man muss eigentlich nur die Menschen achten und als Polizist dafür sorgen, dass nichts wirklich Schlimmes passiert. Die lässlichen Sünden muss man zwar ahnden, aber in einem größeren Gesamtzusammenhang betrachten."

Fabio nickte. Er hatte schon früher mitbekommen, dass Tommaso seine eigene Interpretation von Polizeiarbeit hatte. Fabio erinnerte sich an den Schinken, den er einmal bei Tommaso und Anna zu kosten bekommen hatte, als sie sich gerade erst kennen gelernt hatten. Tommaso hatte damals angemerkt, dass er ihn von einem Bauern bekomme, der ihn selber räuchere. Weil er seinem Jungen geholfen habe, hatte er gesagt, dann aber nicht weitererzählt. Fabio hatte schon damals angenommen, dass Tommaso weniger ein harter Carabiniere war, sondern jemand, dem es auf ein freundschaftliches Miteinader ankam. Mitten in die Überlegungen fragte Elisabeth ganz unvermittelt: „Wie habt ihr eigentlich Eure Hochzeitreise organisiert?" Sie schaute dabei Anna und Tommaso an. Anna verstand sofort, Tommaso beantwortete lediglich die Frage: „Wir hatten ja kaum Geld damals. Und so sind wir jeder mit einem Rucksack auf dem Rücken mit dem Bus Richtung Gardasee gefahren und haben uns dort eine preiswerte Pension gesucht. Das Geld hat für eine Woche gereicht. Aber", er schaute Anna zärtlich an, „es war eine tolle Woche."

Anna, die Elisabeths Hintergedanken ahnen konnte, ergänzte: „Ja, das war toll damals. Heute hat man da ja ganz andere Möglichkeiten. Man könnte heute in ein exotisches Land fliegen und sich so richtig verwöhnen lassen." Sie beobachtete, während sie sprach, sehr genau, wie ihre Worte auf Fabio und Elisabeth wirkten. „Aber das Wichtigste ist, meine ich, dass man einfach eine tolle Zeit nur für sich hat. Das kommt nämlich so schnell nicht wieder."

„Wieso?"

„Das kann auch nur ein Mann fragen", dachte Anna und schaute Fabio belustigt an.

„Weil man kurz nach der Hochzeit noch auf eine besondere Art verliebt ist. Und dann erlebt man die erste gemeinsame Zeit, ganz ohne Störung durch andere, besonders intensiv. Später, wenn man sich aneinander gewöhnt hat, dann ist das natürlich auch noch schön, aber anders schön."

Fabio hatte inzwischen begriffen, dass dieses Tischgespräch auch Botschaften enthielt. Botschaften, die an ihn adressiert waren. „Nicht ungeschickt, die beiden“, dachte er. Die Pizza war inzwischen vom Teller verschwunden und Fabio schaute lustig in die Tischrunde.

„Das ist ein ganz prima Thema. Unsere Hochzeitreise muss nämlich noch geplant werden. Wir wollen im Frühling, sobald es wieder wärmer wird, unser Hochzeitsreise nachholen.“ Mit einem schelmischen Blick Richtung Anna meinte er: „Ich bin übrigens noch ganz frisch verliebt, so dass es dafür noch nicht zu spät ist. Aber“, er lehnte sich zurück und nahm einen Schluck aus seinem Glas, „aber ich weiß nicht so recht, wohin. Irgendeine einsame Südseeinsel? Eine Schiffsreise mit allem Zipp und Zapp? Dreimal umziehen am Tag? Eine Rundreise durch Europa? Alle Hauptstädte abklappern, inklusive der Stadt der Liebe? Wollen wir Erlebnis oder Ruhe? Ehrlich gesagt hatten wir seit der Hochzeit noch keine Zeit, uns darüber Gedanken zu machen. Kaum ein Wochenende, an dem wir nicht bei Verwandten und Freunden von Elisabeth eingeladen waren. Und unter der Woche eben die normale Arbeit, Elisabeth in ihrer Apotheke, mit der ganzen Buchhaltung oben drauf, ich in der Questura.“ Er schaute Tommaso und Anna an: „Einfach so, jeder mit einem Rucksack?“

Tommaso nickte. „Einfach so. Rein in den Bus. Ausgestiegen, ein Quartier gesucht und fertig.“ Anna nickte. Sie strahlte.

„Muss schön gewesen sein“, dachte Fabio.

„Und wenn wir das auch so machen?“ Das war Elisabeth.

„Mit dem Bus?“

„Du hast doch jetzt ein Auto!“

Zwei Flaschen Lagrein später verabschiedeten sich die vier vor der Tür der Tisene. Sie waren die letzten Gäste gewesen und die Wirtin schloss hinter ihnen ab. Die Temperatur war zurückgegangen. Es fiel feiner Schnee.

Alle waren leicht angeheitert. Der Lagrein entfaltete seine Wirkung.

„Also, dann fahren wir mit dem Lancia Fulvia einfach los und da, wo es uns gefällt, da bleiben wir."

„Und da in den Kofferraum gerade so viel reinpasst wie in zwei Rucksäcke, ist das fast so wie bei uns damals."

Alle lachten über Tommasos Worte.

Der Plan schien perfekt.

Zweiundzwanzig

Gut gelaunt fuhren Tommaso und Fabio am nächsten Morgen Richtung Bozen. Allerdings ganz vorsichtig, denn die steile Straße nach Nals hinunter war noch nicht geräumt. Die ganze Nacht hatte es geschneit und alle Dörfer, Felder, Obstplantagen lagen unter einer feinen weißen Decke. Die Sonne hatte die Wolken vertrieben und eine helle freundliche Stimmung lag über dem Land.

„Was liegt heute bei dir an? Wann sollen wir nach Nals fahren? Wegen der Probefahrt."

Fabio überlegte. Er musste heute unbedingt mit Francesca sprechen, um abzustimmen, was in den Mordfällen zu unternehmen war. Dann musste er sich auch um Hagen Bös kümmern. „Wie lange bleibt der eigentlich noch?" Die Sache mit den Plagiaten hatte noch Zeit, wichtiger waren die Mordfälle. Meist konnte man zu Beginn der Ermittlung vieles herausfinden, was zu einem späteren Zeitpunkt oft schon nicht mehr zu greifen war.

„Ich hoffe, dass ich heute früh Feierabend machen kann. Sonst schaffen wir das nicht mit der Probefahrt. Die würde ich schon gerne bei Tageslicht machen. Meinst du, das klappt mit dem Auto? Und meinst du, dass der Wagen in Ordnung ist?"

„Ich bin überzeugt, dass er dir den Wagen gibt. Und der Wagen ist bestens gepflegt. Da kannst du sicher sein. Und so viel ich weiß, hat er den Motor getunt. Der ist also noch etwas schneller als das Serienmodell. Du bekommst sozusagen den Mechaniker gleich dazu. Denn wenn mal irgendetwas mit dem Wagen sein sollte, dann kann er das bestimmt richten."

Fabio freute sich wie früher, als er ein kleiner Junge war und es kaum erwarten konnte, auf sein neues Rennrad zu steigen, das er zu seinem Geburtstag bekommen sollte. „Dasselbe Gefühl", dachte er, „so ein Kribbeln im Brustbereich, so eine Spannung in der Beinmuskulatur, so, als wolle man losrennen, darf aber nicht. Das Wissen, dass hinter der verschlossenen Tür die Geschenke unter dem Christbaum liegen – so ein Gefühl halt."

Fabios Gedanken schlugen Purzelbäume. Dabei kollidierten sie mit seinen Pflichten, die ebenfalls steil aus dem Gedankenmeer aufragten. Hagen Bös, der Gast aus Deutschland, Dottore Infedele, dem es wichtig war, dass man die Hintermänner des Plagiathandels vor die Flinte bekam, zwei Morde, die einen abartigen Mörder vermuten ließen, eine Assistentin, die er mit den Mordfällen alleingelassen hatte – und nicht zu vergessen: der häusliche Friede, die anstehende Hochzeitsreise.

„Tommaso, ich muss noch einiges regeln. Ich ruf dich an. Ab wann kannst du denn?"

„Weil das ein besonderer Einsatz ist, kann ich immer. Schließlich habe ich das angefangen, dann will ich es auch zu einem guten Ende bringen."

Fabio musste schmunzeln. Sein großer, starker, älterer Freund war ein echter Halt.

„Danke Coach!"

Tommaso musste lachen und ließ seinen Bass durch das Innere seines Autos rollen.

„Coach?"

„Na ja. Schließlich mache ich dir sogar die Hochzeitsreise nach."

„Mhmm. Darüber habe ich noch kurz nachgedacht, bevor ich eingeschlafen bin."

„Und?"

„Kann es sein, dass deine Elisabeth und meine Anna mit uns machen, was sie wollen?"

„Mhmm. Wäre das schlimm?"

„Nicht, wenn wir es merken."

„Merken wir es denn?"

Tommaso zuckte mit den Schultern: „Ich glaube, nicht immer sofort."

Fabio nickte. „Frauen kommunizieren anders."

„Ach ja?"

„Ja. Die sehen mehr, die merken mehr, die fühlen, verstehst du?“

„Mhmm. Ich glaube ja. Manchmal meine ich, Anna kann Gedanken lesen.“

„Das können die Frauen, mein Lieber, das können die.“

*

Francesca saß schon im Büro und las die Zeitung. 24DerTag24 lag aufgeschlagen auf ihrem Schreibtisch. Sie blickte kurz auf, als Fabio hereinkam, und grüßte freundlich in seine Richtung. Fabio verstaute seinen Mantel im Schrank und überlegte, wo er jetzt einen Kaffee bekommen könnte. Da ging die Tür auf und der Vicequestore betrat den Raum. Das hatte es noch nicht gegeben, seit Fabio hier war. Wenn der Chef etwas wollte, dann rief Carlotta an und man hatte sofort in das Büro des Vicequestore zu kommen. Es war auch nicht so, dass der Vicequestore einfach den Raum betrat. Er dominierte den Raum. Nicht unangenehm. Aber auch so, dass kein Widerspruch möglich war. „Wie macht der das bloß?“, ging es Fabio durch den Kopf. Ein eher kleiner Mann. Nicht schlank und gut aussehend, sondern untersetzt, leicht korpulent. Keine dichten Haare, sondern ein millimeterkurz geschorener Haarkranz akzentuierte den Kopf. Dabei schufen seine Stirnfalten eine reliefartige Oberfläche. „Es sind die Augen“, dachte Fabio, „und die Art, wie er sich im Raum bewegt.“ Augen und Habitus verlangten nach Respekt und machten deutlich, dass Widerspruch unangebracht war. „Es sind nur Nuancen“, überlegte Fabio, „Nuancen, die darüber entscheiden, ob einer Chef ist und als Chef anerkannt wird.“

Des Vicequestores muntere Augen gingen von einem zum anderen. Er erfasste schnell alles, was sich seinen Blicken darbot.

„Sie lesen gerade die Zeitung, wie ich sehe. Gut.“ Er wandte sich von Francesca ab und Fabio zu. „Unterrichten Sie mich bitte über diese beiden Morde. Ich sollte das vielleicht auch wissen.“ In seinen Worten schwang ein kleiner Vorwurf mit. So in etwa: „Es ist schon Dienstag und ich habe immer noch keinen Bericht.

Was soll ich denn denen sagen, die mich fragen? Soll ich denen sagen, dass ich, der Chef der Questura, noch nichts weiß, weil meine Untergebenen noch keine Zeit hatte mich zu unterrichten?" So in etwa klangen die unausgesprochenen Worte des Vicequestore.

Fabio überlegte, ob er sein spärliches Wissen über die beiden Mordfälle schwungvoll vortragen sollte, um als „Chef-Commissario" gut dazustehen, oder ob er gemeinsam mit Francesca referieren sollte. Dann wäre er gegenüber seinem Chef aber nicht mehr der allein Kompetente. Er müsste dann ertragen, dass er in der Wahrnehmung des Chefs nicht mehr als die einzige Anlaufstelle galt. Ein Blick in die Augen des Vicequestore ließ ihn glauben, dass es dem Chef lediglich um sachliche Informationen ging, egal, von wem er sie bekam. Da war etwas, das Fabio glauben ließ, dass es dem Chef nur auf das Ergebnis ankam. Nicht auf Formalitäten, nicht auf Hierarchien. Er wollte nur wissen, was in seinem Laden los war.

„Da ich am Montag mit Oberstaatsanwalt Bös aus Deutschland beschäftigt war, hat Francesca Giardi die ersten Ermittlungen aufgenommen. Ich selbst bin gerade erst ins Büro gekommen und wollte mich von ihr informieren lassen. Dann passt das ja ganz gut, dass Sie jetzt hier sind. Dann kann Francesca uns beide gleichzeitig informieren. Ich kann dann vielleicht noch beisteuern, was ich gestern von einer Psychiaterin erfahren habe." Mit einem aufmunternden Blick in Richtung Francesca übergab er ihr das Wort. Der Vicequestore hatte es sich inzwischen auf einem der beiden Besucherstühle bequem gemacht und richtete seinen Blick auf Francesca.

Die berichtete der Reihe nach von dem Leichenfund am Freitag und den Erkenntnissen der Gerichtsmedizin. Dann beschrieb sie den Leichenfund am Sonntag und dass Dr. Phillipis Einschätzung nach dieselbe Tötungsart vorlag. Ihre Ermittlungen vom Montag fasste sie mit den Worten zusammen: „Doktor

Bernhard Reiterer ist kein Apotheker, wie man ihn sich vorstellt. Sein Privatleben ist, sagen wir mal, extrem anders, als man es sich für einen Mann dieser Profession erwartet. Sein offensichtlicher Reichtum scheint nicht auf den Geschäften seiner Apotheke zu gründen. Aber die Quelle habe ich noch nicht klar vor mir. Ich will diesbezüglich noch seine Geschäftsunterlagen durchsehen. Vielleicht helfen mir auch die Datenträger, die ich im Tresor entdeckt habe. Die sind schon im Labor. Vielleicht erfahren wir heute noch, was sie enthalten."

Der Vicequestore nickte: „Gute Arbeit. Sie sagten, dass sie noch bei seinen Eltern vorbeischauen wollten. Waren sie schon da?"

„Nein. Ich hatte das zwar vor. Aber ich habe am Nachmittag Dr. Phillipi angerufen, um zu erfahren, ob die Eltern die Leiche ihres Sohnes identifiziert haben. Und er hat mir berichtet, dass die Mutter zusammengebrochen ist. Er hat den Notarzt gerufen und der hat die Mutter nach Hause gebracht. Schwächeanfall. Auch dem Vater geht es nicht gut, hat er mir gesagt. Ich habe deshalb gestern davon Abstand genommen, die Eltern zu besuchen. Aber ich möchte das heute nachholen. Da gibt es schon noch einiges, was ich sie fragen will. Wussten Sie, woher ihr Sohn das viele Geld hat? Welchen Umgang hat er gepflegt? Gibt es bei seinen Frauengeschichten etwas, was wir wissen sollten? Müssen wir in diese Richtung denken? Eifersucht vielleicht? Enttäuschte Liebe? Beziehungsprobleme oder eine Abrechnung wegen seiner Geschäfte? Alles das sind Fragen, die ich mir stelle. Was den zweiten Toten angeht, so habe ich gestern Nachmittag noch mit der Redaktion von 24DerTag24 gesprochen und sie gebeten, ein Foto zu veröffentlichen. Mit einem Suchaufruf. Wer kennt diesen Mann? Wer hat ihn gesehen? Wann war das? Und hier", sie hielt die Zeitung hoch, die vor ihr lag, „ist der Aufruf. Mit Foto. Jetzt hoffe ich, dass sich jemand meldet, damit wir erfahren, wer der Tote vom Sonntag ist. Dann finden wir vielleicht eine Verbindung zwischen den beiden Ermordeten."

Der Vicequestore hatte konzentriert zugehört: „So einen Fall hatten wir hier in Bozen noch nicht. Das wird die Bevölkerung verunsichern, wenn sie Details erfährt. Was meinen Sie, wie lange können wir die Einzelheiten für uns behalten?“

Fabio gefiel die Einstellung seines Chefs. Der ging mit Medieninformationen behutsam um. Fabio flocht sich ein: „Ich kann noch etwas beisteuern, was ich aus einem Gespräch mit einer Psychologin weiß, die als Psychiaterin arbeitet.“ Francesca und der Vicequestore blickten ihn fragend an und Fabio erläuterte kurz, dass er auf Empfehlung von Dottore Infedele Frau Dr. Gufler wegen der besonderen Mordmerkmale um Rat gefragt hatte.

„Die Psychologin ist der Überzeugung, dass der Mörder eine Botschaft überbringen möchte“, fasste Fabio seinen Vortrag zusammen.

„Und so lange wir nicht wissen, welche Botschaft sich an wen richtet, ist es schwierig, zu sagen, ob wir es mit einer Mordserie zu tun haben, die unter Umständen weitergeht“, ergänzte Francesca. „Ich habe gestern Abend noch mit Dr. Phillipi telefoniert. Der sagte zwar, dass er nur für die Leichen zuständig sei und nicht für die Psyche der Täter, aber er meint, dass die Präzision, mit der der Schlag gegen den Kehlkopf ausgeführt worden ist, auf einen Täter hindeutet, der lautloses Töten trainiert haben muss. Der Schlag muss exakt geführt worden sein. Er kann zwar nicht ausschließen, dass es ein Stock war, er vermutet aber eher eine Handkante. Mit Handkantenschlägen kenne ich mich aus. Das habe ich auch trainiert. Man kann mit der Innenhandkante oder mit der Außenhandkante schlagen. Wenn ein solcher Schlag den Kehlkopf trifft, ist das tödlich. Wenn wir es mit einem solchen Täter zu tun haben, dann ist es so, dass er nahe an sein Opfer herantritt und sofort zuschlägt. Da er sie anschließend verstümmelt, muss er sie an Orten töten, wo er die Verstümmlungen in aller Ruhe vornehmen kann. Dann entledigt er sich der Leichen, indem er sie einmal in die Passer wirft und einmal in einem leeren Haus in der Industriezone von Bozen ablegt. Dazu braucht er natürlich ein Auto, denn er kann nicht mit einer Leiche über der Schulter herumlaufen. Nicht in Meran und nicht in Bozen. Ich meine, wir suchen einen Täter, der in Kampftechniken erfahren ist, absolut skrupellos ist, eine abartige Botschaft aussenden will. Wir wissen nur nicht, ob die Opfer Zufallsopfer sind oder ob er sie bewusst ausgewählt hat. Wenn das Zweite zuträfe, dann wäre das ein Zugang zum Täter. Wenn er aber wahllos Menschen tötet, dann wird es sehr schwierig. Und wir müssen mit weiteren Opfern rechnen." Francesca schaute in die Runde. Die beiden Männer hatten ihr aufmerksam zugehört. Fabio war ein wenig stolz auf seine Assistentin. Sie hatte echt was drauf. Besser hätte er das auch nicht hinbekommen. Francesca hatte eine gute Analyse geliefert. Und das bereits nach einem Tag, ab der zweiten Leiche gerechnet.

„Und wie wollen Sie weiter vorgehen?" Der Vicequestore nahm eine entspannte Sitzposition ein. Es war, als hätte er für sich etwas beschlossen und wollte nur noch hören, ob seine beiden Polizisten etwas anderes planten.

Francesca blickte Fabio an, fragend, ob sie etwas sagen solle. Fabio nickte ihr aufmunternd zu.

„Also, ich will heute die Eltern besuchen. Vielleicht sind sie in der Lage und auch willens, mir etwas über ihren Sohn zu erzählen. Dann warte ich auf die Auswertung der Datenträger aus dem Tresor von Doktor Bernhard Reiterer.

Eine Spur ist auch noch die geheimnisvolle Frau, die in der Bar Teatro nach dem alten Apotheker gefragt hat. Vielleicht war sie ja bei ihm. Dann kann ich dieser Spur entweder weiter nachgehen oder sie ablegen.

Mich interessiert auch die Frau, die es am längsten mit dem Doktor ausgehalten hat.

Dann gehe ich der Frage nach, ob Bernhard Reiterer Kontakt zu einem großen Motorradclub hatte. Denn in seiner Garage parken zwei Harley Davidson mit eindeutigen Emblemen. Außerdem hatte er in seinem Arbeitszimmer ein Foto, das ihn und zwei andere Männer in jungen Jahren zeigt. Alle tragen sie auf diesem Foto so genannte Kutten, wie sie in Motorradclubs üblich sind. So eine Art ärmellose Weste auf der Symbole des Clubs und der Rang innerhalb des Clubs angebracht sind. Das Foto hatte für den Doktor eine Bedeutung. Denn in der ansonsten durchgestylten Wohnung fiel dieses Foto in einem so unschmucken Rahmen besonders auf. Ich will die Eltern fragen, wer die Männer sind. Vielleicht bekommen wir dann Hinweise, die uns weiterhelfen.

So, das ist es, was ich mir für heute vorgenommen habe."

Fabio fiel ein, dass in dem Plagiatsfall auch ein Motorradclub eine Rolle spielen sollte: „Ich weiß nicht, ob das mit unserem Mordfall zu tun hat, aber Oberstaatsanwalt Bös hat in seinem Fall eine Beobachtung gemacht, die ein wenig merkwürdig ist. In Düsseldorf sind Fahrzeuge in der Nähe der beobachteten Objekte registriert worden, die alle mattschwarz lackiert waren. Teure Autos, alle getunt, mit jungen Fahrern, die Bös als Türstehertypen beschrieben hat. Jetzt haben unsere Carabinieri ebenfalls einen mattschwarz lackierten Wagen bei einer kleinen Spedition in der Industriezone beobachtet. Diese Spedition ist möglicherweise ein Umschlagplatz für Plagiate. Das wissen wir alles noch nicht. Aber der mattschwarze Wagen ist auf eine Frau zugelassen, welche die Mieterin der Halle ist, die dem Motorradclub ROTH's als Vereinsheim dient. Das Vereinsheim ist ganz in der Nähe der Ausfahrt Bozen Nord an der Brennerautobahn. Dieser Club ist international aufgestellt und Bös hat die Theorie, dass diese Jungs das dreckige Geschäft erledigen. Also kontrollieren, Menschen unter Druck setzen und so weiter. Wenn jetzt unser Doktor Mitglied in genau diesem Club war, dann ist das sehr interessant! Ich sehe zwar noch keinen Zusammenhang zwischen den Mordfällen und dem, was ich durch Hagen Bös und Dottore Infedele über diese Plagiatsfälle weiß, aber auch die Möglichkeit einer Verstrickung sollten wir nicht ausschließen.

Es werden wahrscheinlich plagiierte Wundermittel oder Arzneien über die Schmuggelrouten der Textilienfälscher vertrieben. Ist aber bisher nur eine Theorie von Hagen Bös. Was mich stutzen lässt, ist die Kombination: Arzneimittel – Motorradclub – mattschwarz lackierte Fahrzeuge – Reichtum von Doktor Reiterer, dem Apotheker. Aber mein Bauch sagt mir, dass eine Erklärung der Morde über diesen Strang nicht wahrscheinlich ist. Zumal der andere Mann uns noch Rätsel aufgibt. Wenn der jetzt Chemiker ist, dann ergibt das vielleicht einen Sinn. Aber wenn er Postbote ist? Was dann?"

Francesca nutzte die Pause, die nun entstand, und sagte: „In der Garage von Doktor Reiterer stehen viele sehr teure Autos und einige große Motorräder. Alle mattschwarz lackiert!"

„In der Garage von Doktor Reiterer?"

„Ja. Und auf den Motorrädern ist das Symbol der ROTH's angebracht. Auf dem Tank. So, wie es bei denen Brauch ist. Eine stilisierte, grinsende Teufelsfratze mit einem Dreizack. Ein bisschen kitschig für den Doktor. Ansonsten ist bei ihm alles so puristisch und durchgestylt."

Der Vicequestore räusperte sich: „Das ist alles sehr interessant. Und das, was Sie in Erfahrung gebracht haben, wirft viele Fragen auf." Er blickte durch den Raum, als suche er einen Ansatz für das, was er sagen wollte.

„Die Familie des Doktors ist in Meran sehr bekannt und sehr geschätzt. Sein Vater und schon sein Großvater haben sich einen guten Ruf erarbeitet. Den kann man schnell zerstören, wenn diese Details über den Sohn in die Öffentlichkeit kommen." Er verzog ein wenig das Gesicht. „Bitte seien Sie behutsam in Ihren Ermittlungen und wenn Sie etwas nach außen geben, wäre ich dankbar, wenn Sie mich vorher unterrichten würden. Ich will Ihnen da nicht dreinreden. Betrachten Sie das Angebot als Unterstützung. Manches weiß ich, was Sie gar nicht wissen können. Ich bin hier schon seit vielen Jahren unterwegs. Sie erst seit kurzer Zeit. Also, nutzen Sie bitte meine Erfahrung. Das hilft uns allen." Er stand etwas umständlich auf. Wie es schien, war er wohl etwas verspannt. Als ob er Gedanken lesen könnte, blickte er Fabio unvermittelt an: „In Ihrem Alter ging das auch bei mir besser. Ich habe gestern etwas Sport getrieben. Ich muss es wohl langsamer angehen lassen." Dabei lächelte er leicht. Bevor er zur Tür ging, fragte er Francesca: „Wann, haben Sie gesagt, ist der Doktor das letzte Mal gesehen worden?"

„Das war am Mittwochabend. Nach der Aussage einer seiner Angestellten hat er gegen 17 Uhr die Apotheke betreten, ist dann in den ersten Stock in sein Büro. Als die Angestellte die Apotheke nach 18 Uhr verschlossen hat, sah sie noch Licht in seinem Büro. Wir können also davon ausgehen, dass er am Mittwochabend gegen 18.00 Uhr noch gelebt haben dürfte."

Der Vicequestore nickte: „Wenn ich mich richtig erinnere, dann haben Sie eben erzählt, dass der Doktor für gewöhnlich hinter der Apotheke geparkt hat. Sein Auto ist dann wahrscheinlich nicht mehr da?"

Francesca biss sich auf die Unterlippe. Das hatte sie nicht erfragt und nicht überprüft.

„Auf dem Parkplatz, der für den Dottore reserviert ist, hat kein Wagen gestanden, als ich mir die Örtlichkeit angesehen habe. Aber ich muss zugeben, dass ich mich noch nicht um den Wagen gekümmert habe." Sie schaute – nur ganz kurz – etwas betreten auf den Boden.

Der Vicequestore nahm es leicht: „Das macht nichts. Sie werden das bestimmt heute nachholen. Es ist wichtig, zu wissen, mit welchem seiner Autos er am betreffenden Mittwoch unterwegs war. Vielleicht kann Ihnen die Hausangestellte sagen, mit welchem Wagen er gefahren ist. Und fast noch wichtiger ist, ob der Wagen wieder in der Garage steht. Wenn nicht, dann sollten wir nach dem Wagen fahnden."

Fabio und Francesca sahen sich an. Der Vicequestore hatte Eindruck gemacht. Kam zur Tür herein, hörte zu und verwies genau auf die Stelle, wo unsauber recherchiert worden war. Wie es schien, war ihm das klar, denn um seine Lippen spielte ein siegessicheres Lächeln.

„Was halten Sie davon, wenn wir die Bevölkerung um Mithilfe bitten? Ein Aufruf im Radio vielleicht? Wer hat Doktor Reiterer nach dem Mittwochabend noch gesehen?"

Francesca nickte, Fabio erwiderte: „Gute Idee, würde ich sagen."

„Dann werde ich mich gleich nützlich machen."

Fabio schaute den Vice fragend an.

„Ich rufe jetzt im Funkhaus Südtirol an und gehe mit dem Programmchef essen. Dabei kann ich mit ihm alles Nötige besprechen." Bei diesen Worten hatte er die Türklinke schon in der Hand. Bevor er die Tür hinter sich ins Schloss zog, sagte er: „Ich hoffe, dass der Aufruf auf beiden Sendern, auf Südtirol 1 und Radio Tirol, bereits am Abend im ganzen Land läuft."

*

„Carlotta, rufen Sie doch bitte Herrn Heiner Feuer an, ob er Zeit für mich hat. Das Radio soll uns doch bitte bei der Fahndung helfen. Sagen Sie bitte meinem Fahrer Bescheid. Ich fahre rüber zum Funkturm, ich fahre in fünf Minuten." Mit diesen Worten durchschritt er das Zimmer von Carlotta und schloss die Tür hinter sich.

„Laurin oder Kallmünz oder Vögele? Wo gehe ich denn heute am besten essen? Im Laurin war ich schon lange nicht mehr. Scheint mir passend. Und mit Heiner Feuer macht das auch Spaß. Alleine essen ist im Laurin nicht unterhaltsam. Soll ich schon reservieren?" Er blickte auf die Uhr. „Ist noch ein wenig zu früh." Der Vicequestore ging quer durch sein Zimmer, schaute kurz aus seinem Fenster. Auf dem Hof der Questura tummelten sich allerlei Menschen. Die meisten kannte er; wusste, wer von ihnen für welche Aufgaben zuständig war, kannte ihre Macken. „Da zum Beispiel", dachte er, „typisch für ... Sollte um diese Zeit eigentlich in der Telefonzentrale sitzen. Ist aber auf dem Weg in die Kantine. Wahrscheinlich kauft er wieder eines dieser leckeren Brioche, die wir seit kurzem anbieten. Und da. Ist ja interessant. Ist das nicht der junge Ispettore, den ich erst letzte Woche eingestellt habe? Mit wem steht er da zusammen und scherzt? Ist das nicht die Sekretärin aus dem Diebstahldezernat? Nettes Paar die beiden.“ Zufrieden mit seiner gedanklichen Vorarbeit für die Tagesplanung nahm er seinen Mantel und seinen Hut aus dem Schrank und ging zu Carlotta, wissend, dass sie alles geregelt haben würde.

„Der Wagen steht bereit und Heiner Feuer ist in seinem Büro im Funkhaus. Er nimmt sich gerne Zeit für Sie. Er hat gefragt, wie denn seine Sender der Polizei helfen können.“

„Und was haben Sie geantwortet?“

„Dass es wahrscheinlich darum geht, dass die Sender einen Aufruf der Polizei senden sollen; alles zu berichten, was im Zusammenhang mit dem Tod von Doktor Reiterer stehen könnte.“ Carlotta setzte dabei ein betont neutrales Gesicht auf.

Der Vicequestore hielt kurz inne und schaute Carlotta tief in ihr neutrales Gesicht: „Meine Liebe“, er machte eine kleine Pause, um ihren Gesichtsausdruck genau zu studieren, „meine Liebe, wissen sie denn auch, was ich danach machen werde?“

Carlotta behielt ihren neutralen Gesichtsausdruck bei, als sie sagte: „Das haben Sie mir zwar nicht gesagt. Aber meiner Erfahrung nach überlegen Sie, wo Sie Herrn Heiner Feuer anschließend zum Essen einladen können. Und wenn ich den Weg bis zum Funkturm ins Kalkül ziehe, die aktuelle Uhrzeit und die vermutliche Dauer ihres Gesprächs, dann schätze ich es als realistisch ein, dass Sie ein Restaurant in der Nähe, vielleicht in der Innenstadt wählen. Und da würde ich auf das Laurin tippen.“

Um Carlottas neutralen Gesichtsausdruck rankte sich jetzt eine Aura aus Glanz und Glitter, so kam es dem Vice vor. „Diese Frau strahlt jetzt. Zu blöd, dass ihr ewiger Freund, dieser Bauunternehmer, sie nicht endlich heiratet. So eine patente Frau. Die hat echt was drauf.“

Er lächelte sie an: „Und, haben Sie schon reserviert?“

„Ich habe vorreserviert, und zwar einen Tisch, der nicht von allen Seiten eingesehen werden kann.“

Der Vice schmunzelte in sich hinein.

„Habe ich Ihnen heute schon gesagt, dass Sie eine tolle Frau sind?“

Carlotta schaute Ihn weiterhin mit ihrer neutralen Mine an: „Nein, heute noch nicht.“

„Na, dann wird es aber Zeit!“

*

Das Funkhaus lag dicht am Eisack, der durch das Eisacktal fließt; an jener Seite des Flusses, wo auch die Brennerautobahn entlangführt. Zwischen dem Eisack und der Autobahn hatte man einen hochmodernen langgestreckten Gebäudekomplex errichtet, dessen prominente Spitze der auffallend rote Funkturm zierte. Des Vices Fahrer entließ den Chef direkt am Eingang zum Funkturm. Der Wind, der um die hohen Gebäude tobte, ließ seinen Mantel ordentlich flattern. Es war recht frisch an diesem späten Vormittag. Die Sonne wärmte noch nicht, tat aber den Menschen gut. Das hatte der Vice bemerkt, als er von seinem Fahrer durch die Stadt gefahren wurde. Sie lächelten. Sie wirkten entspannt. „Was so ein bisschen Sonne nach all den dunklen Tagen doch ausmacht“, hatte er gedacht. Und dann war der Fahrer bereits am Ziel. Der Vice hatte bei diesem Wind Sorge um seinen Hut. Mit dem Aufzug fuhr er direkt in das Herz des Senders in der vierten Etage. Er klingelte und betrat den hellen, freundlichen Empfangsbereich. Die junge Dame hinter dem Tresen lächelte Ihn an: „Herr Feuer hat Sie schon angekündigt. Ich rufe ihn sofort.“

Das Funkhaus Südtirol war eines der modernsten in Europa, zwei Sender hatten hier ihren Sitz, Südtirol1 und Radio Tirol. Der Vice konnte von dieser Stelle am Empfangstresen aus in verschiedene Studios blicken, sah konzentriert arbeitende Redakteure an ihren Schreibtischen, Monitore informierten über die aktuellen Sendungen, über die Sendeplanung, zeigten vielfältige Informationen, die ständig aktualisiert wurden und Livebilder aus den verschiedenen Studios.

„Eine ruhige, konzentrierte und völlig transparente Arbeitsumgebung“, dachte der Vice. „So könnte ich mir das Arbeiten in der Questura auch vorstellen. Jeder kann jederzeit mit jedem kommunizieren. Alle Informationen fließen beständig durch die Räume. Aber in der Questura sitzen sie alle in ihren Zimmern und arbeiten für sich alleine."

Er beschloss, mit Heiner Feuer bei Gelegenheit über den Nutzen einer solchen Arbeitswelt zu sprechen. In diesem Moment wurde er von hinten angesprochen und aus seinen Gedanken gerissen.

„Was verschafft mir denn die Ehre eines Besuchs der Polizeileitung?" Heiner Feuer blickte freundlich und vor allem neugierig. „Wie können unsere Sender denn bei der Mordermittlung helfen? Wenn wir etwas tun können, dann machen wir das natürlich gerne!"

Der Vice schaute in das von einem scharfen Bartschnitt akzentuierte Gesicht. Der kurz gehaltene Oberlippenbart wurde neben den Mundwinkeln sehr schmal und exakt geschnitten senkrecht nach unten geführt und umrahmte zum Schluss die Kinnspitze mit einem schmalen Strich. „Wie gemalt", dachte der Vice. Er hatte Heiner Feuer zuletzt bei der Eröffnungsfeier des Funkturms gesehen, aber nur kurz mit ihm gesprochen. Denn bei diesem Empfang hatte er auch einige andere für ihn wichtige Persönlichkeiten treffen können. Wie damals auch, erschien Heiner Feuer in einem perfekt sitzenden Anzug. „Guter Schneider", dachte der Vice und gab seinem Gegenüber die Hand.

Feuer bemerkte den dicken Siegelring an des Vicequestores Hand und wunderte sich, dass es immer noch Männer gab, die so etwas trugen.

„Wollen wir in mein Büro gehen?" Mit einer einladenden Geste wollte er dem Vicequestore den Weg weisen. Der hatte aber inzwischen wahrgenommen, dass in einem der schalldichten Studios, in die man durch eine dicke Glasscheibe hineinschauen konnte, Daniel Winkler Platz genommen hatte.

„Sagen Sie, der Daniel Winkler sendet doch jetzt das aktuelle Morgenprogramm, richtig?"

Feuer bestätigte.

„Tun Sie mir einen Gefallen und lassen Sie ihn doch bitte diese Meldung verlesen. Damit hilft der Sender unserer Polizeiarbeit, und“, er tippte Heiner Feuer auf den Arm, „ ich kann meine Vorankündigung halten, dass der Sender binnen einer Stunde diese Meldung im ganzen Land verbreitet.“ Er übergab Heiner Feuer einen Zettel mit einem Text, den er Carlotta diktiert hatte, nachdem er ihr das beste Kompliment des Tages gemacht hatte. Auf dem Zettel stand:

„Die Polizei Bozen bittet die Bevölkerung um Mithilfe. Im ungeklärten Todesfall von Doktor Bernhard Reiterer, den Polizeikräfte am vergangenen Freitag aus der Passer geborgen haben, bittet die Polizei um Mitteilung, wer den bekannten Meraner Apotheker am Mittwochabend oder danach noch gesehen hat. Außerdem sind alle Beobachtungen von außergewöhnlichen Umständen am Verlauf der Passer interessant. Alle Hinweise nimmt die Polizei in Bozen entgegen.“

Nachdem Heiner Feuer den Zettel gelesen hatte, nickte er: „Können wir machen. Aber unter einer Bedingung!“ Der Vice zog verwundert die Augenbrauen hoch und wartete gespannt auf Feuers Vorschlag. Der erfahrene Journalist witterte eine Gelegenheit für seine Nachrichten: „Wenn es zu einer Verhaftung kommt, sind wir die ersten, die es melden können. Einverstanden?“ Der Vice zögerte nicht lange, dem konnte er zustimmen und er nickte einwilligend.

Oberhalb von Sendestudio 1 leuchtete ein großes, rotes Schild mit der Aufschrift „on air“. Als es erlosch, waren alle Mikrofone im Studio geschlossen, Musik lief auf Sendung und Heiner Feuer öffnete die Tür. Der Vice betrat neugierig das Livestudio und sah sich in der ungewohnten Umgebung um. Es erinnerte etwas an eine Pilotenkanzel, voller Monitore, Computer und jeder Menge Knöpfe. All die Regler, Mischpulte, verschiedenen Uhren und Mikrofone erinnerten den Vicequestore daran, dass er in einem Radiostudio war.

Im Zentrum saß der schlanke, jugendlich wirkende Moderator. Daniel Winkler stand auf, um den Vice zu begrüßen, und blickte fragend zu seinem Programmchef. Feuer erklärte die Bitte um Mithilfe von Seiten der Polizei und gab Daniel Winkler den Zettel. Dieser las schnell den Text, bedeutete den beiden ganz still zu sein, setzte sich wieder, regelte die Musik runter und begann mit dem Aufruf.

„Wir unterbrechen unsere Sendung für einen Meldung unserer Polizei: Die Polizei Bozen bittet die Bevölkerung um Mithilfe. Im ungeklärten Todesfall von Doktor Bernhard Reiterer, den Polizeikräfte am vergangenen Freitag aus der Passer geborgen haben, bittet die Polizei um Mitteilung, wer den bekannten Meraner Apotheker am Mittwochabend oder danach noch gesehen hat. Außerdem sind alle Beobachtungen von außergewöhnlichen Umständen am Verlauf der Passer interessant. Alle Hinweise nehmen die Polizei in Bozen und Ihr Radiosender Südtirol1 entgegen."

Dann schob er den Musikregler wieder nach oben und erhob sich von seinem Platz: „Wie oft soll ich diese Meldung senden?"

Heiner Feuer drehte sich fragend zum Vice.

„Wenn es keine Umstände macht, wäre ich dankbar, wenn Sie diese Meldung heute mehrmals senden würden."

Heiner Feuer nickte und Daniel Winkler sagte: „Für uns kein Problem. Ich speise das jetzt in das Programm ein. Ich schlage vor, dass wir es einige Male nach den Nachrichtenblöcken aussenden. Dann haben wir die nötige Aufmerksamkeit."

„Gute Idee." Mit diesen Worten bedeutete Heiner Feuer dem Vice, dass sie das kleine Studio verlassen konnten. Der Vice gab Daniel Winkler noch die Hand: „Danke und sehr schön, dass ich Sie einmal persönlich kennengelernt habe."

„Ja gerne, vielleicht kommen Sie auch mal auf ein Interview vorbei. Polizeiarbeit interessiert die Bürger. Sie haben bestimmt viel zu erzählen!"

Der Vice nickte: „Klar hätte ich viel zu erzählen. Aber besser, ich behalte diese Infos für mich. Denn sonst bleiben die Erfolge aus. Junger Mann, sie verstehen das bestimmt. Aber danke für die schnelle Hilfe."

Vor dem Studio meinte Heiner Feuer: „Ja, der Daniel ist immer auf der Suche nach interessanten Interviewpartnern für das Promi-Sonntagsfrühstück „Feuer und Flamme". Er hat darüber sogar schon ein Buch geschrieben! Vielleicht überlegen Sie sich das noch einmal. Sie müssen ja nicht alles erzählen, was Sie wissen. Aber so ein bisschen Einblick in die Verbrechensbekämpfung ist doch für jeden interessant."

„Wir werden mal sehen", meinte der Vicequestore. „Aber zuerst möchte ich Sie einladen zu einem gemeinsamen Mittagessen. Haben Sie Zeit?"

Heiner Feuer hatte sich das schon gedacht, denn in Bozen war es kein Geheimnis, dass der Vice seine Kontakte gerne bei einem guten Essen vertiefte. Und das Funkhaus als Partner der Polizei bei einer Fahndung konnte auch für Südtirol1 und Radio Tirol interessant sein.

„Gerne! Ich sage nur kurz in meinem Büro Bescheid und sorge dafür, dass die Meldung auch auf Radio Tirol verlesen wird. Wo wollen wir denn hin?"

„Ich dachte, wir gehen ins Laurin. Ist das recht? Und dann müssen Sie mir alles über Ihre Hundezucht erzählen!" Feuer nickte begeistert und war überrascht, dass der Vice sogar über sein Hobby Bescheid wusste, er war gut informiert.

*

Francesca staunte nicht schlecht, als sie, kurz nachdem der Vice gefahren war, die Meldung von Südtirol 1 im Radio hörte. Daniel Winklers angenehme Stimme betonte den Satz „wer den bekannten Meraner Apotheker am Mittwochabend oder danach noch gesehen hat" auf besondere Art. Das klang eindringlich.

„Unser Vice hat's drauf."

Fabio, der mit ihr den Radiobeitrag gehört hatte, meinte: „Ja, ja. Das ist schon so. Man denkt, was der Mann den ganzen Tag macht, und stellt dann fest, dass er eigentlich alles im Blick hat. Und dass er hier und da an den Stellschrauben dreht, damit sich das Karussell weiterdreht. Aber ich blicke noch nicht ganz hinter seine Fassade. Der Vice hat mich in der Vergangenheit, auch als du noch nicht hier warst, immer wieder mal überrascht. Der kennt hier in diesem Land alle wichtigen Leute. Und dann gibt es immer wieder diese Gerüchte, dass er sein Amt auch nutzt, um selber Profit zu erzielen. Carlotta hat da mal so was angedeutet. Aber jetzt scheint sie ihn wieder zu mögen."

„Er hat das, was er uns angekündigt hat, erreicht. Binnen einer Stunde war die Meldung auf Sendung."

Fabio nickte. Er hatte nichts gegen den Vice. Aber ganz geheuer war er ihm nicht.

Er wechselte das Thema: „Wie gehen wir heute vor? Wer macht was?"

Francesca klappte ihr Notizbuch auf: „Ich will jetzt als Erstes zu den Eltern fahren. Wenn du bitte im Labor nachfragen könntest, wann wir mit der Auswertung der Datenträger aus dem Tresor rechnen können." In diesem Moment schellte das Telefon. Francesca nahm ab: „Pronto?" Francescas Gesichtsausdruck nahm eine konzentrierte Mimik an. Auf der Stirn zeigten sich leichte Falten. Sie blickte Fabio an: „Darf ich bitte auf „Lautsprecher" stellen, damit Commissario Fameo mithören kann?" Am anderen Ende der Leitung schien man einverstanden, denn Francesca drückte auf den Knopf, der die Freisprechfunktion aktivierte. Fabio konnte jetzt ebenfalls hören, was am anderen Ende gesprochen wurde. Dort sprach eine Frau. Und sie war sehr aufgeregt, denn ihre Stimme überschlug sich fast: „Und dann ist er gegangen und hat gesagt, dass er das jetzt endgültig regeln wolle. Und jetzt ist er tot. Das ist doch klar, dass diese Frau damit zu tun hat!"

„Welche Frau? Wissen Sie wie diese Frau heißt?"

„Sie heißt Gufler, Valentina Gufler. Sie ist Psychologin. Die war eine von seinen Studentinnen. Hat ihm den Kopf verdreht und wollte sich nur an sein Geld heranmachen. Ist doch klar, dass die Interesse daran hat, dass er den Vertrag nicht rückgängig macht. Und jetzt bekommt sie am Ende noch alles." Die

Worte gingen in ein Schluchzen über, ein Schluchzen voller Verzweiflung, Enttäuschung und Wut. Francesca gab der Frau Zeit, sich zu fassen, und fragte dann ihre Personalien ab. Sie dankte für den schnellen Anruf und sagte zu, dass sie am Nachmittag vorbeikommen würde. Dann legte sie auf.

Fabio war hellwach. „Was hat die Frau erzählt bevor du auf laut gestellt hast?"

Francesca blickte von ihrem Notizblock auf. „Sie hat den Mann auf dem Foto in der Zeitung erkannt. Der Mann ist Professor Pedratscher, lehrt an der Universität in Trient. Die Frau ist seine Verlobte. Sie wollten heiraten. Aber es existiert noch ein alter Ehevertrag mit eben genau dieser Psychologin, Frau Gufler. Deshalb wollte er diese Psychologin aufsuchen, um sie zu bitten, den Vertrag zu lösen. Das geht nur, wenn sie einwilligt. Und jetzt vermutet die Anruferin, dass die Psychologin etwas mit dem Mord zu tun hat. Schließlich würde sie jetzt das Vermögen des Professors erben."

„Ich kenne diese Frau. Es ist die, von der ich vorhin erzählt habe. Die mir von Dottore Infedele empfohlen worden ist und mit der ich mich gestern lange bei Frederico unterhalten habe. Die, die mir eine plausible Einschätzung zu den beiden Morden gegeben hat."

Etwas nachdenklich: „Ich hatte nicht den Eindruck, dass sie irgendetwas von den Morden gewusst hat."

„Kannte sie denn die Ermordeten?"

„Ich habe ihr nichts von der Identität der Leichen erzählt. Die Identität der Leiche vom Sonntag kannte ich da noch nicht. Ich habe nur von den objektiven Merkmalen berichtet, damit sie die Lage einschätzen konnte. Und das hat sie getan. Wirkte auf mich professionell und sie selbst schien dabei in keinster Weise berührt zu sein. Also, ich kann mir nicht vorstellen, dass die damit irgendetwas zu tun hat."

„Da du die Dame kennst, solltest du mit ihr sprechen. Vielleicht hat sie einen weiteren Hinweis."

Fabio nickte: „Mach ich. Du gehst zu den Eltern, ich gehe zur Psychologin. Wir sollten uns gegen Mittag noch einmal austauschen. Und dann ist da noch der Oberstaatsanwalt aus Deutschland, um den ich mich kümmern muss. Ich werde Carlotta bitten, dass sie ihn anruft."

*

Die Nachricht erreichte Hagen Bös an der Rezeption des Hotels Figl. „Rufen Sie mich bitte an, Carlotta", stand auf dem Zettel, gefolgt von einer Telefonnummer. Hagen Bös wusste sofort, wer das war. „Das köstliche Teegebäck!" Er zögerte nicht, sondern ließ sich sofort verbinden.

Carlotta erläuterte ihm am Telefon knapp, dass Commissario Fameo heute wegen der Mordermittlungen keine Zeit hatte, sich um ihn zu kümmern. Er werde sich aber morgen wieder melden.

Hagen Bös war deshalb nicht besonders beunruhigt. Er überlegte ohnehin, wie er seinen letzten Tag vor der Abreise gestalten sollte. Er hatte im Figl eine angenehme Nacht verbracht. Das Frühstück war reichlich und ausgiebig gewesen und er suchte nach einer Lösung für das Problem, wie er seine weitere dienstliche Anwesenheit in diesem Land rechtfertigen konnte. Alles Wesentliche hatte er gestern besprochen. Da kam ihm eine Idee.

„Ich weiß zwar nicht, ob das jetzt angebracht ist. Und ich verstehe auch, wenn Sie überrascht sind. Aber wenn Sie Zeit und Lust hätten, mir ein bisschen von Ihrem Südtirol zu zeigen, dann würde ich mich sehr freuen. Auch darüber, dass ich Sie einladen dürfte."

Carlotta war überrascht. Damit hatte sie nicht gerechnet. Es verschlug ihr zunächst die Sprache – aber nur für gefühlte zwei Minuten. In Wirklichkeit hatte sie binnen Sekunden entschieden, es sich heute einmal gut gehen zu lassen. Der Chef war dauernd unterwegs, Fabio hatte keine Zeit, sich um den Gast zu kümmern. Wieso sollte sie die Gastgeberpflichten nicht auch wahrnehmen können? Sie beschloss – noch bevor Sie Hagen Bös antwortete – eine Kollegin zu bitten, ihren Platz einzunehmen, und mit Hagen Bös durch Meran zu bummeln. Das kannte er noch nicht, das Wetter war super. Bei dem Sonnenschein drinnen zu sitzen war sowieso eine Sünde. Außerdem war ihr nach einem guten Kaffee.

„Wissen Sie was, das machen wir. Kommen Sie vorbei und wir fahren dann nach Meran, wenn Sie mögen. Das kennen Sie noch nicht und wenn Sie schon mal hier bei uns sind, dann sollten Sie auch den Eindruck mitnehmen, den Meran im Sonnenschein bietet."

Hagen Bös freute sich. Sein Tag war gerettet. Was Carlotta nicht ahnen konnte, war, dass er in Meran alle Uhrengeschäfte abklappern würde.

*

Fabio hatte noch die Visitenkarte der Psychologin in seiner Brieftasche. Sie hatte sie ihm bei ihrem Treffen in Fredericos Bar gegeben, kurz bevor sie sich voneinander verabschiedet hatten. „Wenn Sie noch Fragen zu diesem Fall haben, rufen sie mich einfach an", hatte Sie ihm noch zugerufen. Jetzt stand er vor ihrer Haustür. Gerade mal zwei Straßen von Fredericos Bar entfernt. Sie wohnte sehr schick in einem der älteren Wohnkomplexe Bozens. Die altgelb und ocker gehaltenen drei- oder vierstöckigen Wohnhäuser waren symmetrisch um eine Achse angelegt. Diese lag als Diagonale zwischen dem Winkel, den Spitalgasse und Dantestraße bildeten. Das Cafè Londra bildete die Spitze dieser Diagonalen. Links und rechts neben dem Cafè wiesen hohe Säulengänge den Eingang in die gepflegte Wohnanlage.

„Die Dame wohnt nicht schlecht", dachte Fabio. „Zentral gelegen, aber ruhig, grün und von den Besucherströmen relativ abgeschottet. Er klingelte und er hörte den Türöffner summen. Valentina Gufler wohnte in der ersten Etage. Sie stand an der Tür und als sie Fabio sah, nahm ihr Gesicht einen neugierigen Ausdruck an.

„Commissario! Kommen Sie herein. Was kann ich für Sie tun?"

Fabio betrat einen geräumigen Flur. Schätzungsweise 20 Quadratmeter groß. Und einfach nur schäbig. Die Tapete war alt und schmutzig, regelrecht heruntergekommen sah es hier aus. Valentina lächelte ihn an: „Ich bin erst vor kurzem hier eingezogen. Und wie Sie sehen", sie machte eine Halbkreisbewegung mit dem Arm, „gibt es hier noch viel zu tun, bevor es sich hier wohnen lässt. Aber der Schnitt der Wohnung ist toll. Da habe ich in Kauf genommen, dass ich hier alles renovieren muss. Der Vormieter war sehr alt, wissen Sie. Der wollte nicht mehr renovieren und Geld war da wohl auch nicht vorhanden. Und der Vermieter, ja, Sie wissen ja, wie die sind. Wohnungen wie diese gibt es selten. Da macht man eben die Faust in der Tasche und renoviert selber."

Sie sah dabei ganz vergnügt aus.

„Haben Sie heute schon die Zeitung gelesen?", fragte Fabio.

Sie stutzte.

„Nein, habe ich nicht. Was steht denn drin?"

„Wir haben das Foto des Toten vom Sonntag reingesetzt."

„Ah ja, der, dem der Mörder die Zunge abgeschnitten hat."

„Genau der. Haben Sie eine Zeitung?"

„Ja, sie liegt noch auf dem Küchentisch, glaube ich."

Valentina ging in die Küche. Das Küchenradio spielte aktuelle Schlager. Fabio folgte ihr. Sie nahm die Zeitung und blätterte, bis sie das Foto sah. Auf ihrem Gesicht änderte sich der Ausdruck schlagartig. Eben war sie noch gut gelaunt, neugierig, doch als sie das Foto sah, verlor das Gesicht jede Farbe und fiel förmlich in sich zusammen. Valentina musste sich setzen. Sie zitterte. Ihr Blick wirkte verwirrt. Er irrte unstet umher. Fabio ging zum Küchenschrank nahm ein Glas, füllte es mit Wasser und reichte es ihr. Sie nahm es mechanisch und hielt es fest, ohne es an die Lippen zu führen.

„Ist Ihnen nicht gut?"

Keine Reaktion.

„Kennen Sie diesen Mann?"

Keine Reaktion.

Fabio wartete einen Moment. Es war, als ob sie sich von ganz weit weg langsam auf ihn zu bewegte. Zunächst stellte sie das Glas Wasser auf die Tischplatte. Dann griff Sie sich mit der wieder freien Hand an die Stirn. Als sie schließlich den Blick zu Fabio erhob, war sie wieder da. Ihre Stimme klang brüchig: „Das ist mein alter Professor." Es rann eine Träne aus ihrem linken Auge. Sie wischte sie nicht weg. „Wir waren mal ein Paar." Jetzt schüttelte es sie durch. Fabio suchte nach einem Taschentuch, sah aber nur Haushaltstücher aus Papier. Er nahm die Rolle, riss ein Blatt ab und reichte es ihr. Sie nahm es und schnäuzte sich die Nase. „Wir hatten vor zu heiraten. Das ist aber jetzt lange her."

„Stimmt es, dass er Sie wegen eines Ehevertrages aufgesucht hat?"

Sie schaute ihn überrascht an.

„Woher wissen Sie ...?"

„Ist doch egal, woher. Ich weiß es eben. Also, hat er sie aufgesucht?"

Sie nickte leicht, den Blick immer noch ungläubig auf Fabio gerichtet.

„Wann war das genau?"

Sie schnäuzte erneut ihre Nase.

„Das war letzte Woche. Am Freitag, glaub ich."

„Und was hat er von Ihnen gewollt?"

Sie setzte sich jetzt wieder etwas aufrechter hin, nahm das Glas Wasser und trank einen Schluck.

„Er wollte, dass ich einwillige, dass der Ehevertrag aufgelöst wird."

„Waren sie beide denn verheiratet?"

Sie schüttelte langsam den Kopf.

Ihre Stimme war jetzt leise und sie wirkte plötzlich zerbrechlich.

„Nein, wir waren nicht verheiratet. Wir wollten heiraten. Aber dann hat er es sich anders überlegt." Sie wischte sich über die Augen. „Ich war seine Studentin. Wir haben uns ineinander verliebt. Er wollte für zwei Jahre ins Ausland und ich war mit dem Studium noch nicht fertig. Ich hatte Angst, ihn zu verlieren. Und da habe ich gesagt, dass ich schwanger sei."

„Waren Sie schwanger?"

„Nein, war ich nicht. Aber ich habe ihm damals gedroht, dass er Schwierigkeiten bekommen würde, wenn er mich und das Kind zwei Jahre alleine lassen würde."

„Und wie hat er reagiert?"

„Zunächst war er ungehalten, aber dann hat er meinen Vorschlag akzeptiert."

„Welchen Vorschlag?"

„Ich habe ihm vorgeschlagen, dass er einen Ehevertrag aufsetzt, so dass ich sicher sein kann, dass er mich heiratet, wenn er wiederkommt."

„Und das hat er gemacht?"

„Ja, wir haben einen notariellen Ehevertrag abgeschlossen."

„Und darin ist geregelt, dass Sie sich gegenseitig als Erben einsetzen?"

Sie blickte Fabio mit einem flackernden Blick an.

„Das wissen Sie auch?" Sie schien es kaum glauben zu können.

„Und der Professor hat sie am Freitag gebeten den Vertrag aufzulösen?"

„Ja."

„Und was haben Sie ihm gesagt?"

„Nein."

„Sie wollten den Vertrag nicht auflösen? Warum?"

„Weil er mich im Stich gelassen hat. Er hat mich angelogen. Er ist ins Ausland gegangen, und schon dort hat er mich betrogen. Er hatte nämlich immer irgendeine junge Studentin, die ihm gefiel. Kann schon sein, dass er mich wirklich geliebt hat. Aber ich hätte ihn dann wohl mit vielen teilen müssen. Als er zurückkam, war es dann schon nicht mehr so wie früher. Ich bin dann schließlich ausgezogen und über den Vertrag haben wir seither nicht mehr gesprochen. Aber jetzt wollte er anscheinend wirklich heiraten. Und da störte der alte Vertrag natürlich."

„Wieso störte er? Ich meine, hat er denn überhaupt Gültigkeit, wenn sie gar nicht verheiratet waren?"

Valentina schaute Fabio jetzt wieder sehr konzentriert an. Sie hatte fast ihre alte Souveränität wieder.

„Das ist das Tolle an diesen Verträgen. Man kann sie sogar vor der eigentlichen Ehe schließen und sie gelten so lange, bis beide übereinstimmend den Vertrag auflösen. Aus der Nummer wäre er mir nicht herausgekommen."

„Und welche Konsequenz hat jetzt der Tod des Professors für Sie?"

Sie straffte sich. Blickte Fabio direkt in die Augen.

„Nach dem Vertrag bin ich seine Erbin."

*

Francesca genoss es, bei diesem herrlichen Sonnenschein durch die leicht verschneite Landschaft zu fahren. Sie wählte den gemütlicheren Weg über die alte Landstraße, die durch die Dörfer führte. Die blattlosen Obstbaumgerippe entlang der Strecke waren allesamt leicht mit Schnee bedeckt und glitzerten in der Sonne. Auf dem Marktplatz von Terlan sah man einige Frauen beisammenstehen, ins Gespräch vertieft. Die Einkäufe in ihren Körben, deren Henkel in den Armbeugen hingen. Einige Buben zogen ihre Schlitten hinter sich her. Francesca fuhr langsam, beobachtete und formulierte dabei die Fragen, die sie an Bernhard Reiterers Eltern stellen wollte.

Der Meraner Stadtteil Obermais wirkte wie mit Staubzucker bestreut. Die alten Bäume, die vielen immergrünen Rhododendren und Nadelbäume versteckten sich unter der leichten Schneedecke. Als Francesca auf die alte Villa der Familie zuging, knirschte es unter ihren Stiefeln.

Francesca wurde ins Wohnzimmer gebeten. Die Stimmung konnte kaum trauriger sein. Der alte Apotheker saß unter einer dicken Decke in seinem Rollstuhl, seine Frau, ganz in Schwarz gekleidet, stand merkwürdig steif am Kamin und sah Francesca mit leeren Augen an.

„Ich muss Ihnen leider einige Fragen stellen. Auch wenn das für Sie nicht angenehm ist. Aber es hilft vielleicht den Mörder Ihres Sohnes zu fassen."

Der alte Apotheker nickte schwach: „Fragen Sie, bitte." Er machte eine schwache Bewegung mit der rechten Hand, die so etwas wie eine Einladung sich hinzusetzen bedeuten konnte. Francesca nahm Platz auf einem Sessel, von dem aus sie beide Elternteile gut sehen konnte.

„Wir sind erst am Anfang unserer Untersuchungen, aber es gibt einige Fragen zum Privatleben Ihres Sohnes."

Die Mutter reagierte unwillig. Sie bewegte sich zwar fast nicht, aber ihr Gesichtsausdruck zeigte deutlich ihren Widerwillen, sich hierzu zu äußern. Der Vater wirkte, als hätte er resigniert.

„Wir haben erfahren, dass Ihr Sohn wechselnde Frauenbekanntschaften hatte. Können Sie mir sagen, wer seine derzeitige Freundin war?"

Es war die Mutter, die antwortete.

„Ich wüsste nicht, was Sie das angeht. Und außerdem würde ich nicht alles glauben, was man so erzählt bekommt."

Der alte Apotheker schaute seine Frau von unten nach oben an, sagte aber nichts.

Francesca setzte erneut an.

„Die Apotheke, die Ihr Sohn betrieben hat, hat viel Personal und wenig Kunden. Trotzdem laufen die Geschäfte blendend. Seit ungefähr fünf Jahren kann sich Ihr Sohn eine sehr teure Immobilie und eine Sammlung hochwertiger Autos leisten. Wissen Sie, womit Ihr Sohn sein Geld verdiente?"

Aus der Brust des alten Apothekers drang ein leises Stöhnen. Aber auch jetzt reagierte die Mutter: „Auch das dürfte Sie kaum etwas angehen. Mein Sohn hat immer seine Steuern bezahlt. Das muss dem Staat reichen. Er war eben sehr erfolgreich. Das ist alles."

„Ich habe hier ein Foto, das Ihren Sohn in jungen Jahren mit zwei anderen Männern zeigt. Können Sie mir bitte sagen, wer das ist?"

Francesca zeigte den Eltern das Foto, das sie von Bernhard Reiterers Schreibtisch genommen hatte.

„Woher haben Sie das?" Die Mutter tat entrüstet. Der alte Apotheker blieb stumm.

„Ich habe das Foto auf dem Schreibtisch Ihres Sohnes gesehen. Es fiel mir auf, weil es nicht in die sonst so aufgeräumte Umgebung passte. Es muss ihm etwas bedeutet haben. Und jetzt frage ich, ob Sie wissen, wer die anderen Männer sind."

Der alte Apotheker ruckelte sich in seinem Rollstuhl zurecht: „Das sind Freunde aus der Studienzeit. Ist lange her."

„Kennen Sie die Namen?"

Der alte Apotheker zuckte die Schultern: „Der eine heißt, glaube ich, Klaus Stürmer und der andere Matthias Huber."

„Die drei tragen über ihrer Motorradkleidung Kutten, die sie als Mitglieder der ROTH's ausweisen. War Ihr Sohn Mitglied in diesem Motorradclub?"

Es war die Mutter, die jetzt sehr bestimmt sagte: „Das geht Sie, glaube ich, gar nichts an. Außerdem ist das ja wohl offensichtlich ein Jugendfoto."

„Aber in seiner Garage stehen drei große Motorräder, die auf ihre Tanks alle das Symbol der ROTH's lackiert haben. Ein grinsendes Teufelchen mit stilisiertem Dreizack."

Die Eltern schwiegen jetzt beide. Und es schien, als wollten sie das Gespräch hiermit beenden.

„Eine letzte Frage habe ich noch. Irgendwann in den vergangenen Wochen hat sich eine junge Frau nach Ihnen erkundigt." Francesca sprach direkt den alten Apotheker an, der daraufhin leicht unruhig wurde. „Klein, dunkelblond, eher unmodisch gekleidet. Hatte eine Art Parka an und eine alte Handtasche dabei."

Die Wirkung dieser Frage auf die beiden Alten war interessant. Der alte Apotheker rollte mit seinem Rollstuhl in das benachbarte Zimmer und verschwand damit aus Francescas Blickfeld. Seine Frau bekam hektische Flecken im Gesicht. Sie war nervös.

Sie blickte in die Richtung, in die ihr Mann entschwunden war. Dann trat sie einen Schritt auf Francesca zu und sprach sehr leise: „Das ist eine alte Geschichte, die immer noch an meinem Mann zehrt. Als er jung war, noch nicht als Apotheker zugelassen, da hat es einen ungeheuerlichen Verdacht gegen ihn gegeben. Er wurde verdächtigt einen Mann, den er gekannte hatte, umgebracht zu haben. Man glaubte, dass er ihm zunächst seine Augen verätzt und ihn dann erschlagen hätte. Ist natürlich alles Quatsch. Er war es nicht. Jedenfalls war die junge Dame tatsächlich hier. Vor ungefähr zwei Wochen und hat meinem Mann arg zugesetzt. Sie ist die Enkelin des damals Ermordeten und wollte jetzt alle alten Spuren noch einmal überprüfen. Das hat sie uns jedenfalls erzählt. Und da spaziert die hier so einfach rein und wühlt in den alten Wunden herum. Mein Mann ist sehr krank, wissen Sie. Und diese impertinente Person hatte es offensichtlich nur darauf abgesehen, Geld zu erpressen."

„Hat sie denn Geld gefordert?"

Die Ehefrau des Apothekers wandte sich mit dem Gesicht zum Kamin und damit Francesca den Rücken zu.

„Sie hat das nicht direkt gefordert. Aber was wird sie wohl sonst gewollt haben? So heruntergekommen, wie die aussah! Die ist hinter Geld her, was denn sonst." Die letzten Sätze sprudelten nur so aus der Frau heraus.

„Haben Sie den Namen dieser Frau?"

„Franziska Egger".

Als Francesca die Villa verlassen wollte, kam sie an einem Zimmer vorbei, dessen Türen offen standen. Sie hörte ein Zischen. Neugierig trat sie näher. Der alte Apotheker bedeutete ihr die Tür zu schließen.

„Wir haben nicht viel Zeit, also hören Sie gut zu. Mein Sohn war ein Taugenichts. Während des Studiums hat er sich mit genau diesen Typen herumgetrieben, die Sie auf dem Foto gesehen haben. Mein Sohn und der Stürmer und der Huber. Alle waren sie gleich. Alkohol, Drogen und Weiber, das war alles, was sie interessiert hat. Die Doktorarbeit hat sich mein Herr Sohn schreiben lassen, da bin ich mir absolut sicher. Und als er die Apotheke übernehmen musste, da ich den schweren Unfall hatte, da hat er sie binnen drei Jahren heruntergewirtschaftet. Alles verbraucht, was da war, kaum Geld eingenommen. Aber dann ist er zu Geld gekommen. Ganz schnell ging das. Ich bin sicher, dass er irgendetwas mit seinen alten Freunden aufgezogen hat. Was, weiß ich nicht, aber bestimmt nichts Gutes. Die haben schon früher mit allerlei Giften experimentiert. Wer weiß, was die verkauft haben, was dann so viel Geld abwirft. Da brauchen wir beide keine große Fantasie, um uns vorzustellen, was das war."

Francesca unterbrach ihn: „Sie meinen Drogen?"

„Drogen, Aufputschmittel, Halluzinogene, was weiß ich! Alles, was die Leute nehmen, um dieser Welt zu entfliehen. Alles, was illegal ist und deshalb teuer bezahlt wird."

Er schnaubte fast vor Wut: „Meine Frau wird ihren Sohn immer in Schutz nehmen. Von ihr werden Sie nie etwas hören, was gegen ihn spricht. Aber glauben Sie mir, der war immer nur auf das schnelle Geld aus."

Es schien, als wollte der alte Apotheker noch etwas sagen, aber als seine Frau plötzlich mit einem fragenden und sehr kritischen Gesichtsausdruck den Raum betrat, lehnte er sich nur in seinen Rollstuhl zurück.

„Auf Wiedersehen Frau Commissaria", sagte er. Damit war klar, dass für heute nichts mehr zu erfahren war.

*

Hagen Bös freute sich über Carlottas Vorschlag, nach Meran zu fahren. Er kannte die Stadt, weil er mit seiner Familie in der Nähe schon einmal Urlaub gemacht hatte. Bei einem Bauern oberhalb von Schloss Thurnstein. Ja, er erinnerte sich an das köstliche Zabaione-Halbgefrorene, das es dort gab. Und natürlich an den Eigenbrand, den er mit seinem Wirt, einem Apfelbauern, immer getrunken hatte.

Deshalb kannte er Meran, war aber schon viele Jahre nicht mehr dort gewesen. „Ob es das Cafè Darling noch gibt?", überlegte er. Wenn, dann werde ich mit Frau Carlotta da zuerst hingehen. Heute scheint die Sonne und die werden bestimmt einige Tische und Stühle draußen haben. Er erinnerte sich an das Cafè Darling als den Ort, ab dem in Meran die Zeit langsamer lief. Wenn man einmal die Romstraße an der Stelle überquert hatte, die die Passerpromenade von der Winterpromenade trennt, lief die Zeit langsamer. So hatte er es immer empfunden. Und der erste Platz, an dem man das beobachten und fühlen konnte, war das Cafè Darling. Die Winterpromenade war schon immer ein Ort der Ruhe, des Verweilens, des Flanierens. Hier war Zeit kein Thema. Hierher kam man, wenn man sich etwas Ruhe gönnen wollte. Kurgäste, Verliebte, Philosophen, Tagträumer, Menschen ohne konkretes Ziel, alle kamen sie hierhin. Und je nachdem, aus welcher Richtung man kam, war das Cafè Darling der Beginn oder das Ende des Weges.

Und dann dachte er fast liebevoll an die vielen Uhrengeschäfte in der Laubengasse. „Ich bin gespannt, welche meiner kleinen Lieblinge ich dort sehen werde".

Mit diesen Gedanken im Kopf betrat er Carlottas Büro. Die freute sich diebisch, dass sie ihrem Arbeitsalltag auch einmal entfliehen konnte. Sie hatte sicherheitshalber Fabio auf seinem Handy angerufen, um ihn zu fragen, ob das in Ordnung sei. Der schien erfreut, dass sie sich um den Gast aus Deutschland kümmern wollte. Sie hatte nur nicht verstanden, warum Fabio gefragt hatte: „Wie viele Uhrengeschäfte gibt es eigentlich in Meran?"

Sie nahmen Carlottas Auto und auf der Fahrt lobte Hagen Bös nochmals das „ausgezeichnete Teegebäck". Er erzählte offen und amüsant von seinem Aufenthalt in Meran vor vielen Jahren: „Damals war meine Tochter noch klein, da kamen wir die Berge nicht so schnell hoch. Nein, da war jedes Steinchen interessant, jeder Käfer! Aber der Wein, ja der Wein, der ist schon sehr gut hier. Damals gab es ja vor allem diesen Vernatsch. Ja, den gab es überall und der war so günstig! Na ja, das hat sich heute ganz schön geändert. Aber alles sehr ordentlich heute. Wirklich gute Weine."

Hagen Bös hätte wahrscheinlich in einer Tour weitergeredet, hätte Carlotta ihn nicht unterbrochen. „Kennen Sie eigentlich schon Schloss Trauttmansdorff und seine Gärten?"

Hagen Bös schüttelte den Kopf: „Nein, da war ich noch nicht. Darüber habe ich nur gelesen. Aber ein Garten im Winter? Ich meine, was kann man denn da jetzt sehen?"

Carlotta hatte den Gedanken gefasst, Hagen Bös das Touriseum zu zeigen und dann anschließend mit ihm im Restaurant der Gärten von Schloss Trauttmansdorff zu Mittag zu essen. Das kam zeitlich ganz gut hin. Anschließend wollte sie mit ihm durch Meran bummeln. Hagen Bös war mit dem Vorschlag einverstanden. Denn für ihn war klar, dass er nach dem Mittagessen an den Uhrengeschäften vorbeibummeln wollte.

*

Fabio stand noch immer in der Küche von Valentina Gufler und war von der Art und Weise, wie sie ihm eröffnet hatte, dass sie die Erbin des ermordeten Professors war, leicht erschüttert. Das kam so kalt, so herzlos rüber. So ganz anders, als er diese Frau eingeschätzt hatte. Sie wirkte den Menschen eher zugewandt und hatte eine angenehme Ausstrahlung. Aber irgendetwas war da in ihrer Stimme. Eine Verletzung. Etwas, was tief in ihr wühlte. Er wusste nicht so recht, wie er weiter vorgehen sollte. Der Tod des Professors machte sie also zu seiner Erbin. Geld ist immer ein Motiv. Gier nach Geld. Aber diese Frau Dr. Gufler? Hätte sie die Kraft gehabt, einen Mann mit einem Handkantenschlag zu töten? Und dann in ein leerstehendes Haus zu schleppen?
Im Küchenradio liefen jetzt die Nachrichten, dann kam die Wettervorhersage:

„Schnee und Sonnenschein erwartet Südtirol in den nächsten Tagen. Nachts gehen die Temperaturen auf kalte minus 10 Grad zurück. Dann wird in der Nacht wieder Schnee fallen und im Laufe des kommenden Morgens ziehen die Temperaturen dann wieder an. Wind wird es keinen geben und so können wir uns ab morgen auf eine sonnige Zeit in weißer Pracht freuen. Und jetzt folgt ein Aufruf der Polizei:
Die Polizei Bozen bittet die Bevölkerung um Mithilfe. Im ungeklärten Todesfall von Doktor Bernhard Reiterer, den Polizeikräfte am vergangenen Freitag aus der Passer geborgen haben, bittet die Polizei um Mitteilung, wer den bekannten Meraner Apotheker am Mittwochabend oder danach noch gesehen hat. Außerdem sind alle Beobachtungen von außergewöhnlichen Umständen am Verlauf der Passer interessant. Alle Hinweise nehmen die Polizei in Bozen und Ihr Radiosender Südtirol1 entgegen."

Die Psychologin wirkte wie versteinert. Sie blickte Fabio fassungslos an.

„Der Tote, den sie zuerst gefunden haben, war Bernhard?"

Fabio nickte.

„Haben Sie ihn gekannt?"

Da brach sie in Tränen aus. Eigentlich war es ein Weinkrampf. Sie hielt sich die Hände vor das Gesicht und weinte hemmungslos. Dann formte sie Fäuste und steckte sie in den Mund. Es schien, als bekomme sie keine Luft. Sie krümmte sich auf ihrem Stuhl und ihr Körper fing an zu zittern. Fabio wusste nicht, wie er helfen sollte. Er sprach beruhigend auf sie ein. Sie schien sich aber nur noch mehr in ihre Verzweiflung hineinzusteigern. Sie schrie laut auf, als er sie an der Schulter leicht berührte. Jetzt wirkte der Auftritt hysterisch. Wut, Angst, Verzweiflung, alles in einem. Aber große Sorge machte Fabio das Zucken des Körpers.

„Soll ich einen Arzt rufen?"

Keine Reaktion. Er drang nicht durch. Da griff er zum Telefon und rief die Ambulanz.

*

Der Notarzt gab ihr eine Spritze und wartete, bis die Wirkung des Mittels einsetzte.

„Nervenzusammenbruch. Commissario, was war denn los?"

„Sie hat kurz hintereinander vom Tod zweier Menschen erfahren, die sie anscheinend gut kannte."

„Die beiden Toten über die heute jeder spricht? Der Apotheker und der Mann aus der Zeitung?"

„Genau die."

„Das kann die Reaktion erklären. Ich habe ihr eine Beruhigungsspritze gegeben. Aber sie sollte jetzt nicht alleine sein. Wissen Sie, ob sie Angehörige hat?"

„Bedaure, nein, das weiß ich nicht."

„Dann werden wir sie zur Beobachtung ins Krankenhaus mitnehmen. Ihr Zustand ist labil. Sobald es ihr besser geht, kann sie wieder nach Hause. Das kann aber dauern."

Fabio nickte. Er wartete, bis sie Valentina auf einer Trage die Treppe hinuntergetragen hatten. Allein in der Wohnung, schaute er sich ein wenig um. Von dem großen Flur führte eine Tür rechts in die Küche, in der sich die dramatische Szene abgespielt hatte. Nicht nur der Flur war renovierungsbedürftig. Auch die Küche hatte es nötig. Ebenfalls rechts ging es vom Flur in ein zweites Zimmer. Das Schlafzimmer. Hier war offensichtlich schon gearbeitet worden, denn alle Wände waren frisch gestrichen, schicke Lampen installiert. Links, zur Straßenseite hinaus, gingen vom Flur ebenfalls zwei Zimmer ab, die durch einen großen Durchbruch miteinander verbunden waren. Hier war der Renovierungsstau am deutlichsten zu sehen. Die Tapeten hingen teils in Fetzen von den Wänden. Aber wie es aussah, wurde hier bereits gearbeitet. Zumindest deuteten die Farbeimer, die noch nicht benutzen Pinsel, der zusammengeklappte Tapeziertisch und diverse Spatel und Spachtel, Kellen und andere Werkzeuge darauf hin. Gegenüber vom Eingang führte je eine Tür in das Badezimmer und in die Toilette. Beide Räume befanden sich in einem schlechten Zustand. „Zuerst das Schlafzimmer, dann der Wohnbereich, dann der Rest. Das scheint die Reihenfolge zu sein", überlegte Fabio. Die Möbel waren spärlich, von der Art einfach und ansonsten in den noch nicht renovierten Zimmern auf engem Raum zusammengeschoben. Nur in der Küche standen alle Geräte an einem zweckmäßigen Platz, so dass man Herd, Kühlschrank und Spüle nutzen konnte. Irgendetwas Interessantes oder Auffälliges sah Fabio nicht. Also zog er die Eingangstür der Wohnung hinter sich zu.

*

Francesca stand vor der Villa und sah von schräg unten durch die hohen Fenster, wie die Frau des alten Apothekers auf ihren Mann einsprach. Sie blickte dabei nach unten, denn ihr Mann saß ja im Rollstuhl. Dabei ging sie offensichtlich auf und ab und es war der Gesichtsausdruck, der Francesca vermuten ließ, dass sie böse auf ihren Mann war. Wahrscheinlich stellte sie ihn zur Rede. „Was hast du noch mit der jungen Commissaria besprochen? Was hast du ihr erzählt?“ So was in der Richtung. Der Sohn, ihr Augapfel, sollte auch nach seinem Tod nicht geschädigt werden. Aber sie sollte doch ein Interesse daran haben, dass der Mord aufgeklärt wurde. Oder etwa nicht?

Auf der Fahrt zurück ins Büro gingen Francesca viele Gedanken durch den Kopf. Die Puzzleteile wollten noch nicht zusammenpassen. Sie brauchte neue Puzzlestücke. „Wenn das Labor die Datenträger ausgewertet hat, geht es vielleicht weiter“, dachte sie. „Oder wenn uns Beobachtungen gemeldet werden, die plötzlich ein weiteres Puzzlestück liefern. Sie rief vom Auto aus bei Carlotta an und wunderte sich, eine andere Stimme zu hören.“ „So, so, Carlotta betreut heute den deutschen Staatsanwalt.“ Sie wunderte sich etwas, denn das gehörte sicher nicht zu ihren Aufgaben. „Haben wir denn schon Anrufe wegen des Aufrufs auf Südtirol1?“

Die junge Vertretungskraft raschelte mit den Papieren, die vor ihr lagen. Sie hatte sich alles fein säuberlich notiert: „Da war ein Anruf, der einen dunklen Geländewagen gesehen haben will. Und zwar am Mittwochabend oder donnerstags ganz früh. Also so gegen Mitternacht. Der Wagen parkte mit eingeschalteten Lichtern auf der Brücke, die zur Jaufenstraße führt. Der Anrufer hat gemeint, dass man von dort aus ganz gut eine Leiche in die Passer stoßen könnte. Der Wagen ist ihm deshalb aufgefallen, weil das Licht ausgeschaltet wurde, als er im Lichtkegel auftauchte. Also muss einer drin gesessen haben. Aber als er am Auto vorbeigegangen ist, hat er niemanden gesehen."

„Und was hat unser Augenzeuge erzählt, warum er des Nachts unterwegs war?"

„Er war feiern und hatte wohl ordentlich getrunken. Ihn hat das Auto auch nicht weiter interessiert. Aber der Aufruf im Radio hat ihn darauf gebracht, dass es wichtig sein könnte."

„Wagentyp? Kennzeichen?"

„Negativ. Der konnte sich nur noch an einen dunklen Wagen erinnern. Entweder Geländewagen oder SUV. Breite Räder, hoher Aufbau."

„Danke. Ich komme gleich ins Büro. Ist Commissario Fameo schon da?"

„Er hat angerufen, dass er auf dem Weg sei. Kann nicht mehr lange dauern."

*

Fabio saß schon in ihrem gemeinsamen Büro, als Francesca den Wagen im Hof parkte. Er telefonierte mit einem Anrufer, der am Samstagabend einen Wagen in der Industriezone gesehen haben wollte, der langsam an der alten Aluminiumhütte vorbeigefahren war.

„Was genau haben sie denn beobachtet?"

Der Mann sprach etwas unbeholfen: „Ein großer Wagen war das. Fuhr ganz langsam. Komisch langsam. So wie bei einer Straße, wo die Mädchen stehen. Ist aber nix los da. Ganz dunkel war es."

„Sie meinen es war Nacht?"

„Ja, Nacht war es auch. Aber das Auto war dunkel. Schwarz oder so. Auch die Scheiben waren dunkel."

„Wissen Sie was das für ein Autotyp war?"

„Nein, weiß nicht. Es war ein großes Auto. Mit breiten Reifen, weißt du. Geeignet, um in den Wald zu fahren."

„Und der Wagen ist ganz langsam an der Aluminiumhütte vorbeigefahren?"

„Ja, ganz langsam. Und dann wieder vorbeigekommen."

„Also, der Wagen ist vorbeigefahren, dann hat er gewendet und ist noch mal vorbeigefahren?"

„Nee, der ist langsam vorbei. Dann war er weg. Und nach einer Zeit ist er wieder gekommen. Wieder ganz langsam. Und dann war er wieder weg."

„Und was haben Sie gemacht?"

„Ich bin gegangen."

„Was haben sie überhaupt dort gemacht?"

„Ich musste mal."

„Sie mussten mal?"

„Ich war in der Kneipe. Und der Fußweg nach Hause war lang."

„Und als Sie fertig waren, sind sie gegangen?"

„Ja, dann bin ich gegangen. Was sollte ich auch da. Ist keine gute Gegend."

„Und Sie haben den Wagen dann auch nicht mehr gesehen?"

„Nein."

„Der Fahrer. Könnte der sie gesehen haben?"

„Klar. Ich hab doch direkt vor dem Tor gestanden."

„Vor welchem Tor?"

„Vor dem Tor der Aluminiumhütte. Ich dachte zuerst, der will was von mir. Weil der so langsam fuhr."

„Darf ich fragen, wie lange Sie ... dort waren?"

Der andere lachte rau: „Ich weiß nicht genau. Aber als der Wagen dann noch mal vorbeigefahren ist, das fand ich komisch. Er war so langsam unterwegs und irgendwie ..."

„Was irgendwie?"

„Er hat mir Angst gemacht. Ich stand da alleine. Was, wenn das fiese Typen sind, dachte ich."

„Würden Sie den Wagen denn wiedererkennen?"

„Es war dunkel. Nein. Große dunkle Wagen gibt es viele. Einen wie den gibt es oft."
„Vielen Dank, ich schreibe mir noch Ihre Personalien auf, für alle Fälle."

Als Francesca das Büro betrat, schrieb Fabio gerade die Anschrift und bedankte sich bei seinem Anrufer.

„Wir haben eine erste Spur. Da will einer am Samstagabend vor der Aluminiumhütte einen großen dunklen Wagen gesehen haben, der ganz langsam an dem Haus vorbeigefahren ist, in dem wir am Sonntag die Leiche des Professors gefunden haben.

Und dann kann ich dir noch erzählen, dass unser Professor früher ein Verhältnis mit unserer Psychologin gehabt hat und er ihr sogar die Ehe versprochen hat. Nach seinem Tod ist sie wahrscheinlich die einzige Erbin, weil die beiden einen Ehevertrag gemacht haben. Und das Tollste ist, dass unsere Psychologin zusammengebrochen ist, als sie aus dem Radio die Nachricht hörte, wer unser erster Toter ist. Ich habe sie nicht mehr dazu befragen können, denn der Notarzt hat ihr ein Beruhigungsmittel gegeben. Sie ist jetzt zur Beobachtung im Bozner Krankenhaus. Aber sie kennt beide Männer, da bin ich mir sicher. Der Apotheker hatte ja viele Bekanntschaften. Vielleicht war sie auch eine davon? Aber die Nachricht von seinem Tod hat sie regelrecht umgehauen. Schwächeanfall, Zusammenbruch, Kollaps. Ist sie das Bindeglied zwischen den beiden Todesfällen? Ich kann mir aber nicht so recht vorstellen, dass sie etwas mit den Morden zu tun hat. Ich meine, was verbindet die beiden Ermordeten? Kannten sie einander? Wir wissen es noch nicht. Ist aber unwahrscheinlich. Ein Professor für Psychologie und ein Apotheker. Der eine wohnt in Meran, der andere? Wo wohnte der denn überhaupt?"

Francesca wusste es auswendig: „Die Anruferin sagte, dass er aus Trient sei. Also auch nicht so weit weg von hier."

„Mmh. Aber beide kannten unsere Psychologin. Und zumindest mit dem Professor hatte sie ein Verhältnis. Wahrscheinlich auch mit dem Apotheker. Und sie hat mir auch erklärt, dass der Täter mit den Verstümmlungen etwas zum Ausdruck bringen wollte. Er wollte etwas mitteilen. Vielleicht wollte er der Psychologin etwas mitteilen? Dem einen nimmt er die Zunge. Der kann nicht mehr reden. Dem anderen die Augen, der kann nicht mehr sehen. Wir müssen uns fragen, was das in Bezug auf die Psychologin bedeuten könnte. Wenn der eine nicht mehr mit ihr reden kann und der andere sie nicht mehr ansehen kann? Was bedeutet das?"

Francesca hatte interessiert zugehört: „Was wäre, wenn der eine nicht mehr mit anderen oder über andere reden sollte, er für immer schweigen muss. Und der andere niemanden mehr sehen kann. Ich meine, wenn wir die Verstümmlungen nicht mit Blick auf die Psychologin, sondern mit Blick auf das sehen, was sie mit den Opfern machen."

Fabio stöhnte: „So kommen wir nicht weiter, fürchte ich. Wir brauchen die Aussage der Psychologin. Aber vor Morgen wird das nicht klappen. Sie war fertig."

Er tippte mit seinen Fingern auf der Schreibtischplatte. Sein Blick verfing sich im hellen Lichtschein, der durch das Fenster fiel.

„Willst du wissen, was ich herausgefunden habe?"

Fabio nickte und drehte seien Kopf in Richtung Francesca.

„Unser junger Apotheker war ein Taugenichts. Das hat mir sein Vater erzählt. Die Mutter lässt nichts über ihn kommen. Der Vater meinte, dass er seinen Reichtum mit krummen Geschäften erzielt hat. Was genau das war, wusste er auch nicht. Mehr war nicht herauszubekommen. Aber da ist noch was. Eine junge Frau hat sich nach dem alten Apotheker erkundigt und ihn kürzlich aufgesucht. Das muss rund zwei Wochen vor der Ermordung des Sohnes passiert sein. So genau wussten sie das nicht mehr. Die junge Frau ist die Enkelin eines Mordopfers, dem zunächst die Augen verätzt worden waren. Dann ist ihm der Schädel eingeschlagen worden. Einziger Tatverdächtiger war der alte Apotheker. Seine damalige Freundin und jetzige Frau hat ihm aber ein wasserdichtes Alibi gegeben. Sie war damals schwanger. Mit genau dem Mann, den wir am Freitag aus der Passer gezogen haben. Ohne Augen. Und mit eingeschlagenem Kehlkopf. Ist auch irgendwie merkwürdig. Den Namen der jungen Frau habe ich. Sie wohnt im Eisacktal. Angeblich wollte sie nur mit dem alten Apotheker sprechen. Aber dessen Frau meinte, sie wollte Geld von Ihnen."

„Eine Menge Hinweise. Und jetzt? Wer macht was?"

„Ich frage im Labor, ob die Datenträger ausgewertet sind, die ich im Tresor gefunden habe. Vielleicht haben wir Glück und erfahren etwas über die Geschäfte des Doktor Reiterer. Ach ja, ich bin mir ziemlich sicher, dass er Mitglied bei den ROTH's war, vielleicht auch bis zuletzt. Kann ich noch nicht beweisen. Die Eltern haben dazu eisern geschwiegen. Aber die wissen natürlich, ein Apotheker und dieser Club, das passt nicht wirklich zusammen."

Fabio hatte sich lässig in seinen Bürostuhl gelehnt. Ihm gingen tausend Gedanken durch den Kopf.

„Wir sollten uns auch einmal diesen alten Fall ansehen. Wo der alte Apotheker in Verdacht geraten ist. Das sollten wir tun, bevor wir uns um die junge Dame kümmern, die sich als Enkelin des Mordopfers ausgegeben hat. Dann natürlich die Auswertung der Datenträger aus dem Tresor. Auf jeden Fall sollten wir das Büro von Doktor Reiterer gründlich durchsuchen. Und da wir jetzt auch wissen, wo der Professor wohnt, auch dessen persönliches Umfeld befragen. Aber für mich ist die interessanteste Spur die Psychologin. Sobald sie vernehmungsfähig ist, bekommen wir vielleicht den entscheidenden Hinweis. Diese Reaktion! Das hättest du sehen sollen. Sie war zwar erschüttert, als ich ihr vom Tod des Professors erzählt habe. Aber als dann kurz danach die Radiomeldung kam und sie begriff, wer der zweite Tote war, ist sie derart schnell zusammengebrochen. Das muss etwas zu bedeuten haben. Da ist etwas. Etwas, was mit ihr zu tun hat. Das war nicht bloß Trauer um zwei Verflossene. Das war etwas anderes. Aber was?“

Francesca zuckte die Schultern: „Dann gehe ich jetzt mal ins Labor und dann ins Archiv, die Akte von diesem alten Fall suchen. Vielleicht kann mir Carlotta helfen.“

„Die ist mit unserem deutschen Gast unterwegs.“ Fabio grinste etwas.

Francesca nickte. „Habe ich auch schon gehört. Ist sie noch nicht zurück?“

„Sieht so aus. Bin jedenfalls froh, dass sie die Gästebetreuung übernommen hat. Eigentlich sind wir fertig mit unserer Besprechung. Jedenfalls kann ich derzeit nicht erkennen, was ich noch für Hagen tun könnte.“

„Hagen?“

„Er heißt Hagen Bös. Er hat mir und Tommaso das „Du“ angeboten.“

„Germanischer Name.“

„Was?“

„Hagen, meine ich. Germanischer Name. Hagen von Tronje. Berühmter Name aus einer alten germanischen Heldensage. Nibelungenlied.“

„Du kennst dich aus damit?“

Francesca hob leicht ihre Schulten: „Auskennen ist zu viel gesagt. Aber ich habe als Kind gerne Sagen gelesen. Auch die deutschen Heldensagen. Hagen von Tronje war ein Kämpfer, treu und heldenhaft. Aber auch verschlagen. Eine düstere Gestalt. Einäugig übrigens.“

„Aber unser Hagen ist nicht düster. Der ist …“, Fabio musste lächeln, „der ist ein wenig skurril, aber liebenswert.“

„Scheint mir ein lustiger Vogel zu sein.“

„Also, so lustig finde ich ihn nicht. Der ist, glaube ich knallhart. Der weiß, was er will. Aber er scheint ein toller Kumpel zu sein.

Der hat Tommaso sofort für sich gewonnen. Mit seiner Art kommt Hagen überall gut an. Auch unser Staatsanwalt, Dottore Infedele, scheint ihn sehr zu mögen. Die beiden kennen sich von ihrer Tätigkeit bei Europol."

Fabio war während des Gesprächs im Raum umhergegangen. Er blickte aus dem Fenster auf den Innenhof der Questura, auf dem fein aufgereiht die Polizeifahrzeuge parkten.

„Wenn man vom Teufel spricht."

„Welchem Teufel?"

„Hagen! Da kommt er mit Carlotta. Sie sind gerade aus Carlottas Auto ausgestiegen. Wie es scheint, ist die Gästebetreuung zu Ende. Fabio schaute auf die Uhr. Halb drei.

Da klingelte Fabios Handy. Tommaso fragte, ob er heute nicht die Probefahrt machen wollte. Dann würde es Zeit. Fabio schaute Francesca an: „Kannst du heute alles Weitere übernehmen?" Francesca nickte.

„Gut, ich komme gleich bei dir vorbei. Dann fahren wir."

Francesca stellte keine Fragen. Fabio war ihr Chef. Aber er erklärte es ihr kurz: „Ich habe ein neues Auto." Seine Augen leuchteten ein wenig. So kam es Francesca jedenfalls vor. „Also, ich habe es noch nicht, aber so gut wie. Heute kann ich eine Probefahrt machen. Wenn irgendetwas ist, kannst du mich jederzeit auf dem Handy anrufen."

„Ich komme heute auch ohne dich zurecht. Viel Spaß!"

Fabio wollte gerade das Zimmer verlassen, als die Tür aufging und Carlotta und Hagen eintraten. Hagen sah Francesca und ging auf sie zu: „Oh, eine junge Dame! Wenn ich mich nicht täusche, dann müssen Sie die junge Commissaria sein, von der mir Carlotta erzählt hat. Ich freue mich, Sie kennenzulernen."

Seine Stimme war recht laut und durchdringend. Aber angenehm. Er war groß. Trug eine Glatze mit Haarkranz. Dunkle Augen dominierten das Gesicht und auch das ausgeprägte Kinn.

Hagen hatte Francesca inzwischen die Hand geschüttelt. Jetzt wandte er sich Fabio zu: „Mein Lieber! Da hat mir die charmante Carlotta einen schönen Tag bereitet. Wir waren gut essen, in den Gärten von Schloss Trauttmansdorff. Das war sehr ordentlich! Und dann hat mir Carlotta die Freude gemacht, mit mir alle Uhrengeschäfte in Meran abzuklappern."

Fabio sah aus den Augenwinkeln, wie Carlotta leicht die Augen verdrehte. Wie es schien, war das Vergnügen mehr auf Hagens Seite gewesen. Aber er schien zufrieden.

„Bist du beim Aufbrechen?" Hagen hatte bemerkt, dass Fabio seinen Mantel schon anhatte und offenbar zum Gehen bereit war.

„Ja, ich habe noch einen Termin."

Fabio überlegte, ob er Hagen einweihen sollte. Wie es schien, war er noch unternehmungslustig.

„Ich mache jetzt eine Probefahrt mit meinem neuen Wagen."

Hagen schien entzückt, denn seine Augen funkelten und er machte ein Gesicht, als würde er einen neuen Wein probieren.

„Das ist ja ganz hervorragend! Ein neuer Wagen! Was würde denn zu dir passen?" Er legte sein Gesicht in Denkerfalten: „Etwas Flottes würde ich sagen. Ja, etwas Flottes. Zweisitzer." Er beobachtete Fabios Gesicht und konnte ablesen, dass er richtig lag.

„Du bist aber kein Raser. Also einen flotten Zweisitzer, der nicht dadurch besticht, dass er mehr Motor als Blech bietet. Mmh. Was gibt es da denn?"

Er schien Spaß an diesem Ratespiel zu haben. Aber Fabio lief die Zeit davon. Er wollte seine Probefahrt noch bei Tageslicht machen. Deshalb drängte er zum Aufbruch.

„Du kannst ja mitkommen, wenn du willst. Dann kannst du dich an Ort und Stelle von meiner Wahl überzeugen."

Hagens Augen blitzten.

„Aber gerne meine Lieber. Sehr gerne!", jubelte er, drehte sich auf dem Absatz um, gab Carlotta die Hand, ging zu Francesca und sagte: „Schade, dass wir keine Zeit hatten, uns kennenzulernen. Aber ich will doch hoffen, dass wir das nachholen können."

Als sich die Tür hinter Hagen und Fabio schloss, ließ Carlotta deutlich hörbar Luft ab.

„War es so schlimm?"

„Anstrengend war es. Ich dachte, dass ich mir einen netten Tag mache. Aber Hagen hat vielleicht eine Kondition, wenn es um Uhren geht! Das kannst du dir gar nicht vorstellen. Der hat jeden Uhrenhändler bewusstlos gequatscht. Der kennt sich vielleicht aus! Mir schwirrt jetzt noch der Kopf. Der kennt sich mit dem Innenleben einer Uhr so gut aus, wie ich mich mit dem Inhalt meines Kleiderschranks."

„Und wie ist er sonst so?"

„Nett. Sehr nett. Aber verheiratet. Und eine Tochter hat er auch. Die besten sind immer vergeben."

*

Tommasos Freund wusste nicht, wie ihm geschah. Kaum, dass er dem fremden Mann die Hand gegeben hatte, griff der zu seinem linken Handgelenk, nahm es in Augenhöhe, streifte das Hemd leicht zurück und rief dann entzückt aus: „Ich habe es doch gleich gesehen! Eine Elysee! Edition Graf Berghe von Trips! Ha! Die wird in Düsseldorf vertrieben. Kenne ich. Sportives Modell! Sonderserie. Eine Hommage an die Rennfahrerlegende Graf Berghe von Trips. Sehr ordentlich!"

Als Hagen Bös das Armgelenk wieder losließ, konnte Fabio zwei sehr erstaunte Gesichter beobachten. Tommaso und sein Freund kannten Hagens Vorliebe für Uhren noch nicht. Und jetzt – als Opfer und als Beobachter der skurrilen Szene – wussten sie nicht, wie sie damit umgehen sollten. Fabio sagte daher: „Hagen kennt da nichts. Wenn er eine Uhr sieht, dann muss er sie begutachten. Ist mir genauso ergangen."

Das Gesicht von Tommasos Freund hellte sich wieder auf.

„Die Uhr habe ich bei der letzten Rallye bekommen, die ich mit dem Wagen gemacht habe. Das war eine Fahrt von Prag nach St. Wolfgang. Fünf Tage durch drei Länder. Im Winter." Der Mann lachte. „Das war ganz schön hart. Minustemperaturen, glatte Straßen … Aber“, er blickte Fabio munter an, „mit dem Wagen kommen Sie überallhin! Der ist unglaublich robust. Das werden Sie schon noch merken. Ein echtes Arbeitstier. Dabei wendig, und am Berg fährt er allen anderen davon.“

Er klopfte Fabio auf die Schulter und sie gingen zu dem kleinen roten Sportwagen. Fabio durfte auf der Fahrerseite Platz nehmen. Sein Beifahrer wandte sich an Tommaso: „Wir fahren jetzt den Gampen rauf und die Mendel wieder runter. Hier zu warten hat keinen Sinn. Wir kommen dann zu dir. Ist das in Ordnung?“ Tommaso nickte: „Fabio, jetzt lass dir mal erklären, wie man das Geschoss fährt. Und morgen kannst du mich dann abholen!“ Er grinste. Fabio grinste zurück, hatte die Hände aber schon am Lenkrad. Fühlte sich irgendwie toll an.

*

Hagen Bös brauchte nicht lange, um eine ganze Gesellschaft zu unterhalten. Tommaso war mit ihm nach Hause gefahren und hatte ihn zum Essen eingeladen. Sie verstanden sich auf Anhieb. Tommasos ruhige und Hagens lebhafte Art wirkten aufeinander wie Puzzlestücke, die ineinander gefügt werden konnten. Dabei war Hagen durchaus kein oberflächlicher Mensch. Er konnte seinen Tiefsinn allerdings vortrefflich hinter seiner etwas gewöhnungsbedürftigen Art verbergen. Dabei setze er seine melodische Stimme, seine besondere Ausdrucksweise, seine Wortwahl, die Betonung des Satzendes und seine unerwarteten Aktionen so ein, als seien sie selbstverständlich. Er fiel deshalb aus dem Erwartungsmuster heraus, erregte Aufmerksamkeit und weckte Neugier. Als er auf Anna traf, konnte Tommaso das erneut feststellen. Fast schon überschwänglich begrüßte er Tommasos Frau, die zunächst auf Distanz ging. Aber binnen zehn Minuten lachte sie aus vollem Herzen über Hagens Witz. Das war es, was ihn auszeichnete.

Anna musste Tommaso nicht überreden, etwas Gutes zu kochen. Sie schlug auch gleich vor, Elisabeth einzuladen. Man beschloss, den Autokauf gebührend zu feiern. Als Fabio mit dem alten Rallyefahrer eine Stunde nach Eintritt der Dunkelheit bei Tommaso eintraf, waren alle am Tisch versammelt und hatten Spaß. Hagen hatte Anna gleich zu Beginn das freundschaftliche „Du“ angeboten. Dann war er ihr in die Küche gefolgt und hatte ihr angeboten beim Kochen zu helfen.

„Ich kann zwar nicht kochen, aber irgendetwas klein schneiden oder hobeln oder schnitzeln, das kann ich!“, hatte er ausgerufen und sich eine Schürze umgebunden. Anna musste nicht überlegen, was sie auftischen wollte. Sie hatte noch Reste von einem Kalbsbraten, den ließ sie von Hagen schnetzeln. Außerdem musste er unter Tränen Zwiebeln schälen und in feine Würfel schneiden. Währenddessen hatte Anna Kartoffeln gekocht. Hagen musste dann die Fleischstreifen zusammen mit den Zwiebeln anbraten.

„Ich brauche Kochwein!“, rief er aus.

„Aber in das Gericht kommt kein Wein.“

„Den Kochwein brauche ich auch für mich!“, rief er aus – Betonung auf „mich“.

Jedenfalls tranken die zwei dann während des Kochens eine Flasche aus Tommasos Rotweinbeständen. Hagen stellte sich nicht ungeschickt an und tat, was Anna ihm auftrug, nachdem er seinen „Kochwein“ bekommen hatte. Er wurde zunehmend fröhlicher und steckte alle damit an.

„Was soll ich mit dem Lorbeerblatt?“, rief er.

„Kommt zum Schluss dazu. Jetzt schneide die Kartoffeln in Scheiben, mische sie mit den Fleischstreifen, gib von der Sauce dazu, die ich dir hingestellt habe, und dann, Hagen, dann kommt das Lorbeerblatt dazu. Das Ganze aufkochen lassen und danach vom Feuer nehmen.“

„Und wie heißen die Bratkartoffeln dann?“, rief er aus der Küche. Anna deckte den Tisch. Sie rief zurück: „Herrengröstl!“

„Herrengröstl“, sinnierte Hagen.

Und als Fabio zur Tür hereinkam, rief er ihm laut dröhnend entgegen: „Fabio, es gibt Herrengröstl!“

*

Der Abend war lang und lustig. Hagen lernte dabei auch Fabios Elisabeth kennen, die zu Ihnen gestoßen war, nachdem sie ihre Apotheke zugeschlossen hatte. Hagen schien sehr angetan von ihr, denn er sorgte dafür, dass er ihr gegenüber Platz nehmen konnte. Nach mehreren Flaschen Wein, spannenden Erzählungen des alten Rallyefahrers und nach Fabios euphorischem Bericht über seine Probefahrt gab es niemanden im Raum, der Zweifel daran hatte, dass dieser Lancia Fulvia und dieser Fabio Fameo zusammengehörten. Als irgendwann in der Nacht Hagen feststellte, dass er jetzt aber ins Hotel wollte, war niemand mehr nüchtern. Aber der Tisner Shuttle war so nett und brachte den späten Gast nach Bozen. „Toll, die haben hier sogar Taxis", sagte Hagen mit leicht angeheiterter Modulation in der Stimme. Er wirkte dabei allerdings so, als könne er den Shuttlebus noch selber fahren. „Erstaunlich!", dachte Fabio. „Ich bin froh, wenn ich gleich noch den Weg zur Apotheke finde."

*

„Was bist du denn so gut gelaunt?"

Francesca wunderte sich über den pfeifend eintretenden Fabio. Sie war wie immer vor ihm im Büro. Sie hatte alle seine „Morgengesichter" kennengelernt in den acht Monaten, in denen sie hier arbeitete. Aber so gut gelaunt, so munter und so frisch hatte sie ihn noch nie erlebt. Aber Sie kombinierte schnell: Gestern Probefahrt, heute mit dem eigenen Auto da!

„Kann ich den Wagen vom Fenster aus sehen?"

Während sie das sagte, stand sie schon davor.

„Der rote? Ist es der rote?" Sie wippte aufgeregt auf ihren Fußsohlen hin und her. Fabio war zu ihr getreten und sah über ihre Schulter auf den Innenhof der Questura.

„Ist er nicht toll?!"

„Sieht schick aus." Und mit einem kecken Augenaufschlag schräg über die Schulter: „Und wann nimmst du mich mal mit?"

„Mach ich, mach ich. Aber zuerst die Arbeit. Gibt es etwas Neues?“

„Das kann man wohl sagen.“

Francesca ging zu ihrem Schreibtisch und griff nach einer Akte.

„Hier drin findest du alles, was auf den Datenspeichern war, die ich im Tresor gefunden habe. Und wenn ich unseren Chemiker richtig verstanden habe, sind das Rezepturen für alle möglichen Mittel.“

Fabio schaute fragend.

„Unser Chemiker sagte bewusst Mittel, denn Arzneien wollte er sie nicht nennen. Das sind Wundermittel gegen alles, was hässlich oder impotent macht, und Wundermittel für alles, was schön und begehrenswert oder leistungsfähig macht. Allerdings ist das nur eine erste Einschätzung.“

Francesca nahm eine zweite Akte von ihrem Schreibtisch und blätterte sie auf.

„Das hier ist viel interessanter. Hier hat unser Doktor Bernhard Reiterer fein säuberlich alle seine Geschäftskontakte aufgeschrieben. Der war ein richtiger Buchhalter. Hätte ich nicht gedacht, dass der uns die Sache so einfach macht. Ich habe gestern nicht alles durchsehen können. Dafür war es einfach zu viel Material. Aber ich habe Teile seiner Korrespondenz ausgewertet. Da kommen immer wieder dieselben zwei männlichen Namen vor. Und da ist mir das Bild eingefallen, das ich von seinem Schreibtisch habe. Das mit den beiden anderen Motorradfahrern. Ich habe das Bild aus dem Rahmen genommen und auf der Rückseite hat er tatsächlich notiert: „Mit Klaus und Matthias auf der Sellarunde, 15.8. 1985. Und das sind genau die Vornamen, die dauernd in seinen Unterlagen auftauchen.“

Francesca schaute Fabio an. Der hatte ihr interessiert zugehört.

„Was für Geschäfte macht er denn mit seinen alten Freunden?“

„Soweit ich das verstanden habe, sitzt der eine in Kolumbien und hat dort Textilfabriken. Wo der andere sitzt, habe ich noch nicht herausgefunden. Aber der in Kolumbien ist für die Produktion von all dem Zeug zuständig. Und der andere für den Vertrieb. Irgendwie nutzen die die Vertriebsstruktur für die Klamotten zum Versand der Wundermittel. Hier", Francesca zeigte mit dem Finger auf eine Stelle der Akte, „hier schreibt unser Apotheker an den Textilfabrikanten: ‚Nimm die Ware huckepack, wie immer. Die Jungs übernehmen dann in Deutschland. Lieferung ab Düsseldorf über gewohnte Verteiler.' Aus dem Zusammenhang meine ich entnehmen zu können, dass die Pillen und das ganze Zeug zusammen mit den Textilien auf die Reise geschickt werden. Aber was soll das?"

Fabio pfiff durch die Zähne und es war ein ganz anderes Pfeifen als bei seinem Eintritt. Er nahm im Besuchersessel Platz, schlug die Beine übereinander und wippte mit der Fußspitze.

„Francesca, das glaubst du jetzt nicht. Wenn du auch nur annähernd recht hast, dann ist das vielleicht ein ganz großes Ding. Und dann wird sich dafür unser Staatsanwalt Infedele und auch Hagen Bös interessieren. Ich habe dir ja von unseren Gesprächen am Montag kurz berichtet und angedeutet, dass die nach genau so einem Fall suchen. Bös hat die Theorie, dass sich die international organisierte Plagiatsszene nach neuen Vertriebswegen umsieht. Und er bearbeitet einen Fall in Düsseldorf, wo unter geschmuggelten plagiierten Textilien Medikamente versteckt waren. Und mein Karton, den die Carabinieri in der Industriezone gefunden haben, schien ihm ein Hinweis auf eine italienische Verstrickung. Und jetzt das! Wenn unser toter Doktor eine zentrale Rolle in diesem Spiel einnimmt, dann ist der Kreis derer, die ihm nach dem Leben trachteten, vielleicht doch größer, als wir dachten."

Fabio trommelte mit seinen Fingern auf der Armlehne.

„Wie lange wirst du brauchen, bis wir mehr wissen?"

„Die Auswertungen laufen noch. Aber allein dieses Dossier ist schon recht informativ. Was hast du vor?"

„Ich überlege, ob es Sinn macht, die Büros unseres toten Doktors zu durchsuchen. Und vielleicht kann unser zweiter Toter in Zusammenhang mit unserem ersten Toten gebracht werden; möglicherweise über die Pillen. Professor der Psychologie. Passt nicht zusammen. Aber wenn er auch Psychiater war, dann kennt er sich auch mit Medikamenten aus. Das sollten wir überprüfen. Vielleicht besteht doch eine Verbindung. Dann machen die Verstümmlungen auch Sinn. Eine Botschaft an das Netz. Verräter werden verstümmelt."

Fabio stand auf, ging zum Fenster und sah hinaus. Die Sonne hatte den Dunst aufgelöst, der heute Morgen über den Tälern gelegen hatte. Der blaue Himmel leuchtete und sein rotes Auto machte sich gut zwischen all den blau-weißen Polizeiautos.

„Wir sollten Dottore Infedele informieren. Das kannst du übernehmen. Der soll sich die Unterlagen ansehen. Dann entscheiden wir, ob wir Hagen Bös einweihen. Kann gut sein, dass die Sache auch ihn angeht. Du hast ja vorgelesen, dass Düsseldorf ein Umschlagplatz in diesem System ist. Düsseldorf ist Hagens Revier. Du fährst am besten jetzt in die Apotheke und nimmst dir ordentlich Leute mit. Stellt alles auf den Kopf. Da ist bestimmt noch mehr."

Fabio überlegte.

„Was meinst du. Stecken die Eltern mit ihrem Sohn unter einer Decke?"

„Ich weiß es nicht. Scheint aber nicht so. Der Vater hat mir ja sozusagen einen Hinweis gegeben. Das hätte er nicht getan, wenn er mit drinstecken würde. Und der Mutter traue ich das nicht zu."

„Mmh. Also lassen wir die erst mal in Ruhe. Aber das Haus, das solltet ihr auch durchsuchen."

Fabio drehte sich vom Fenster in den Raum: „Die drei auf dem Foto, die hatten doch Kutten von den ROTH's an?"

„Ja, und in der Garage von Doktor Reiterer parken drei dicke Motorräder mit dem Emblem der ROTH's und alle sind mattschwarz lackiert."

„Wir haben einen mattschwarz lackierten Bus beobachtet, der einer Frau gehört, die ein Haus an die ROTH's vermietet hat. Kennst du bestimmt. Nähe Brennerausfahrt Bozen Nord."

Francesca nickte. Sie kannte das Clubhaus der ROTH's in Bozen. Dort war bisher nichts Auffälliges passiert. Der Club gehörte zwar zu dieser Motorradgang, der man Verbindungen zu Drogenhandel und Prostitution nachsagte. Aber der Club in Bozen war bisher nicht unangenehm aufgefallen. Soviel Francesca wusste, gab es die hiesige Niederlassung des Clubs auch erst seit einem knappen Jahr.

„Und Hagen Bös hat in Düsseldorf ähnliche Beobachtungen gemacht. Er glaubt, dass es eine Art Eintreiber gibt, die an den Umschlagplätzen dafür sorgen, dass die Waren wie geplant weitergereicht werden. So eine Art Schutztruppe. Und alle hatten mattschwarz lackierte Fahrzeuge. Passt alles zusammen."

„Dann mache ich mich mal an die Arbeit. Und was machst du?"

„Ich weiß noch nicht. Ich glaube, ich werde noch einmal bei der Psychologin vorbeifahren. Vielleicht ist sie wieder zu Hause. Ich muss wissen, warum sie gestern so extrem reagiert hat."

*

Fabio beschloss zu Fuß zur Wohnung der Psychologin zu gehen. Es war tolles Wetter draußen. Kein Vergleich mit dem vergangenen Wochenende. Die Luft hatte wieder etwas Geschmack und die Sonne tat einfach gut. Außerdem konnte er auf dem Weg bei Frederico noch einen Café nehmen.

Der Blick ging durch Fredericos große Fenster auf die Straße, aber in Gedanken sortierte Fabio die gewonnenen Erkenntnisse.

„Es ist alles so kompakt. Mattschwarze Autos, ROTH's, gefälschte Textilien, Wundermittel, zwei Tote. Und eine Psychologin, die beide Opfer kannte. Wer sind die beiden Freunde von Doktor Reiterer? Der Textilhändler und der Produzent? Studienfreunde? Mitglieder bei den ROTH's? Geschäftspartner oder echte Freunde? Gibt es ein Kartell? Bei solchen Strukturen ist vieles denkbar. Das dunkle Auto in der Industriezone – war es mattschwarz lackiert? Haben die ‚Mattschwarzen' den Professor umgebracht? Aber warum? Und der Doktor? War er nicht einer von ihnen?"

Er zahlte seinen Kaffee und grüßte Frederico beim Rausgehen. Die Luft war jetzt deutlich wärmer als heute morgen. Die Sonne hatte schon wieder Kraft. Fabio musste seine Sonnenbrille herausholen. Er schlenderte die Dantestraße entlang und genoss es. Das Museion spiegelte die Sonnenstrahlen wider, die ungehindert durch das Geäst der noch laubfreien Bäume dringen konnten. Er ging am Cafè Londra vorbei in den Innenhof der großzügigen Wohnanlage. Als er klingeln wollte, wurde die Tür von jemandem geöffnet, der das Haus verließ. So gelangte er in das Haus, ging die Treppen zur ersten Etage hoch und läutete dort. Es passierte nichts. Ihm war, als sei jemand hinter der Tür. Für einen Moment glaubte er, eine winzige Bewegung hinter dem Türspion gesehen zu haben. Da aber im selben Moment das Flurlicht ausging, konnte es auch eine Täuschung gewesen sein. Er klopfte: „Frau Gufler? Wenn Sie da sind, machen Sie doch bitte auf. Ich habe noch Fragen an Sie, wegen gestern." Nichts. Fabio lugte nun vom Flur aus durch den Türspion, konnte aber nichts erkennen. Dann ging er. Als die Haustür unten hinter ihm ins Schloss fiel, öffnete sich oben leise die Tür zur Wohnung.

*

Fabio überlegte kurz, ob er ins Krankenhaus fahren sollte. Dann verwarf er den Gedanken. Wenn Sie noch dort sein sollte, dann würde das seinen Grund haben.

„Dann sollte ich sie jetzt nicht stören."

Er bummelte auf die andere Straßenseite und betrachtete das Museion. Glas, Glas und nochmals Glas. „Interessante Architektur. Die Moderne angekommen im traditionellen Südtirol. Das Museion als Hülle für wechselnde Botschaften. Deshalb Glas, Glas und noch mal Glas. Man sollte es sehen. Sehen, was andere denken, was andere geschaffen haben. Kein Zeichen. Ein Angebot. Immer wieder neu", sinnierte Fabio.

Fabio wandte sich ab und überlegte, was er jetzt machen sollte. Er bummelte Richtung Questura. Auf der Dantestraße folgte ihm in sicherem Abstand ein dunkler Wagen.

*

Fabio drehte sich um, als er das blaue Tor zur Questura durchschritt. Er hatte ein ungutes Gefühl im Magen. Etwas saß in seinem Nacken. Aber er konnte nichts Auffallendes erkennen. Ein großer schwarzer Wagen bog soeben in die Marconistraße ab. Er hatte getönte Scheiben.

„Jetzt sehe ich schon überall schwarze Autos und überall ROTH's", dachte er und schüttelte den Gedanken gleich wieder ab. Im Innenhof der Questura parkte er, der Lancia Fulvia. Gut sah er aus. Der Wagen lag tief auf dem Boden. Tiefer als die Polizeiautos. Seine sanften Augen blickten keck umher, der Chromring blendete. Fabio fühlte die Schlüssel in seiner Manteltasche. „Egal. Francesca kommt allein zurecht. Aber wohin?"

Der alte Rallyefahrer hatte ihm gestern gezeigt, wie man mit seinem neuen Wagen in die Kurven fuhr. Das Auto war ein echtes Kurvenwunder. Unglaublich leicht zu lenken und spurtreu. Dabei hatte der Wagen einen ordentlichen Biss, wenn es bergauf ging. Der leichte Wagen nahm die Steigungen mit einer grandiosen Geschwindigkeit. Da, wo andere Autos ihr Gewicht mit viel Kraft wuchten mussten, schien es, dass seines leichtfüßig vorankam. Außerdem hatte ihm der alte Rallyefahrer gezeigt, wie robust das Auto war. Sie waren über holprige Waldwege gefahren. Fabio wusste jetzt, wo die Belastungsgrenze seiner Wirbelsäule war. Die Belastungsgrenze des kleinen Autos schien aber weit jenseits davon zu sein. Der Wagen war unglaublich robust gebaut. Der konnte einiges wegstecken, mehr als eine menschliche Wirbelsäule vertrug.

„Sarntal. Da ist es kurvig. Ich fahre ins Sarntal. Mal sehen, wie weit ich komme. Das Penser Joch wird wohl gesperrt sein. Ich fahre einfach, so weit es geht."

Als Fabio die Talferschlucht erreichte und die leicht verschneiten Porphyrwände am Eingang zum Sarntal sah, hüpfte sein Herz vor Freude. Die Straße war geräumt, die Sonne schien und um diese Zeit war taleinwärts wenig Verkehr. Der Spaß konnte beginnen. Er wusste, dass jetzt eine kurvenreiche Strecke mit 19 kleinen und größeren Tunnels vor ihm lag und er gab Gas. Der Lancia Fulvia schien sich zu freuen. Der Drehzahlmesser hüpfte durch alle Drehzahlbereiche, der Motor röhrte laut und Fabio konzentrierte sich auf das ständige Wechseln der Gänge, versuchte ein Gefühl dafür zu bekommen, wann er auf dem Gas bleiben und wann er den Wagen laufen lassen konnte. Das Holzlenkrad fühlte sich gut an. Die Gurte saßen stramm am Körper. Fabio fühlte sich ein bisschen wie ein Formel-1-Pilot.

„Ist doch Quatsch", sagte er zu sich selber. Aber Adrenalin floss und die Füße tanzten auf Kupplung, Gas und Bremse. Bei Kurve vier sah er im Rückspiegel, wie sich eine große dunkle Schnauze schnell näherte. Bevor er erkennen konnte, um was für einen Fahrzeugtyp es sich handelte, schaltete der Fahrer das Fernlicht ein und blendete ihn damit. Die Schnauze kam unaufhaltsam und sehr schnell näher. Da fuhr Fabio in den nächsten Tunnel. Das Licht hinter ihm kam näher und näher.

„So ein Idiot!“, schimpfte er. „Der will mich doch nicht etwa im Tunnel überholen?!“

Der Tunnel war zu Ende, der nächste schon in Sichtweite, da rempelte die fremde Schnauze Fabios Heck. Dieser registrierte sofort, was los war:

„Der will dich in die Schlucht schubsen!“

Er gab Gas. Die Fulvia drehte in den roten Bereich und ging ab wie eine Rakete. Sofort war der Abstand wieder größer. Die Schnauze nahm die Verfolgung auf. Sein roter Flitzer jagte durch den Tunnel. Fabio hatte Mühe, das Lenkrad zu beherrschen. Seine Finger wurden feucht und verloren den Halt am Holzlenkrad. Er musste fester zugreifen. Sein Puls raste. Seine Gedanken rasten.

„Wie komme ich hier raus? Es kommen noch viele Tunnels. Es gibt keine Alternative, keinen Ausweg. Rechts geht es tief bergab in die Talferschlucht. Wenn er dich rammt, dann stürzt du ab. Oder er drückt dich an die Tunnelwand. Er darf mich nicht überholen. Ich muss ihm davonfahren. Ich brauche eine Kurve und dahinter eine Abzweigung. Wenn es mir gelingt, da hineinzufahren, bevor er hinter der Kurve hervorkommt, kann ich entkommen.“

Fabio versuchte sich in Erinnerung zu rufen, wie die Straße ins Sarntal verlief. Er war noch nicht oft hier gewesen. Einmal, im vergangen Herbst, war er mit Elisabeth im Durnholzer Tal, Forellen essen.

„Mist! Abzweigungen gibt es hier noch lange nicht.“ Der Gedanke fuhr ihm jetzt durch den Kopf. „Dann sitze ich in der Falle. Entweder ich finde eine günstige Abzweigung oder ich muss so lange vor ihm bleiben, bis ich in einen größeren Ort komme. Da kann er mich nicht mehr bedrängen, ohne dass andere darauf aufmerksam werden.“

Der Abstand zur Schnauze hatte sich ein wenig vergrößert. Aber der fremde Wagen klebte an seiner Fulvia. „Ein Fehler und er holt mich ein, ist neben mir und drängt mich ab", fuhr es Fabio durch den Kopf. „Bis Sarnthein hat er mich. Ich muss vorher abbiegen." Er überlegte fieberhaft. Es gab irgendwo am Ende der Tunnelserie eine kleine Abbiegung. Er erinnerte sich deshalb so gut daran, weil er damals bei seinem Ausflug mit Elisabeth beinahe einen Unfall gehabt hätte. Kurz vor dem letzten und längsten Tunnel war ihm ein Holztransporter ganz knapp auf seiner Fahrbahn entgegengekommen. Der war von links gekommen und hatte einen großen Wendekreis. Auf der rechten Seite war ein Hotel. Fabio hatte jetzt das Bild klar vor Augen. Sein Plan war in Sekunden entstanden. Er gab Gas und baute seinen Vorsprung aus. Sein Wagen war in den Tunneln und bei Steigungen dem Verfolger überlegen. Und gestern hatte der alte Rallyefahrer seinen Spaß daran gehabt, Fabio zu zeigen, wie man damit rasant in die Kurven ging: Kurz in die Mitte der Straße, Lenker rum und Gas geben. Das Auto fand die Kurve dann fast von allein. Jetzt kam eine Reihe von kleinen Tunnels, die Strecke war extrem kurvenreich. Die Sonne blendete, verstärkt durch das gleißende Weiß des Schnees, sobald Fabio aus einem Tunnel fuhr. Doch gleich schluckte die Finsternis des nächsten Tunnels das Licht. Die Augen durchlebten ein schnelles Wechselspiel von Hell und Dunkel. Der Verfolger schien auch darunter zu leiden, jedenfalls vergrößerte sich der Abstand zunehmend. „Das ist meine Chance", dachte Fabio. Nach der Serie kleiner und kleinster Tunnel, so erinnerte er sich, gab es einige längere Tunnels und die Straße war nicht mehr so extrem kurvenreich. Da musste er noch mehr Gas geben, um zu entkommen. Denn ganz zum Schluss kam der längste Tunnel, rechts das Hotel. Und dann scharf links, so dass der Verfolger es nicht sah. Der würde dann in den Tunnel rasen. Bis der merkte, dass Fabio nicht mehr vor ihm war, würde einige Zeit verstreichen. Dann würde er aber zurückkommen.

Da! Das Hotel. Ein Blick in den Rückspiegel. Der Verfolger war noch nicht zu sehen. Fabio bremste stark ab, schlug das Lenkrad nach links und gab Gas. Die Fulvia sprang fast von der asphaltierten Straße auf eine weniger gut befestigte schmale Straße, die steil bergauf führte. Fabio spürte seine Wirbelsäule, denn der Wagen gab jede Bodenwelle fast ungedämpft weiter. Die kleine Straße führte unter der Hauptstraße entlang. Fabio stoppte genau unter der kleinen Brücke; „Afingbrücke" stand auf einem Blechschild. Über ihm donnerte der dunkle Wagen in den langen Tunnel hinein.

„Der wird bald merken, dass ich nicht mehr da bin. Was würde ich an seiner Stelle machen? Ich würde umkehren. Würde ich die Seitenstraße sehen? Ja, würde ich. Und dann?" Fabio entschied in Bruchteilen von Sekunden.

„Entweder ist meine Beute denselben Weg zurückgefahren. Dann kann ich sie noch bekommen. Oder sie ist abgebogen. Dann kriege ich sie nur, wenn sie irgendwo feststeckt. Wie denkt ein Jäger? Ein Jäger wird denken, dass das Wild den sicheren Fluchtweg wählt. Also den ursprünglichen Weg zurückfährt. Die Abzweigung hat mehr Risiken. Man weiß nicht, wo sie endet. Vielleicht sitzt man in der Falle."

Fabio fuhr den Weg vorsichtig weiter. Es war ein Forstweg, ein Weg, um Holz abzutransportieren. Alles leicht verschneit. Teils steil, teils eben. Sein Auto meisterte auch die steileren Stellen, wobei es den Asphalt lieber mochte. Die Fulvia ächzte und knarrte, kam aber zügig voran. Fabio hatte keine Ahnung, wohin der Weg ihn führte. Wie es schien, verlief der Weg zunächst parallel zum Tunnel.

„Aufpassen!", schoss es ihm durch den Kopf. „Wenn der Verfolger aus dem Tunnel herausfährt, hat er wieder freie Sicht." Und tatsächlich führte der Holzabfuhrweg, kurz nach dem Tunnelende, direkt wieder zur Straße. Fabio konnte seinen niedrigen Wagen hinter einem Stadel abstellen. Er stieg aus und trat in eine Pfütze. Seine Schuhe liefen von oben voll. „So ein Mist", fluchte er leise. Dann ging er aber in gebückter Haltung um den Stadel herum und versuchte einen Blick auf die Straße zu werfen. Und tatsächlich, er sah den dunklen Wagen, wie er sehr schnell Richtung Sarnthein unterwegs war. Nun konnte er erstmals sehen, dass der Wagen wie ein Kasten aussah. „Geländewagen. Schwarz. Wie in der Industriezone. Und wie auf der Passerbrücke", schoss es ihm durch den Kopf. Der Fahrer des Wagens hatte jetzt eine langgezogene Strecke ohne Tunnel vor sich. Das Auge reichte weit. Und plötzlich stoppte er. Er wendete und raste zurück. Fabio machte sich noch kleiner. Er versuchte zu erkennen, um welchen Wagentyp es sich handelte. Der Wagen kam schnell näher. Fabio meinte einen amerikanischen Jeep zu erkennen. Der Wagen war schwarz oder zumindest sehr dunkel und er hatte dunkel getönte Scheiben.

„Jetzt wird er nach dem Tunnel entscheiden, wohin sein Wild geflohen ist."

Fabio rannte zu seinem Wagen, als der Verfolger wieder in den Tunnel eingefahren war. Er folgte dem Holzabfuhrweg, der ihn zurück auf die Straße Richtung Sarnthein führte, folgte dann aber einem scharfen Knick nach rechts und fuhr in den Wald, hatte so Sichtschutz. Die dunklen Nadelhölzer umschlossen ihn. Der Weg war schmal, für die Fulvia nicht gemacht und es ging steil bergan. Nach langen Minuten erreichte er einige Häuser. Es gab eine Bushaltestelle. „Hier bin ich richtig. Wo ein Bus fährt, gibt es auch einen Ausweg." Fabio überlegte nicht weiter, sondern fuhr die Straße entlang, die jetzt auch besser ausgebaut war. Der Weg stieg weiter an und irgendwann kam ein Hinweis: Klobenstein 4 Kilometer. „Ah, hier bin ich gelandet." Von Klobenstein bis Bozen gab es eine gut ausgebaute Straße.

Inzwischen hatte die Angst nachgelassen und grimmige Entschlossenheit hatte sich in ihm breitgemacht. In Klobenstein ließ er seinen Wagen auf dem Parkplatz vor dem kleinen Bahnhof der Rittnerbahn stehen und ging in die gemütliche Bahnhofsgaststätte. Er bestellte sich einen Williams. Nahm ihn und leerte ihn in einem Zug. „Noch einen bitte."

Dann telefonierte er.

„Francesca, ich brauche alle Halter von schwarzen oder dunkel lackierten Geländewagen amerikanischer Bauart. Davon wird es hier nicht so viele geben."

Er lauschte in sein Handy.

„Ich kann hier nicht alles erzählen. Aber ein solcher Wagen hat mich verfolgt und versucht, mich von der Straße abzudrängen. In die Talferschlucht. Und wenn ich mich nicht täusche, dann war das derselbe Wagen, den unsere verschiedenen Zeugen gesehen haben. Einmal auf der Passerbrücke und einmal in der Industriezone. Du verstehst?"

Er lauschte erneut in sein Handy.

„Ich bin in einer halben Stunde im Büro. Bis gleich."

Dann drückte er die Trenntaste.

*

Die Fulvia stand endlich auf dem Parkplatz der Questura – drecküberkrustet. Fabio schaute an sich hinunter: Die Schuhe schlammverschmiert, die Hosenbeine in der Höhe der Schuhe ebenfalls.

„Ich muss mir noch eine Bürste in das Auto legen", überlegte er, als Francesca ihm schon entgegenlief.

„Was ist passiert? Du sieht ja schrecklich aus!"

Fabio nickte. Er meinte seine Schuhe, Francesca das schmutzige Auto, das sie strahlend sauber in Erinnerung hatte.

Fabio berichtete auf dem Weg in ihr Büro, was ihm passiert war.

„Deshalb gehe ich davon aus, dass unser Mörder jetzt hinter mir her ist. Kann ich zwar noch nicht beweisen, aber mein Gefühl sagt mir, dass ich Recht habe." Diese Schlussfolgerung zog Fabio nach einem längeren Vortrag, den er, seine Schuhe mit einer Bürste vom groben Schmutz befreiend, Francesca gehalten hatte. Die schaute fasziniert auf ihren Schuhe putzenden Chef und lauschte gleichzeitig seinen Worten. Die Bürste hatte er aus seiner Schreibtischschublade geholt, wie Francesca ungläubig festgestellt hatte.

„Und nun suchen wir alle Halter von dunklen oder schwarzen amerikanischen Jeeps." Er blickte zu Francesca auf. „Gibt es da schon Ergebnisse?"

Francesca zuckte mit den Schultern. „Nein. Heute nicht mehr. Die haben Probleme mit dem Zentralrechner. Arbeiten mit Hochdruck, aber ich kann keine Abfrage starten. Morgen früh geht das sicher wieder."

Fabio nickte, war aber sichtlich unzufrieden. Er wollte jetzt seinerseits jagen.

„Und, hast du noch etwas über unseren Doktor herausgefunden?"

„Wir haben sein Büro und sein Haus durchsucht. Im Haus gab es nichts von Interesse. Wir werten aber noch seinen Computer aus, den ich mitgenommen habe. Aus seinem Büro in der Apotheke haben wir alle Aktenordner mitgenommen. Aber Ergebnisse habe ich noch keine. Ich habe eine Ermittlungsgruppe gebildet, die alle Unterlagen sichtet. Man gibt uns Bescheid, sobald etwas Interessantes dabei ist."

*

Fabio hatte schlecht geschlafen. Seine kurzen Träume waren voller Angst. Tommaso hatte ihm besorgt zugehört, als sie gegen Abend zurück nach Tisens gefahren waren. Einen Verfolger hatten sie nicht ausgemacht. Tommaso hatte vorgeschlagen, die Fulvia zu seinem Freund zu bringen. Dann wäre sie zunächst aus dem Blickfeld. Außerdem könnte sie repariert werden, wenn nötig. Elisabeth hatte die beiden mit ihrem Wagen abgeholt. Auch sie war schockiert.

Und nach dieser Nacht fühlte sich Fabio wie gerädert. Der Kaffee tat zwar gut, aber er machte ihn diesmal nicht munter. Tommaso war pünktlich wie immer. Auf der Fahrt nach Bozen überlegten sie, was zu tun war.

„Heute haben sie die Halter aller dunklen Jeeps. Und dann sortieren wir aus. Vielleicht finden wir das Bindeglied, das uns fehlt. Aber warum machen die jetzt Jagd auf mich? Ich meine, wenn die sich gegenseitig umbringen, gut. Ich meine nicht gut. Aber es bleibt dann doch in der Familie. Warum einen Polizisten? Ich bin doch sofort ersetzt. Das wissen die doch auch."

Tommaso hatte die ganze Zeit geschwiegen. „Eben. Das wissen die auch. Und deshalb jagen die auch keine Polizisten. Weil es nichts bringt. Und deshalb glaube ich nicht an eine Organisation."

„Nicht?"

„Nein. Das passt nicht so ganz zusammen. Wenn du ebenfalls ins Visier genommen wirst, dann ist es etwas Persönliches. Etwas, was dich mit den beiden anderen verbindet."

„Aber ich kannte die beiden nicht."

„Das muss es auch nicht sein. Ihr seid vielleicht durch ein besonderes Merkmal verbunden. Beispiel: Alle drei sind Brillenträger, haben einen schwarzen Bart und am selben Tag Geburtstag."

„Muss ich das verstehen?"

„Das Beispiel ist blöd. Aber vielleicht sucht der Mörder nach einem Muster. Und du passt da rein."

Fabio schwieg. Seine Gedanken verhedderten sich. Er suchte nach Gemeinsamkeiten oder gemeinsamen Merkmalen mit den beiden Toten. Beide waren älter als er. Sie hatten ganz unterschiedliche Berufe. Die Toten hatten wahrscheinlich beide ein Verhältnis mit der Psychologin. Er nicht. Genau. Er nicht. Aber wusste das auch der Mörder?

„Eifersucht? Was meinst du? Könnte es Eifersucht sein? Das Motiv meine ich. Was, wenn der Mörder alle umbringt, die unserer Psychologin zu nahe kommen?"

Tommaso konnte dem Gedankengang seines Freundes nicht folgen. „Wer sollte denn eifersüchtig sein? Der Professor war doch ein Verflossener und ob der Apotheker ein Verhältnis mit ihr hatte, ist doch noch gar nicht sicher. Und selbst wenn, dann ist das doch auch längst vorbei. Und du? Ich meine, du hast die Frau ein- oder zweimal gesehen. Nein. An Eifersucht denke ich nicht. Mehr so was aus der Ecke Wahn und Irrsinn. Hat sie nicht mit Straftätern zu tun?"

Fabio überlegte. Sie hatte von ihrer Teilnahme an einem Forschungsprojekt erzählt. Sie untersuchte, wie sich aggressive Täter unter dem Einfluss von bestimmten Medikamenten verhielten.

„Ich werde heute noch mal hingehen. Gestern war sie vermutlich noch im Krankenhaus. Aber ich kann mir noch keinen Reim darauf machen. Sie ist zusammengebrochen, als sie von dem Tod zweier Menschen hörte, die ihr zumindest irgendwann einmal nahestanden. Aber warum dann einer ihrer Probanden die beiden ermordet haben sollte und es dann auf mich absieht, das erschließt sich mir nicht. Die haben doch ganz andere Sorgen. Wo ist bei denen das Motiv? Die wollen entlassen werden. Das versauen die sich doch nicht."

Tommaso parkte seinen Wagen auf dem Hof der Carabinierikaserne.

„Soll ich kurz mit rüberkommen?" Er nickte mit seinem Kopf Richtung Questura.

Fabio musste lächeln. Sein großer starker Freund war sicher ein prima Personenschützer, aber er konnte sich ja nicht ab jetzt vor allen und jedem verstecken.

„Das ist lieb. Aber ich passe schon auf, wenn ich über die Straße gehe. Und für schwarze Jeeps habe ich jetzt einen Blick."

Damit verabschiedeten sie sich voneinander. Aber ein komisches Gefühl hatte Fabio schon. Auch wenn es nur wenige Schritte von der Kaserne bis zur Questura waren.

*

„Das gibt es doch nicht!"
Fabio schaute die Liste durch, die Francesca ihm präsentiert hatte. Alle schwarzen Jeeps aus amerikanischer Produktion waren aufgeführt, die in Südtirol zugelassen waren. Es waren nicht sehr viele. Francesca hatte einen Eigentümer mit Textmarker angestrichen.

„Der einzige Name, den ich kannte", erläuterte sie.

Es war Valentina Gufler, die Psychologin.

„Aber die war doch gestern im Krankenhaus."

„Hast du das überprüft?"

Fabio stutzte. Nein, hatte er nicht. Er war fest davon ausgegangen. Jetzt erinnerte er sich auch an die Bewegung hinter dem Türspion. Mehr eine Ahnung als eine Beobachtung.

„Ich habe das nicht überprüft."

„Und nun?"

„Wir gehen da jetzt hin. Aber lass uns vorher überlegen, was dahinterstecken könnte."

Fabio ging im Raum auf und ab.

„Wieso sollte die Psychologin mich ermorden wollen?"

„Für die anderen beiden gäbe es Motive. Enttäuschte Liebe, die Erbschaft."

„Aber kann eine solche Frau derart töten?"

Francesca lächelte fein und schaute Fabio an.

„Natürlich kann sie. Wenn sie so trainiert ist wie du."

Francesca hatte im Sommer des vergangenen Jahres bei einem Einsatz gezeigt, was sie draufhatte. So klein und zierlich sie war, so gefährlich konnte sie sein.

„Aber dann muss sie die Leichen noch entsorgt haben. Das ist für eine Frau allein schwierig."

„Schwierig ja, aber nicht unmöglich. Und vielleicht hat ihr jemand dabei geholfen."

„Aber warum ich?"

„Weil sie glaubt, du seiest ihr auf den Fersen?"

„Aber dann ermittelt doch sofort ein anderer weiter. Also was soll das?"

„Vielleicht ist nicht alles logisch?"

Fabio blickte aus dem Fenster und schwieg. Irgendetwas passte da nicht zusammen.

„Lass uns gehen. Vielleicht ist sie zu Hause. Wir fragen sie einfach."

„Gehen oder fahren?"

„Gehen. Ist nicht weit und wir sollten die Sonne genießen."

Zehn Minuten später standen sie vor der Eingangstür zum Haus. Fabio klingelte, aber niemand machte auf. Auch nicht nach erneutem Klingeln. Fabio wusste, dass die Wohnung in der ersten Etage Fenster zur Spitalgasse hatte. Sie gingen um das Haus und sahen, dass zwei der drei Fenster geöffnet waren.

„Im Februar lässt man die Fenster nicht lange auf. Nur zum Lüften. Also ist sie entweder da und macht nicht auf oder nur ganz kurz weggegangen."

„Dann lass uns im Cafè warten. Wir sehen ja, wenn sie vorbeikommt."

Nach dem zweiten Kaffee zahlte Fabio und ging noch einmal zur Eingangstür. Ihn überholte ein Mann, der die Tür aufschließen wollte.

Fabio zückte seinen Ausweis: „Wir müssen ebenfalls in das Haus. Aber unauffällig. Nehmen Sie uns mit?"

Der Mann stutzte, las den Ausweis und nickte.

Drinnen: „Gehen Sie nur, wir kommen alleine klar." Mit einem aufmunternden Nicken wollte Fabio den Mann entlassen, der die Erdgeschosswohnung bewohnte. Aber der war neugierig und außerdem gesprächswillig: „Sie kommen bestimmt wegen des Schwarzarbeiters?"

Fabio nickte: „Kann gut sein. Wissen Sie etwas darüber?"

Der Mann kam nah an Fabios Ohr: „Die Frau Gufler beschäftigt keinen echten Maler. Das ist garantiert einer, der hier schwarz arbeitet. Kennt man ja, solche Typen."

Fabio nickte und murmelte: „Genau. Ist immer dasselbe. Wie sieht der denn aus?"

Der Mann kam noch näher. Fabio roch Staub, vielleicht Mottenkugeln, sicher ein altes Rasierwasser.

„Der hat so einen Blick, da könnte man Angst bekommen. Schaut einem nicht in die Augen, grüßt nicht. Aber lärmt da oben herum, na ich kann Ihnen sagen. Gestern Morgen zum Beispiel, da hat der doch angefangen die Wände abzuklopfen. Das ist ja nicht zum Aushalten, wenn sie in der Wohnung darunter wohnen. Ein Profi macht das anders. Aber was will man machen – als Hausbesitzer? Die Mieter! Die haben ja alle Rechte! Und wir, die wir ihnen die Wohnung zur Verfügung stellen? Wir müssen alles ertragen!"

Der Mann redete sich in Rage.

„Sagen Sie, sind Sie sicher, dass gestern Morgen oben in der Wohnung gearbeitet worden ist?"

„Hundertprozentig sicher!"

Fabio erinnerte sich, dass ihm niemand aufgemacht hatte. Und dass er das Gefühl gehabt hatte, dass jemand hinter der Tür war. Ihm kam eine Idee.

„Und ist der Mann jetzt da?"

„Als ich zum Einkaufen ging, war er da. Und er hat bisher den ganzen Tag gearbeitet. Also nehme ich an, dass er jetzt auch da ist."

„Er kennt Sie?"

„Ja, der hat mich oft gesehen. Aber gegrüßt hat der nie."

„Und er weiß, dass Sie der Eigentümer sind?"

„Das wird die Dame ihm hoffentlich gesagt haben."

„Ich möchte Sie bitten mir bei der Polizeiarbeit zu helfen."

Der Mann nahm Haltung an. Francesca beobachtete die Szene mit Interesse.

„Sie gehen jetzt nach oben, läuten und fordern Einlass. Wir gehen die Treppe ein Stück weiter hoch, so dass uns der Mann durch den Türspion nicht sehen kann. Sie wird er einlassen müssen. Und dann kommen wir nach. Machen Sie mit?"

Der Mann nickte, während er zur Treppe ging. Fabio und Francesca folgten ihm.

Links neben der Tür, einige Stufen höher in Richtung zweite Etage, standen Fabio und Francesca eng an die Wand gelehnt. Der Hausbesitzer setzte eine wichtige Miene auf und drückte die Türglocke. Hinter der Tür konnte man ein leises Rumpeln vernehmen. Es dauerte einen Moment, bis jemand durch die verschlossene Tür zu dem Hausbesitzer sprach.

„Was wollen Sie? Frau Gufler ist nicht da!"

„Öffnen Sie bitte die Tür! Ich muss wissen, was Sie da machen. Schließlich habe ich unter dem Lärm zu leiden, den Sie machen."

„Ich renoviere die Wohnung. Was soll ich sonst machen?"

„Ich möchte, dass Sie mir sofort öffnen!"

Der Hausbesitzer wurde jetzt laut. Sein Kopf bekam eine rote Farbe. Das konnte man selbst im Zwielicht der Flurbeleuchtung erkennen.

Francesca dachte nicht lange nach. Sie ging zur Tür, hielt ihren Ausweis vor den Türspion und sagte: „Polizei. Machen sie bitte auf. Wir wollen mit Ihnen reden. Nur reden."

Stille hinter der Tür. Dann ein schabendes Geräusch. Die Tür öffnete sich leicht und Francesca sah einen großen Mann mit groben Zügen, der sie eher ängstlich ansah. Fast scheu. Der Hausbesitzer wollte jetzt durch die Tür treten und gab Druck auf das Türblatt, um die Tür ganz zu öffnen. Francesca hielt ihn mit einer Handbewegung davon ab. Sie sprach zu ihm, wandte ihren Blick aber nicht von dem Mann hinter der Tür ab: „Vielen Dank. Sie haben uns geholfen. Aber jetzt machen wir alleine weiter." Der Hausbesitzer wollte protestieren und der Mann hinter der Tür wirkte verwirrt. In diesem Moment trat Fabio in sein Blickfeld. Fabio wollte den Hausbesitzer sanft zur Umkehr bewegen. Francesca sah, wie sich der Gesichtsausdruck des Mannes hinter der Tür veränderte. Die Augen wurden zu Schlitzen. Bekamen etwas Lauerndes. Er war auf der Hut. Aber sie verrieten auch, dass er Fabio kannte. Allerdings schien es, als ob die Bekanntschaft nicht freudiger Natur war. Fabio hatte es geschafft, den Hausbesitzer abzudrängen, der leise maulend den

Weg ins Erdgeschoss genommen hatte. Als sich Fabio zu dem Mann hinter der Tür drehte, erkannte er sofort, wer das war.

„Dürfen wir eintreten?"

Francesca fragte betont höflich. „Wir haben nur ein paar Fragen an Sie."

Der Mann öffnete die Tür und ließ beide ein. Dabei wirkte er nicht besonders freundlich.

„Was wollen Sie von mir? Ich habe Urlaub. Wollen Sie die Papiere sehen?"

Fabio hatte ihn längst erkannt. Das war der Mann, den er zusammen mit der Psychologin im Restaurant Kallmünz gesehen hatte. Der Mann, von dem ihm die Psychologin erzählt hatte, dass er ein Proband ihres Forschungsprojektes sei. Ein Straftäter mit Gewalthintergrund, der kurz vor seiner Entlassung stand.

„Ja, die Papiere würde ich gerne sehen", antwortete Fabio auf seine Frage betont freundlich. „Und was machen Sie hier?"

Der Mann ging zu einer dunklen Lederjacke und kramt in der Innentasche.

Betont lässig überreichte er Fabio einige Blätter mit amtlichen Stempeln.

„Wonach sieht es denn aus? Ich renoviere diese Räume. Einen nach dem anderen. Das mache ich hier. Sonst nichts."

Fabio studierte die Papiere. Demnach stimmte es, was er sagte. Er hatte Urlaub zur Entlassungsvorbereitung. Offensichtlich war er davon ausgegangen, dass die Polizisten wussten, wer er war. Fabio gab die Papiere an Francesca weiter.

„Ja das kann man sehen, dass hier renoviert wird." Er schaute sich in der Wohnung um. „Aber weit sind sie noch nicht gekommen?"

Der Mann machte ein unfreundliches Gesicht.

„Was geht Sie das an? Was wollen Sie von mir? Was sind das für Fragen?"

Francesca gab ihm seine Papiere zurück.

„Wo ist Frau Gufler?"

„Die ist im Krankenhaus."

„Woher wissen Sie das?“
„Ich habe sie besucht.“
„Und woher haben Sie gewusst, dass sie im Krankenhaus liegt?“
„Sie hat mich angerufen.“
„Sie hat Sie also angerufen?“
Der Mann wurde jetzt ungeduldig. Seine Erfahrungen mit Polizisten waren wahrscheinlich nicht die besten. Er hatte jetzt einen lauernden Gesichtsausdruck.
„Hören Sie, was soll diese Fragerei. Ich arbeite hier. Ich habe Urlaub vom Knast. Meine Papiere sind in Ordnung. In drei Monaten komme ich frei. Was wollen Sie von mir?“
„Wo waren Sie von gestern Mittag bis zum frühen Abend?“
Der Mann wurde etwas unruhig. Sein Blick flackerte.
„Hier. Ich habe gearbeitet.“
„Was genau?“
Der Mann zeigte auf das Schlafzimmer.
„Das habe ich fertig gemacht. Und heute geht es mit dem Wohnzimmer weiter.“
„Lüge! Das Schlafzimmer war vorgestern schon fertig!“, schoss es Fabio sofort durch den Kopf.
„Dann zeigen Sie uns doch mal, was Sie heute gemacht haben.“
Francesca verstand Fabios Fragen nicht. Was sollte das?
Der Mann nahm seine Jacke von der Stuhllehne und ging ins Wohnzimmer. Hier waren die beiden Fenster zur Spitalgasse geöffnet. Wie man sehen konnte, waren die Tapeten fast ganz von der Wand abgekratzt. Lange Bahnen lagen auf dem Boden. Hier war offensichtlich gearbeitet worden.
„Sehr schön. Das haben Sie also heute gemacht?“
Der Mann grunzte, was wohl eine Bestätigung sein sollte.
„Und gestern haben Sie das Schlafzimmer gemacht.“
Wieder grunzte er zustimmend.
Fabio änderte jetzt seine Tonlage. Sie wurde unvermittelt schärfer.
„Und sie fahren den Wagen von Frau Gufler?“
Der Mann kniff die Augen zusammen, sagte aber nichts.

Fabio sprach jetzt mit schneidender Stimme:

„Und gestern haben Sie das Schlafzimmer nicht renoviert. Das ist nämlich schon länger fertig. Also: Wo waren Sie gestern ab Mittag? Und wo sind die Autoschlüssel?"

Francesca sagte später, dass sie noch nie gesehen hatte, wie jemand sich so schlagartig veränderte. Es erschien ihr fast wie in Zeitlupe. Aber sie war nicht vorbereitet und die Sekunde, die sie zögerte, war die Sekunde, die ausreichte, dass sich der Mann mit einem Schrei aus dem Fenster stürzte. Es war allerdings eher ein Sprung, Beine voran. Aber alles ging unglaublich schnell, völlig überraschend und beide, Fabio und Francesca, blieben zunächst wie festgenagelt stehen. Dann rannten sie zum Fenster.

*

Die erste Etage lag ungefähr vier bis fünf Meter über der Straße. Ein gewagter Sprung, bei dem sich jeder andere die Beine gebrochen hätte. Aber der Mann hatte Glück. Widerrechtlich parkte genau unter dem Fenster ein Lieferwagen mit einer Plane, die seinen Sturz abfederte. Francesca und Fabio konnten noch sehen, wie er von der Plane hinunterglitt und die Spitalgasse entlanglief. Dann verschwand er aus ihrem Blickfeld.

Fabio griff zum Telefon.

„Tommaso. Wir suchen einen bestimmten Wagen und seinen Fahrer. Der Mann könnte derjenige sein, der mich gestern verfolgt hat. Jedenfalls ist es ein Strafgefangener. Steht kurz vor seiner Entlassung und hat auch seinen Urlaubsschein dabei. Aber er ist uns stiften gegangen. Entweder aus Angst vor der Polizei oder weil er Dreck am Stecken hat. Deshalb Vorsicht bei der Ergreifung. Er könnte unterwegs sein mit einem schwarzen Jeep, amerikanische Bauart." Er gab das Kennzeichen durch. „Er ist vor einer Minute geflohen und die Spitalgasse hochgelaufen. Keine Ahnung, wo er den Wagen geparkt haben könnte. Aber wenn deine Leute jetzt überall wachsam sind, kann er uns nicht entkommen."

„Ist er bewaffnet?"

„Weiß ich nicht."

„Gewalttätig?"

„Kann man nicht ausschließen."

„Gut. Ich kümmere mich darum."

Damit drückte Fabio die Trenntaste.

Francesca sah Fabio fragend an: „Wieso kann das der Mann sein, der dich gestern verfolgt hat?"

Fabio erzählte kurz von dem Gespräch, das er mit der Psychologin gehabt hatte, und von seinem Erlebnis im Kallmünz.

„Also ist das der Proband, der als Versuchskaninchen an einem Experiment teilnimmt? Der Medikamente nehmen muss, um seine Aggressionen unter Kontrolle zu halten?" Francesca überlegte. „Und dann lässt die Gufler ihn ihre Wohnung renovieren? Das ist komisch. Therapeuten müssen doch immer eine professionelle Distanz wahren. Oder streichst du deinem Zahnarzt den Hausflur? Oder deinem Psychotherapeuten?"

Die beiden schauten sich an.

„Also zum Krankenhaus."

„Aber schnell."

*

Valentina Gufler hatte ein Einzelzimmer. Sie lag mit blassem Gesicht und traurigem Gesichtsausdruck in einem Berg von Kissen. Ihr Blick flackerte, als sie Fabio erkannte. Als sie Francesca wahrnahm, zogen sich ihre Augen kaum merklich zusammen.

„Wie geht es Ihnen heute?"

Sie antwortete leise. „Schon wieder besser."

Fabio machte eine Bewegung von Francesca hin zu Valentina. „Commissaria Giardi. Meine Kollegin."

Valentina nickte freundlich.

„Nun, wir hätten ein paar Fragen an Sie. Fühlen Sie sich in der Lage, Fragen zu beantworten?"

Valentina nickte: „Das wird schon gehen, Commissario. Fragen Sie."

Fabio hatte sich einen Stuhl herangezogen und saß jetzt auf Augenhöhe mit der zu Befragenden.

„Sie fahren einen schwarzen Jeep?"

Valentina schaute verdutzt. „Ja, fahre ich."

„Und nur Sie fahren ihn? Oder hat noch jemand den Schlüssel zu Ihrem Auto?"

Ein leises Stöhnen war zu hören. Valentina hatte kurz die Augen geschlossen.

„Was ist passiert?"

„Weiß ich noch nicht genau. Es kann aber sein, dass Ihr Wagen im Zusammenhang mit den beiden Morden gesehen worden ist. Und gestern hat man mich mit genau so einem Wagen verfolgt. Sie waren gestern hier im Krankenhaus. Also muss ich Sie fragen, wer noch mit dem Wagen fährt."

Fabio macht dabei ein freundliches Gesicht. Valentina schloss die Augen. Sie schluckte.

Mit leiser Stimme sagte sie: „Ich habe Ihnen doch von meinem Probanden erzählt. Den, den Sie auch im Kallmünz gesehen haben."

Fabio nickte ihr zu, um die Frage zu bejahen und sie zu animieren, weiterzureden.

„Er ist ein besonderer Mensch. Was man über ihn in den Akten geschrieben hat, konnte ich nicht wiederfinden, als ich mich mit ihm beschäftigt habe. Aus den Akten ergibt sich, dass er eine stabile, tief verwurzelte, kriminelle Identität besitzt. Er galt während seiner Inhaftierung lange Zeit als Psychopath im klassischen Sinne. Seine Persönlichkeitsstörungen galten als chronisch und schlecht behandelbar. In den Akten wird er als großspuriger Selbstdarsteller beschrieben mit einer mangelnden Gewissensbildung. Sein Sozialverhalten sei nicht angepasst. Er sei egozentrisch und absolut rücksichtslos."

Sie machte eine Pause und musste, wie es schien, Kraft schöpfen. Jedenfalls atmete sie deutlich hörbar ein und aus.

„Aber es gibt auch eine andere Seite. Die sensible Seite, die er sich trotz seiner schlimmen Kindheit, in der er nur Gewalt kennengelernt hat, bewahrt hat. Kinder, die geprügelt werden, prügeln irgendwann zurück. Und so war es auch bei ihm. Aber er hat auch gelesen, er hat versucht zu lernen, war kooperativ, konstruktiv, versuchte ernsthaft seine Defizite aufzuarbeiten."

Eine Träne lief jetzt ihre Wange hinunter.

„Als ich mich mit seiner Akte beschäftigt habe, weil er in das Raster unserer Untersuchungsgruppe fiel, ist mir aufgefallen, dass alle Gutachter bei ihm Gefährlichkeit und eine hohes Rückfallrisiko diagnostiziert haben. Also war er ideal für unsere Untersuchungen. Seine Entlassung steht bevor. Auch wenn er für gefährlich gehalten wird, so kann man ihn jetzt nicht mehr länger einsperren. Die Medikamente, die wir testen, greifen tief in das Bewusstsein ein. Und genau solche scheinbar hoffnungslosen Fälle interessieren uns. Ich habe Ihnen bereits erzählt, wie ich vorgehe. Ich setze diese Menschen Situationen aus, die sie früher nicht ausgehalten haben. Und wenn es ihnen mit Unterstützung durch die Mittel gelingt, von ihren Aggressionen herunterzukommen, dann sind sie meist sehr stolz auf sich."

Valentina schwieg. Francesca und Fabio konnten beobachten, wie es in ihr arbeitete. Ihre Mundwinkel zuckten, ihre Stirnfalten tanzten Tango. Es sah dramatisch aus. Tango eben.

Francesca überlegte, ob sie jetzt fortfahren oder ob sie Fabio das Feld weiterhin überlassen sollte.

Ihr war längst klar, dass irgendetwas im Verhältnis zwischen Therapeutin und Patient schiefgelaufen war. Die Psychologin hatte Fabios Frage, wer noch alles ihren Jeep fahre, nicht konkret beantwortet. Aber es war wahrscheinlich, dass sie ihrem Patienten die Schlüssel gegeben hatte. Außerdem ließ sie ihn ihre Wohnung renovieren. Kein professioneller Ansatz für eine Therapeutin. Und so wie sie heute reagierte, schien sie zumindest mit sich zu ringen, ob sie ihren Weg mit diesem Patienten weitergehen wollte.

Francesca schritt jetzt ein und fragte: „Sie hatten also ein positives Bild von Ihrem Patienten?"

Sie versuchte sanft zu sprechen. Fabio blickte sie erstaunt an. Diese Stimmlage bei einer Befragung hatte er bei seiner Kollegin noch nie wahrgenommen. Und die Freundlichkeit in der Stimme zeigte Wirkung.

Die Psychologin richtete sich etwas auf und blickte Francesca dankbar an. Der Gesichtsausdruck hatte sich verändert. So, als fühlte sie sich jetzt verstanden. So empfand es Fabio jedenfalls. Sie sprach jetzt ausschließlich mit Blickkontakt zu Francesca weiter. So, als ob Fabio nicht im Raum wäre.

„Ja, ein durchaus positives Bild. Wir lernen unsere Probanden ein Jahr vor dem Beginn der Feldstudie kennen, besprechen mit ihnen sehr genau, um was es geht, klären sie auf, beantworten alle Fragen. Dazu müssen wir sie im Gefängnis besuchen. Dann gibt es erste Lockerungen. Das heißt, sie dürfen das Gefängnis für ein Wochenende verlassen, um sich langsam an die Freiheit zu gewöhnen. Dabei werden sie von Fachkräften betreut. Ich bin oft eingeladen gewesen. Wir Therapeuten können in diesem Jahr ein Vertrauensverhältnis aufbauen, das Voraussetzung für die Teilnahme an der Studie ist. Und wir machen uns natürlich ein sehr genaues Bild von dem Menschen."

Hier brach sie ab und begann an ihrer Unterlippe zu nagen. Nicht bewusst. Ihr Blick ging ins Leere. Es war, als rollte sie dieses Jahr vor ihrem inneren Auge ab.

Francesca setzte sanft, ganz leise nach. „Und da ist es Ihnen passiert?"

Die Psychologin schaute Francesca an, so wie man jemanden ansieht, von dem man annehmen darf, dass er alles über einen weiß. So wie beste Freundinnen einander ansehen.

„Ja, dabei ist es passiert." Sie schüttelte leicht den Kopf, als könne sie es heute noch nicht verstehen. Ihre Augen hatten sich mit Tränen gefüllt. Sie wischte sich über die Augen. Ihre Stimme klang belegt.

„Verdammt unprofessionell. Aber ich konnte nichts dagegen tun. Er ist so ganz anders, als man ihn in den Akten beschrieben hat. Er ist sanft, nicht grob und unkontrolliert. Er bereut seine Taten. Es ist nicht so, dass er eine Veranlagung hat, die ihn zwingt schwere Delikte zu begehen."

Der letzte Satz kam fast trotzig hervor. Eine kleine senkrechte Zornesfalte zwischen den Augenbrauen unterstrich die Gefühle, die in ihr hochkamen.

„Und was hat Sie an ihm fasziniert?"

Fabio verstand Francescas Frage nicht. Wovon redeten die Frauen? War das jetzt eine Befragung oder eine Plauderei? War es nicht wichtig zu wissen, ob der Mann jetzt mit ihrem Jeep durch die Lande fuhr? War es nicht wichtig zu wissen, ob der Mann auch gestern die Möglichkeit dazu gehabt hatte? Und war es abschließend nicht wichtig zu wissen, ob er auch am Donnerstagabend und am Sonntagabend den Wagen hatte? Worauf wollte Francesca hinaus?

Die Psychologin bekam einen fast verklärten Gesichtsausdruck. Sie schien jetzt in einer anderen Welt zu sein.

„Er hat so einen starken Willen. Er will sein Leben ändern. Und er ist stark. Er hat gesagt, er wird mich beschützen."

Damit schien sie endgültig in einer anderen Welt zu sein. Denn ihr Blick ging aus dem Fenster, weit weg von ihnen. Fabio wollte sich räuspern, aber Francesca legte ihre Hand ganz sanft auf seine Schulter. Er blieb stumm.

„Vor wem wollte er sie beschützen?"

Sie sprach, immer noch den Blick zum Fenster hinaus gerichtet. Sie war jetzt nicht mehr die professionelle, gut ausgebildete Psychologin und Psychotherapeutin. Sie wirkte wie ein Kind, das ganz naiv auf diese Welt schaut.

„Vor denen, die mir wehtun."

„Bernhard Reiterer hat Ihnen wehgetan?"

Tränen liefen über ihr Gesicht. Sie ließ sie laufen, schaute weiter aus dem Fenster. Sagte nichts.

„Professor Pedratscher hat Ihnen wehgetan?"

Es schüttelte sie durch. Ein Beben lief durch ihren Körper, so als ob großer Frost über sie gekommen sei.

„Sie haben sich ihm anvertraut?"

Sie nickte. Ganz leicht nur, aber sie nickte. Sie wusste, dass sie im höchsten Maße falsch gehandelt hatte. Sie hatte sich in ihren Patienten verliebt. Sie hatte sich ihm anvertraut, weil sie glaubte, ihn durch und durch zu kennen. Sie hatte sich getäuscht.

„Und er hat dann für Sie gehandelt?"

Jetzt kam sie langsam wieder in die Realität zurück. Sie blickte Francesca an. Sah Fabio kurz an. Begriff, in welcher Situation sie war. Sie wischte ihre Tränen weg und setzte sich aufrecht hin. Fabio reichte ihr ein Glas Wasser, das auf dem Beistelltisch stand. Sie nahm einen Schluck und gab es zurück. Es war, als verwandle das Wasser ihr Bewusstsein.

Sie wandte sich jetzt an Fabio: „Als Sie mir von den Morden berichteten, damals in Fredericos Bar, da wusste ich nicht, wer ermordet worden war. Da ich im Moment so viel um die Ohren habe, komme ich nicht zum Zeitunglesen. Es war so, dass ich erst durch Sie erfahren habe, dass mein alter Professor eines der Opfer war. Und mit dem Mann hatte ich meine Zukunft geplant. Das war damals sehr hart für mich. Er hat mich wegen einer anderen Studentin verlassen. Wir hatten beschlossen zu heiraten, als er die Möglichkeit bekam, ins Ausland zu gehen. Ich war dagegen. Er hat darauf bestanden. Um mich zu besänftigen, haben wir ein Ehegattentestament gemacht. Das bindet rechtlich sehr stark. Im Ausland hat sich der Kerl neu verliebt und mich dann auch verlassen. Einfach so. Ich habe daraufhin an einer anderen Universität meinen Abschluss gemacht. An den Vertrag habe ich gar nicht mehr gedacht. Aber dann hat er sich wieder gemeldet. Er hatte jetzt vor zu heiraten und wollte, dass ich den Vertrag rückgängig mache. So etwas geht nur, wenn die Vertragspartner gemeinsam vor einem Notar den Vertrag aufheben lassen. Da ist die alte Geschichte in mir hochgekommen.

Und von der Geschichte habe ich meinem Patienten erzählt. Das war natürlich unprofessionell. Als Sie mir erzählten, wer das Mordopfer war, und ich wusste ja, dass man ihm die Zunge herausgeschnitten hatte, kam mir sofort der Verdacht, dass mein Proband die Sache für mich erledigt hatte. Der Professor hatte mich angelogen. Und jetzt hatte er keine Zunge mehr. Der lügt nie mehr, soll das heißen."

Sie griff noch mal nach dem Wasserglas. Fabio reichte es ihr.

„Und als ich dann bei Ihrem Besuch im Radio hörte, wer das andere Opfer war, ist mir schlagartig klar geworden, dass nur mein Proband dahinterstecken konnte. Mit Bernhard hatte ich ein längeres Verhältnis. Es war sehr intensiv. Aber im Ergebnis noch enttäuschender als die Geschichte mit meinem Professor. Bernhard hat mich ausgenutzt. Er war sehr an unserer Forschung interessiert. Konnte ich damals gut verstehen. Denn als Apotheker hatte er ja auch das Fachwissen. Wir konnten uns sehr gut über mein Forschungsprojekt unterhalten. Er forsche auch auf diesem Gebiet, hat er mir immer wieder erzählt. Aber mit der Zeit habe ich zweierlei feststellen müssen: Bernhard hatte neben mir noch zahlreiche andere Gespielinnen. Ich war nicht die Einzige in seinem Leben. Und dann wurde mir relativ schnell klar, dass er nur deshalb an meiner Forschung Interesse hatte, weil er selber produzieren wollte. Allerdings eher Mittel, die man auf dem grauen Markt bekommt. Mittel, mit denen man schnell reich wird, wenn man sie unentdeckt verkauft. Alles rund um die Potenz, aber vor allem alles rund um die Bewusstseinserweiterung. Moderne Drogen halt. Keine klassischen Substanzen, sondern irgendetwas Neues, das einem die Birne wegknallt."

Sie sprach sich jetzt in Rage. Ihre ganze Verbitterung war im Raum spürbar.

„Ich habe meinem Probanden meine ganze Enttäuschung mit diesen Männern anvertraut. Und er hat daraufhin gesagt, dass er mich beschützen will. Aber ich konnte doch nicht ahnen, dass er das so erledigt."

Sie fing an hemmungslos zu weinen. Es dauerte einige Zeit, bis sie sich wieder in der Gewalt hatte. Francesca war um Fabio herumgegangen und hatte sie behutsam in den Arm genommen. Daraufhin wurde sie ruhiger.

„Geht es wieder?" Francesca reichte ihr ein Papiertuch, das sie aus einem Spender genommen hatte, der auf dem rollbaren Beistelltisch stand.

Sie schnäuzte sich heftig und steckte das Tuch unter das Kopfkissen. Mit etwas gepresster Stimme sprach sie weiter.

„Die Augen herausgeschnitten. Wissen Sie, was er damit sagen wollte? Er kann keiner Frau mehr hinterherschauen. Das war mir schlagartig klar, als ich die Radiomeldung hörte. Zwei Männer, die ich kannte, ermordet, und durch Sie wusste ich um die Umstände. Das konnten keine Zufälle sein."

Fabio räusperte sich und da Francesca diesmal keine Hand auf seine Schulter legte. fragte er: „Und Sie haben ihn dann aus dem Krankenhaus angerufen?“

Sie nickte: „Ja, das habe ich. Als ich mich gegen Abend von dem Schock erholt hatte, habe ich ihn angerufen.“

„Und was haben Sie ihm gesagt?“

„Ich habe ihm zuerst nur gesagt, wo ich bin. Und ich habe ihm erzählt, dass ich durch Sie über die beiden Morde Bescheid weiß. Und dass ich es komisch finde, dass ausgerechnet die beiden Menschen ermordet worden sind, die mir sehr wehgetan haben.“

„Und wie hat er reagiert?“

„Er hat nur nach Ihnen gefragt. Was Sie genau von mir gewollt haben. Was Sie genau über die Morde wissen. Das hat ihn interessiert. Er hat sich ansonsten nicht zu den Morden geäußert. Er hat auch nicht gesagt, dass er es war. Aber da bin ich dann doch Profi genug, um zu erkennen, dass da etwas gründlich schiefgelaufen ist.“

„Wieso? Ich meine, ich bin da jetzt nicht so der Profi wie Sie.“

„Als Therapeutin müssen sie eine professionelle Distanz zu ihrem Patienten wahren. Das habe ich nicht getan. Ich habe mich ihm offenbart und anvertraut. Aber ich war mit sicher, dass ich es bei diesem Mann wagen konnte. Er hat irgendwie mein Herz berührt. Das ist der Schlüssel. Und wenn ich mir jetzt seine Vita vor Augen führe, dann verstehe ich.“

„Erzählen Sie mir von seiner Vita.“

„Er hat als Kind schon schwere Gewalt erfahren. Das wirkt sich immer auf das weitere Leben aus. In jungen Jahren ist er dann durch sehr aggressives Verhalten aufgefallen, ist aus allen Schulen rausgeflogen, hat in allen Heimen, in denen er war, Menschen verletzt. Zum Teil schwer. Als junger Erwachsener ist er dann groß eingestiegen. Banküberfälle der brutalen Art. Ist geschnappt worden. Ist aus der U-Haft getürmt. Ist dann bei der Fremdenlegion untergekommen. War in verschiedenen Krisengebieten im Einsatz. Wurde als Einzelkämpfer ausgebildet. Nach seiner Entlassung aus der Legion ist er sofort wieder auffällig geworden und sitzt seither im Gefängnis. Er hat nämlich bei einem Banküberfall kaltblütig zwei Wachmänner erschossen. Es passt leider alles zusammen. Geräuschloses Töten hat er in der Legion gelernt. Und er hat schon in der Vergangenheit skrupellos getötet. Er wollte mich beschützen und hat alle Männer, die mir Kummer bereitet haben, erledigt. Das passte plötzlich alles zusammen. Und wenn Sie mir heute erzählen, dass er Sie gestern mit meinem Wagen verfolgt hat, dann passt das auch in sein Muster. Er hat Sie als Bedrohung für mich eingeschätzt."

Sie machte ein Pause: „Gott sei Dank ist Ihnen nichts passiert."

Danach brach sie erneut in Tränen aus. Aber diesmal konnten die Taschentücher nicht helfen. Weinkrämpfe schüttelten sie und ließen sie kaum Luft bekommen. Francesca griff schließlich zur Klingel und läutete nach der Schwester.

Die rief sofort einen Arzt, der Francesca und Fabio aus dem Zimmer bat.

Auf dem Flur sprach der Arzt den Commissario an: „Was haben Sie mit der Patientin gemacht?" Er wirkte leicht zornig.

Fabio zeigte ihm seinen Ausweis: „Wir hatten einige Fragen. Sie konnte uns weiterhelfen. Es war zu ihrem Besten."

Der Arzt runzelte die Stirn: „Das sehe ich allerdings ganz anders als Sie." Er sprach streng.

„Frau Dr. Gufler braucht dringend Ruhe. Sie ist hier eingeliefert worden mit Anzeichen eines sehr schweren Schocks. Genaueres sage ich Ihnen nicht. Jedenfalls ist sie keineswegs vernehmungsfähig. Wir hatten ihren Zustand wieder stabilisiert. Bis Sie gekommen sind. Jetzt ist sie erneut in den Schockzustand zurückgefallen. Ich habe ihr jetzt ein starkes Beruhigungsmittel spritzen müssen. Das ist nicht gut. Wenn Sie also noch einmal vorhaben sollten Frau Gufler zu vernehmen, dann fragen Sie bitte vorher, ob das aus ärztlicher Sicht geht. Jetzt jedenfalls geht es nicht mehr."

Damit rauschte der Weißkittel davon.

Fabio sprach noch mit der Stationsschwester: „Wenn hier ein Mann auftaucht, etwa 1,80 Meter groß, kantiges Gesicht, möglicherweise mit einer dunklen kurzen Lederjacke bekleidet, und zu Frau Gufler will, dann informieren Sie uns bitte sofort." Er gab ihr eine Karte.

„Und am besten Sie halten ihn hin, sagen, dass er noch nicht zu ihr kann. Behalten Sie ihn auf jeden Fall im Auge."

„Ist der Mann gefährlich?"

„Ja."

*

Fabio schaute Francesca von der Seite an, als sie wieder im Auto saßen und Richtung Questura fuhren.

„Deine Art, das Verhör zu führen, war sehr gut. Du hast viel mehr herausbekommen, als ich geschafft hätte."

Francesca wandte Ihren Blick nicht von der Straße. Aber sie lächelte ganz leicht.

„Danke. Aber das war doch klar."

„Was war klar?"

„Dass die Frau Doktor ein Verhältnis mit ihrem Patienten angefangen hat."

„Wieso warst du dir so sicher?"

„Ich habe es gewusst, als ich sie gesehen habe. So leidet nur eine Frau, die liebt und die weiß, dass ihre Liebe keinen Bestand haben kann."

„Also weibliche Intuition?"

„Weiß ich nicht. Hast du das denn nicht gesehen?"

„Ehrlich gesagt: Nein. Gesehen habe ich nur, dass sie schlecht aussah. Und ich wusste ja, warum. Weil sie vom Tod zweier Menschen erfahren hatte, denen sie einmal sehr nahe stand."

„Das war es nicht. Sie leidet daran, dass ihr Traumschloss zusammengebrochen ist. Ihr war doch sofort klar, dass nur ihr Kerl als Täter in Frage kommt. Und dass sie ihn deshalb verlieren würde. So oder so."

„So oder so?"

„Entweder er wird erwischt. Dann verliert sie ihn. Oder er wird nicht erwischt. Dann kann sie nicht länger mit ihm zusammenbleiben. Er ist eine tickende Zeitbombe. Selbst wenn sie ihn nicht verraten hätte, wäre eine Trennung unvermeidlich gewesen."

„Und das muss ihr sofort bewusst geworden sein, als ich ihr vom Tod des Professors erzählt habe."

„Und klar und deutlich verstärkt durch die kurz darauf gehörte Radiomeldung. Genau. Das war zu viel. Deshalb der Zusammenbruch. Da ist ihre Welt zusammengebrochen. Eine Welt, die sie sich schöner ausgemalt hatte, als sie jemals war."

Sie schwiegen, bis Francesca den Wagen in der Questura abstellte.

„Und jetzt?"

Fabio saß noch immer angeschnallt im Auto.

Francesca hatte die Tür schon offen und schwang ein Bein hinaus.

„Jetzt steigst du aus und ich kümmere mich um die Fahndung."

Fabio blieb sitzen.

„Was hast du?"

„Eine Vorahnung."

Er blickte Richtung Francesca die sich leicht bücken musste, um Fabio auf dem Beifahrsitz zu sehen. Denn sie stand schon draußen.

„Was würdest du machen, wenn du an seiner Stelle wärst?"

„Schwer zu sagen. Ich würde vermuten, dass die Polizei mich in Verdacht hat. Durch meine Flucht hätte ich mich jedenfalls verdächtig gemacht. Und ich würde meine Entlassung gefährdet sehen. Bevor ich jetzt wieder in den Bau ginge, würde ich versuchen, mich irgendwie durchzuschlagen."

„Genau. Und was hast du bei dir?"

„Ich nehme an, dass ich die Autoschlüssel dabeihabe, also den Wagen benutzen kann."

„Hast du Geld?"

„Eher nicht."

„Wie weit kommst Du?"

„Bis der Tank leer ist."

„Wenn du jetzt eine SMS von deiner Liebsten bekommst, wie reagierst du?"

Francesca begriff. Sie stieg sofort wieder ein und startete den Wagen.

„Und was machen wir mit dem Krankenhausarzt?"

„Ach, der Weißkittel? Den hatte ich glatt vergessen."

*

Sie betraten das Krankenzimmer, ohne dass sie jemand daran hinderte. Valentina schlief tief und fest. Francesca öffnete die Schublade des Beistelltisches. Da lag ihr Handy.

„Suche unter den letzten ausgehenden Anrufen. Der Kerl hat gesagt, dass sie ihn angerufen hat."

„Ist nur eine Nummer. Das wird sie sein. Was soll ich schreiben?"

„Polizei überwacht mich. Nimm Geld aus meiner Wohnung. Vorratskammer. Viel Glück. Valentina."

Francesca tippte.

„Absenden?"

„Ja. Und danach machst du das Handy aus."

*

Die nächsten Stunden richteten Sie sich in der Wohnung der Psychologin ein. Der Hausbesitzer gab ihnen einen Zweitschlüssel. Vor dem Haus waren Kollegen positioniert. Als Gäste des Cafè Londra, als Bauarbeiter, als Passanten getarnt. In der Wohnung waren Fabio, Francesca und zwei junge Kollegen, die sie noch vom Krankenhaus aus zur Wohnung der Psychologin bestellt hatten. Fabio hatte auch mit Tommaso gesprochen und der hatte ihnen zugesichert, dass er sofort Bescheid geben würde, wenn einem seiner Carabinieri der Wagen irgendwo auffiel.

Es wurde langsam dunkel draußen und Licht konnten sie nicht machen.

„Wie lange sollen wir hier warten?“

Fabio zuckte mit den Schultern.

„Ich weiß nicht. Sicher nicht ewig. Aber wenn er die Nachricht bekommen hat, wird er diese Chance nutzen.“

Da klingelte Fabios Handy.

„Der Wagen ist gesichtet worden. Fährt auf der MEBO Richtung Bozen. Kam aus dem Vinschgau, wie es scheint. Auf den Straßen ist nichts los. Kann also in 20 bis 30 Minuten bei euch sein. Sollen wir ihn stoppen?“

„Lasst ihn nicht aus den Augen. Kannst du zivile Fahrzeuge einsetzen?“

„Nein, kann ich nicht.“

„Dann lass ihn fahren. Wir wissen Bescheid.“

Fabio unterrichtete die Kollegen, die draußen in Bereitschaft standen. Die Falle war gestellt. Diesmal würde er ihnen nicht entkommen.

*

Als er die Tür aufschloss, lauschte er in das Treppenhaus. Nichts tat sich, nachdem die schwere Haustür in ihr Schloss gefallen war. Ihm war nicht wohl. Sie hatte nicht mehr reagiert, als er sie angerufen hatte. Wahrscheinlich eine Vorsichtsmaßnahme. Aber ohne Geld konnte er nicht weit kommen. Er war schon im unteren Vinschgau, als er die SMS erhielt. Sie dachte wirklich an alles. Sie musste gewusst haben, was passiert war. Wahrscheinlich waren die Polizisten bei ihr gewesen. Er musste zur Vorratskammer. Er wollte kein Licht machen. Nicht auffallen. Im Auto hatte er eine kleine Taschenlampe gefunden. Die sollte reichen.

Als er die Tür zur Vorratskammer öffnete, spürte er, dass er nicht alleine im Raum war. Da wurde das Licht angeschaltet. Vier Mündungen waren auf ihn gerichtet.

*

„Warum?“

Nachdem der Täter eingehend geschildert hatte, wie er zuerst Professor Pedratscher und anschließend Doktor Reiterer umgebracht hatte, fokussierte Fabio seine Frage auf das Motiv.

„Warum?“

Der große Mann saß zusammengesunken vor ihnen. Er schien in sich zusammengeschrumpft zu sein. Sein Leben war endgültig zerstört. Er wusste das.

„Ja, warum?“

Er blickte Francesca, Fabio und die anderen Polizisten im Raum nacheinander an.

„Ich liebe sie. Sie war die Einzige, die mir jemals zugehört hat. Die Einzige, die an mich geglaubt hat. Die Einzige, die mir einen Weg gewiesen hat. Sie hat mich, den einfachen Mann, den Kriminellen, in ihre Nähe gelassen. Sie hat zugelassen, dass ich mich für sie nützlich machen konnte. Sie hat mir ihren Kummer erzählt. Was konnte ich denn für sie tun? Außer die Wohnung zu renovieren?“

Seine Stimme wurde immer lauter.

„Was denn! Ich musste etwas tun, für das sie dankbar sein musste. Für immer!“

Er wirkte verzweifelt. Sein Gesicht hatte fratzenartige Züge angenommen. Es war durchzuckt von Verzweiflung, verlorener Hoffnung und Angst.

„Ich habe alle, die ihr wehgetan haben, beseitigt. Alle! Und ich hätte sie beschützt. Das hätte ich getan. Niemand sollte ihr mehr wehtun. Niemals wieder!"

Fabio nickte.

„Und warum ich? Ich habe ihr nichts getan."

Er blickte ihn aus rot unterlaufenen Augen tief von unten an.

„Doch! Sie haben sie verfolgt. Sie wollten sie verfolgen. Ich habe sie im Krankenhaus besucht. Sie hat gesagt, dass Sie ihr auf den Fersen sind."

„So, hat sie das."

„Ja! Das hat sie gesagt."

„Und das war für sie der Auftrag, mich zu jagen?"

Er blickte verschlagen zu Fabio.

„Den Auftrag habe ich mir selber gegeben. Und beinah hätte ich Sie auch erwischt."

Fabio stand auf.

„Das reicht für heute. Abführen!"

Dreiundzwanzig

Der Dampf verteilte sich im ganzen Raum. Heiß und feucht. Fabio war nicht das erste Mal in einer Sauna. Aber das erste Mal mit Elisabeth. Am Samstagmorgen waren sie gleich nach dem Frühstück nach Meran gefahren. Elisabeth hatte schon lange vor mit ihm die Therme zu besuchen. Und als er Freitagabend erschöpft, aber glücklich nach Hause kam, war es einfach, ihn dazu zu überreden.

*

„Du hast doch sicher jetzt keinen Wochenenddienst, oder?", hatte sie ihn mit Anspielung auf das vergangene Wochenende gefragt.
„Nein. Hagen ist nach Hause gefahren. Ich soll dich herzlich von ihm grüßen."

„Und? War er zufrieden?"

„Ich glaube ja. Die Auswertungen der Unterlagen aus Reiterers Büro laufen zwar noch, aber wir wissen jetzt schon, dass wir hier mitten ins Schwarze getroffen haben. Der Kerl hatte mit seinen Freunden, die er aus der gemeinsamen Studienzeit kannte, ein Netzwerk aufgebaut, das ihm viel Geld einbrachte. Wir kennen die Einzelheiten noch nicht. Aber wie es scheint, schrieb Doktor Reiterer die Rezepturen für allerlei Zeug, das in Kolumbien produziert wird. Einer der Freunde ist für die Produktion verantwortlich. Dort geht es ziemlich einfach und ruppig zu. Hygienevorschriften werden ignoriert, die Arbeitsbedingungen sind menschenunwürdig. Grundvorausetzungen, um schon zu Beginn der Wertschöpfungskette den Profit zu steigern. Der Vertrieb lief lange über das Internet. Anonym und recht erfolgreich. Seit einiger Zeit probieren sie neue Vertriebswege aus. Denn der Freund in Kolumbien ist der Besitzer vieler Textilfabriken. Dort werden massenhaft Plagiate von etablierten Modelabels angefertigt. Die gelangen über eingespielte Vertriebswege nach Europa. Und unter die Klamotten haben die drei ihre Wundermittel gepackt."

„Wer ist denn der dritte im Bunde?"

„Der ist Chef der ROTH's, einer Rockerbande, die sich in mehreren Ländern etabliert hat. Alle drei sind Mitglied dieses Motoradclubs. Und die Jungs kennen sich mit einschlägigen Geschäften aus. Der Dritte im Bunde organisiert die Bewachung der Transporte und sorgt dafür, dass die Lageristen und Zwischenhändler spuren. Außerdem vermutet Hagen, dass die ROTH's die Ware auch an die Endverkäufer bringen und diese überwachen."

„Um was für ein Zeug handelt es sich denn? Potenzmittel?"

„Das vertreiben die wohl auch. Aber nur Plagiate von den etablierten Mitteln. Mit mehr oder weniger Wirksubstanz. Wir glauben, dass sie seit einigen Jahren auch mit neuen Psychodrogen handeln. Wir haben Rezepturen gefunden, die darauf hindeuten. Unser Labor wertet das noch aus. Wir haben auch viel Literatur über das Leben und Wirken von Chemikern gefunden, die sich intensiv mit Drogen beschäftigt haben. In einem der Bücher werden 179 halluzinogene Phenethylamine beschrieben. Eine Schatzgrube für unseren Doktor Reiterer, der sich aus diesem Fundus reichlich bedient hat. Der hat zahlreiche illegale Halluzinogene produzieren und vertreiben lassen. Alles, was du heute in einem Nachtclub, in einer Disco als kleine Pille kaufen kannst, die dich für 48 Stunden munter hält, kann aus des Doktors kleiner Chemiefabrik in Kolumbien stammen."

„Dann habt ihr also einen dicken Fisch an der Angel?"

„Nur, dass der Fisch tot ist. Erschlagen von einem Typen, der nicht damit klarkam, dass er sich in eine Frau verliebt hat, der er nicht das Wasser reichen konnte, die ihn aber glauben ließ, dass es etwas mit ihnen werden könnte."

„Ich kann mich an die Szene im Kallmünz erinnern. Die beiden passten doch gar nicht zusammen."

„Eben. Die passten überhaupt nicht zusammen. Aber er hat anscheinend etwas in ihrem Herzen berührt, in ihrer verletzten Seele. Und sie hat sich ihm geöffnet. Das war unprofessionell, aber sie war eben schwach. Und er hat sich aufgehoben und überhaupt angehoben gefühlt. Nachdem man ihn sein ganzes

Leben lang wie Dreck behandelt hatte, hat sie ihm das Gefühl gegeben, auf einer Ebene mit ihr zu stehen. Das jedenfalls hat er sich eingebildet. Und um ihr seine Tauglichkeit zu beweisen, hat er ihre Probleme auf seine Art gelöst. Das hat sie nicht kalkulieren können. Aber eine moralische Schuld trifft sie auf jeden Fall. Dieser Verantwortung kann sie sich nicht entziehen. Nur strafrechtlich kann man ihr nichts anhaben. Der Mann wandert für den Rest seines Lebens in den Knast."

*

Alle Gedanken rund um die Ereignisse der vergangenen Woche waren sofort vergessen, als Elisabeth ihm sagte: „Mach den Wein auf, schenk uns ein und setz dich." Fabio tat, wie geheißen, und Elisabeth stellte sich an den Herd und bereitete Kalbsleber auf venezianische Art mit Röstkartoffeln zu. Dazu gab es einen kräftigen Gewürztraminer. Der Duft der Röster und der gebratenen Leber zog durch die Küche. Fabio fühlte sich wohlig, der Wein schmeckte. Er war mit seinen Gedanken ganz weit weg, als Elisabeth vom Herd aus sprach: „Und mit der Hochzeitsreise machen wir es so ähnlich wie Tommaso und Anna. Ich habe mit Anna gesprochen. Und ich glaube, das ist das Richtige für uns." Fabio nahm einen Schluck, schaute seine Frau verwundert an. Die konnte das nicht sehen, weil sie in der Pfanne rührte. Er schaute einen Moment zu lange.

„Ich höre nichts!"

„Ja. Wenn du das sagst. Dann machen wir das so. Also mit zwei Rucksäcken und dem Bus."

„Nicht ganz. Mit zwei kleinen Koffern und der Fulvia."

„Welche Richtung?"

„Nach Süden."

„Gut."

Es war ein schöner Abend.

*

Der Dampf verzog sich langsam.

Fabio war, als er den Saunabereich betreten hatte, sofort aufgefallen, dass die Gäste alle gute Umgangsformen hatten. Hier, in den Thermen von Meran, war die Atmosphäre äußerst angenehm. Weil die Gäste sich einander nichts zumuten wollten. Außerhalb der Saunahäuschen waren die Blößen bedeckt. Das lag vielleicht an dem schicken Ambiente. Dunkle Hölzer, warmer Stein, moderne, klare Linien. Und als er nach dem Saunagang neben Elisabeth im Freien lag, gut eingepackt in den Frotteebademantel, und die Sonne warm auf sie herabschien, da war ihm wohl zumute. Seine Gedanken tanzten. Sie drifteten ab, Richtung Süden. Er saß in der roten Fulvia. Mit Elisabeth an seiner Seite. Sie waren auf Hochzeitsreise.

Danksagungen

WIE DU MIR SO ER DIR *hat viele Paten.*

Ich danke insbesondere **Stephan, Susanne und Dirk**, die schon wissen wofür. Und **Astrid Fleischmann** von der Verlagsanstalt Athesia, die sich sehr für die Krimireihe einsetzt.

Zum Inhalt habe ich viel recherchiert und hatte einige kompetente Ratgeber.

Für aufschlussreiche Gespräche danke ich **Dr. Margot Vinatzer-Bauer**, der echten Apothekerin aus Tisens und Nals und **Dr. Leo Hillebrand** aus Prissian. Sei es, dass sie mich von einer fachlich falschen Anlage eines Handlungsstranges abhielten, sei es dass sie es mir ermöglichten, eigene Erlebnisse in einem größeren Zusammenhang zu betrachten. Hier und da sind Erkenntnisse aus diesen Gesprächen in das Denken und Handeln der fiktiven Figuren eingegangen.

Ich danke Frau **Diplom-Psychologin Annette Hillesheim** von der Justizvollzugsanstalt Remscheid, die mich tief in die Psyche bestimmter Tätertypen hat blicken lassen. Ich betone aber, dass die Handlung in diesem Krimi frei erfunden ist und auch die Figur des Täters niemandem entspricht, den Annette behandelt hat.

Ich danke **Christine Lacroix,** Geschäftsführerin der Plagiarius Consultancy GmbH, Elchingen/Solingen. Sie hat mir viel über die allgegenwärtige, weltumspannende Produktpiraterie berichtet und mir wertvolle Hinweise gegeben. In einem Krimi kann ich nur weniges von dem unterbringen, was ich an Material gesammelt habe. Wenn Sie Interesse an diesem Thema haben, empfehle ich die Internetseite von Plagiarius: www.plagiarius.com

Bei meinen Recherchen im Bereich der strafrechtlichen Ermittlungen im Zusammenhang mit Produktpiraterie hat mir Frau Staatsanwältin **Kathrin Franz** geholfen. Ich kann nur sagen: Produktpiraten aufgepasst! Irgendwann kriegen die euch alle!

Dass Fabio einen Lancia Fulvia fährt, haben Sie, liebe Leserin, lieber Leser, **Martin Unterholzner** aus Prissian/Tisens zu verdanken. Ich habe ihn gefragt: „Martin, was für ein abgefahrenes Auto könnte Fabio wohl fahren? Was passt zu dieser Figur?" Seine Antwort kam sofort: „Eine Fulvia." Ich habe dieses Auto nicht gekannt.
Aber dann stand es vor mir. In Düsseldorf. Im Eingangsbereich eines modernen Kaufhauses. Sein Eigentümer ist **Reiner Seume**, Geschäftsmann und erfolgreicher Rallyefahrer. Herrn Seume danke ich für seine vielen Geschichten rund um das famose Auto. Wenn Sie Herrn Seume und seine Fulvia sehen wollen: www.elysee-watches.com/events (dort unter „AVD Histo-Monte" und „The winter trail" schauen!).

Zum Schluss danke ich besonders herzlich Herrn **Heinz-Josef Radermacher**, einem von drei verbliebenen Maßschneidern in Düsseldorf. Ich habe ihn in seinem Atelier besucht, um die Atmosphäre eines Maßschneiderateliers zu schnuppern. Wir haben uns lange unterhalten und ich habe viel gelernt. Die Welt der Maßschneider, ihrer Stoffe und ihrer Kunden ist faszinierend.

Ihnen, liebe Leserin, lieber Leser wünsche ich viel Lesevergnügen. Besuchen Sie mich auf meiner Internetseite www.südtirolkrimi.de Sie finden dort viele Fotos der Originalschauplätze, Informationen rund um die Krimireihe und ein Kontaktformular.

Ralph Neubauer

Erläuterungen

Damit insbesondere die Leserinnen und Leser aus Deutschland verschiedene Begriffe aus der italienischen Polizeiwelt besser verstehen, habe ich diese Erläuterungen angefügt. Denn die Polizei ist in Deutschland anders organisiert als in Italien.

Das Polizeisystem in Italien besteht aus mehreren nationalen Polizeikörpern.
Da gibt es die zivile Staatspolizei, die Polizia di Stato. Dieser gehört Fabio Fameo an.
Die Carabinieri sind eine militärische Einrichtung, unterstehen dem Verteidigungsministerium und versehen nach Weisung des Innenministeriums Polizeidienst. Daraus ergibt sich ein ganz eigenes Selbstbewusstsein. Dieser Einheit gehört Tommaso Caruso an.

Dann gibt es noch die Guardia di Finanza. Das ist eine militärisch organisierte Finanz- und Zollpolizei. Sie untersteht dem Wirtschafts- und Finanzministerium und ist insbesondere für die Bekämpfung der Wirtschaftskriminalität zuständig. Schwerpunkt ist die Steuer- und Zollfahndung.
Dann gibt es noch besondere Polizeibehörden, wie die Gefängnispolizei, die Forstpolizei und die Küstenwache, sowie – auf Gemeindeebene – die Gemeindepolizei (Polizia Municipale). Diese prägen häufiger als andere Einheiten das Stadtbild, denn sie kümmern sich u. a. um die Parkraumbewirtschaftung, den örtlichen Straßenverkehr und die kleinen Kümmernisse der Bevölkerung.

Diese nicht ganz vollständige Aufzählung zeigt, dass das Polizeiwesen in Italien komplizierter ist als in Deutschland.

Für die Leser der Krimireihe ist es vielleicht wichtig zu wissen, dass Polizia di Stato und Carabinieri zwar beides Polizeieinheiten sind, aber nicht so zu betrachten sind wie Kriminalpolizei und Schutzpolizei in Deutschland. Es besteht ein relativ ausgeprägtes Konkurrenzverhältnis zwischen diesen beiden Polizeieinheiten. Deshalb ist die Freundschaft zwischen Fameo und Caruso auch etwas Besonderes. Im richtigen Leben kann es vorkommen, dass sie an ein und derselben Sache dran sind, sich aber gegenseitig nicht helfen, sich nicht in die eigenen Karten schauen lassen und Ermittlungsergebnisse nicht austauschen. Sinn dieser Konstruktion ist, dass man in Staaten wie Italien (Vergleichbares gibt es in Frankreich und Spanien) eine Machtkonzentration der Polizei in einer Hand vermeiden wollte. Dafür nimmt man bis heute in Kauf, dass unter Umständen doppelt gearbeitet wird.

Blickt man heute auf die Polizeieinheiten, nimmt man wahr, dass die Polizia di Stato (Zivilpolizei) vorwiegend in den Städten und die Carabinieri (militärische Gendarmerie) vorwiegend mit einem engmaschigen Netz von Carabinieri-Stationen auf dem Land vertreten sind. Das ist in Südtirol auffällig.

In Bozen findet sich die Questura (vergleichbar einem Polizeipräsidium in Deutschland) in unmittelbarer Nähe zu einer großen Carabinieri-Kaserne. Auch deshalb habe ich Caruso im zweiten Band hierher „befördert“, weil er dann enger mit Fameo zusammenarbeiten kann. Kurze Wege eben.

Fameo arbeitet als Commissario Capo in der Questura. Ein Commissario Capo ist in etwa mit einem deutschen Polizeirat zu vergleichen. Sie können seine Position also so einschätzen, dass er durchaus noch Karriere machen kann. „Kommt Rat, kommt Oberrat“, sagt man in Deutschland. Aber er soll ja Vicequestore werden. Das hat man ihm in Rom versprochen, als man ihn in die Provinz nach Bozen versetzt hatte. Ein Vicequestore ist

vergleichbar einem deutschen Polizeioberrat/Polizeidirektor/leitenden Polizeidirektor. In Italien gibt es dafür so schöne Namen wie Vicequestore Aggiunto, Vicequestore Vicario und Dirigente Superiore (Questore).
Ich habe den fiktiven Leiter der Questura in Bozen zu einem Vicequestore gemacht. Damit ist er zwar ein hoher Offizier, aber noch nicht im Generalsrang. Und dieses Ziel hat man Fameo in Aussicht gestellt. Mal sehen, wann er es erreicht. Das hängt vor allem davon ab, was aus dem Vicequestore wird. Lassen Sie sich insoweit überraschen.

Nun zu Tommaso Caruso. In Band 1, „Rache ist honigsüß", war er noch ein Maresciallo Capo in Terlan und leitete dort die Carabinieri-Station. Maresciallo heißen in Italien ganz allgemein die Chefs der örtlichen Carabinieri-Stationen. Ihr militärischer Rang ist der eines Unteroffiziers mit Portepee – also ab Feldwebel aufwärts in der Rangordnung. In der deutschen Polizeiwelt wäre ein Maresciallo Capo vergleichbar einem Polizeihauptmeister. In Deutschland hätte er vier grüne Sterne auf der Schulter. Caruso ist also schon wer, als er die Station in Terlan leitet. Aber auch so ziemlich am Ende der Karriereleiter angekommen.

Deshalb und weil ich ihn ab Band 2 in der Nähe von Fameo haben wollte, habe ich ihn nicht nur in die Carabinierikaserne in Bozen versetzt, sondern ihn auch zum Maresciallo Aiutante befördert. So eine Art „Fachoffizier". Jedenfalls ist er jetzt im Rang eines Polizeihauptmeisters mit den Funktionen eines Polizeikommissars. Nicht ganz gleichrangig mit des Commissarios neuer Assistentin Francesca Giardi. Aber – mit Blick auf seine langjährige Erfahrung – mit ihr auf Augenhöhe.

Francesca Giardi ist Vicecommissario. In Deutschland wäre das mit einer Polizeikommissarin zu vergleichen, die noch eine Probezeit zu absolvieren hat, bevor sie endgültig zur Kommissarin ernannt wird.

Dieses Dreiergespann stellt also drei Stufen in der Hierarchie der Polizei dar: Unteroffizier (Caruso), Offizier (Giardi), Stabsoffizier (Fameo). Oder – aus Sicht der Beamten – Mittlerer Dienst, Gehobener Dienst, Höherer Dienst.

Und sie spiegeln zwei wichtige Polizeieinheiten Italiens, die Zivilpolizei (Polizia di Stato) und die militärische Gendarmerie (Carabinieri) wider. Dass diese drei so eng zusammenarbeiten, ist wegen der oben beschriebenen Konkurrenzsituation der beiden Polizeien nicht selbstverständlich. Insoweit beschreibe ich einen Zustand, wie man ihn im richtigen Leben wahrscheinlich nicht antrifft. Aber das ist das Schöne an fiktionalen Texten: Man kann als Autor (fast) alles erfinden, wenn es das Kino im Kopf entzündet.

Es gibt vielleicht noch Begriffe, die ich verwendet habe und die Sie nicht kennen, wie zum Beispiel: „MeBo". So nennt sich die Schnellstraße zwischen Meran (Me) und Bozen (Bo).

Sollten Sie Fragen haben, so schreiben Sie mir. Unter www.südtirolkrimi.de finden Sie ein Kontaktformular.

In diesem Sinne: Viel Spaß beim Lesen!

Ralph Neubauer

Band 1

Ralph Naubauer

Rache ist honigsüß

Commissario Fameo flirtet

224 Seiten, 13,5 x 21 cm, broschiert

ISBN 978-88-6011-093-0

€ 12,90

Ein dubioser Unfall im Dorf Tisens, hinter dem sich eine Geschichte verbirgt, die tief in der Vergangenheit Südtirols wurzelt …

Commissario Fabio Fameo aus Rom, abkommandiert nach Bozen, der zunächst unbeholfen durch sein neues Revier stolpert, bevor sein kriminalistischer Scharfsinn die Hintergründe dieses Falles zu Tage fördert …

Sein neuer Partner und eine neue Liebe, die ihm helfen, Südtirol und seine Menschen zu verstehen und zu schätzen …

www.südtirolkrimi.de

Leseprobe aus Band 1

Der Schmerz setzte unmittelbar und ohne Vorwarnung ein. Fameo schrie auf. Er taumelte, strauchelte und kam zu Fall. „Verdammt noch mal, was war das?", dachte er, während er auf die Seite fiel. Wegen seines Schreis kam Brigitte aus der Küche auf die Veranda, um zu schauen, was passiert ist. Sie bereitete gerade das Frühstück für die beiden Hausgäste, als sie Fameos Schrei hörte. Dann sah sie ihn im Gras vor dem Haus liegen. Er lag auf dem Rücken, hatte den linken Fuß an sein Gesicht gezogen und schien seine Zehen zu betrachten. Dann stand er mühsam auf, denn offensichtlich bereitete es ihm Schmerzen, mit dem linken Fuß aufzutreten. Er humpelte stark, setzte nur mit der Ferse auf und verzog das Gesicht vor Schmerz. Brigitte ahnte, was passiert war. Ihr Gast war barfüßig im taunassen Gras unterwegs gewesen. Ihren Sohn hatte sie mittlerweile so weit, dass er sich Schuhe anzog, wenn er über die Kleewiese lief. Aber sie konnte ja nicht jeden erwachsenen Gast wie einen sechsjährigen Jungen behandeln. In der Kleewiese gab es jede Menge Bienen und wenn man auf eine tritt, dann stechen die. Brigitte ging ihrem Gast entgegen. „Hat Sie eine Biene in den Fuß gestochen?" Fameo humpelte auf sie zu und zog sich erschöpft auf einen Hocker. „Ich glaube ja. Jedenfalls brennt es furchtbar. Und es zieht jetzt die Wade hoch." Brigitte hatte schon oft bei ihrem Sohn Stacheln aus den Füßen geholt und ging ins Haus. „Ich hole nur eine Pinzette, bin gleich wieder da." Fameo betrachtete seinen linken Fuß. Der wurde merklich dicker. „So ein Mist!", dachte er. „Zuerst plagen einen die Mücken in der Nacht und dann trete ich auch noch auf eine Biene." Fameo hatte 25 Mückenstiche gezählt, auf seinen Beinen und seinen Armen. Alle Stiche waren zu großen Quaddeln aufgequollen und juckten höllisch. So etwas hatte er noch nie erlebt. Das Landleben hatte so seine Tücken. Liebliche Landschaft und stechende Insekten, dachte er, als ein alter Mann auf ihn zutrat. „Guten Morgen, ich habe Ihren Schrei gehört und gesehen, wie Sie hierhergehumpelt sind. Gestatten Sie, dass ich mich vorstelle, Eduard Holzleitner ist mein Name und ich wohne auch hier." Herr Holzleitner machte einen freundlichen Eindruck.

Er beugte sich über den Fuß und betrachtete die Schwellung. „Zieht es die Wade hoch?“, wollte er wissen. „Ja“, bestätigte Fameo. „Und der Fuß ist sofort angeschwollen.“ Der alte Mann nickt nur. „Eine allergische Reaktion. Das kenne ich. Jetzt muss der Stachel raus und dann habe ich was für Sie, das hilft sofort, ich hole es eben.“ Der alte Mann ging ins Haus und Brigitte kam mit der Pinzette. Den Stachel hatte sie schnell gefunden und entfernt – eine geübte Mutter eben. Der alte Mann brachte ein kleines Fläschchen und einen Löffel mit. Darauf gab er dreißig Tropfen, die Fameo schlucken sollte. „Was ist das?“, fragte Fameo. Der alte Mann zog nur die Brauen hoch und schaute Fameo an. „Eine Spezialtinktur gegen allergische Reaktionen auf Bienenstiche“, schmunzelte der Alte. „Sie müssen es nicht nehmen. Aber es hilft. Ich habe es dabei, weil ich ebenfalls allergisch auf Bienenstiche reagiere. Ich würde es an Ihrer Stelle nehmen, dann nimmt die Schwellung wieder ab und die Schmerzen verschwinden. Wenn Sie es nicht nehmen, braucht der Körper drei Tage, um das Gift abzubauen. Also los, schlucken!“ Fameo tat, was man ihm sagte. Dann erzählte er von seinem Pech, dass ihm die Mücken arg zugesetzt hatten. Der Alte ließ sich auch die Mückenstiche zeigen. „Oh, das sieht nicht gut aus“, meinte er. Das wird auch eine allergische Reaktion sein. Aber dagegen wird das Mittel nichts ausrichten. Da brauchen Sie Cortison, das habe ich nicht dabei. Aber die Apotheken haben vielleicht ein Mittel.“ Fameo überlegt, wo es hier eine Apotheke geben könnte, die am Samstag offen hat. Da sagte Brigitte: „Die Apotheke in Tisens hat heute Bereitschaft, da könnten Sie fragen. Aber jetzt wird erst einmal gefrühstückt.“ Und energisch schob sie ihren Arm unter den Fameos und half ihm auf. Und tatsächlich meinte er schon eine Besserung zu spüren. Er konnte wieder mit dem linken Fuß auftreten, ihn aber noch nicht voll belasten. Der Alte murmelte hinter ihm: „Wunder kann ich auch nicht vollbringen, etwas schmerzen wird es noch, aber nicht mehr lange.“

Mehr lesen Sie in „Rache ist honigsüß“,
Band 1 aus der Reihe „Südtirolkrimi“

Band 2

Ralph Naubauer

Liebe macht zornesblind

Commissario Fameo feiert

352 Seiten, 13,5 x 21 cm, broschiert
ISBN 978-88-6011-150-0

€ 12,90

Zwei grausame Morde im Pfossental, hoch oben in den einsamen Bergen. Commissario Fameo kommt ins Spiel, nachdem die erste Leiche gefunden worden ist. Bei seinen Ermittlungen stößt er auf eine Partnervermittlungsagentur, über die ein Einsiedlerbauer aus dem Pfossental seine Frau aus Rumänien vermittelt bekommen hat …

www.südtirolkrimi.de

Leseprobe aus Band 2

Der Raum, den Fabio betrat, war dunkel, fast schwarz. Die kleinen Fenster ließen das Tageslicht nur spärlich herein und das Licht wurde von den dunklen Wänden sofort geschluckt. Es gab nur wenig in dem Raum, was das Licht widerspiegelte. Da waren ein weiß emaillierter Herd und einige Büchsen, die Lebensmittel enthielten. Als sich Fabios Augen an das Halbdunkel des Raums gewöhnt hatten, sah er, dass dieser Teil des Hauses die Küche sein musste. Und die Wände waren hier nicht aus Holzbalken, wovon er zunächst ausgegangen war. Die Küche hatte Wände aus Steinen. Die Steine waren allerdings schwarz. Schwarz vom Ruß, denn neben dem weißen Herd gab es eine Räucherstelle, die noch dunkler als der Rest des Raumes war. An der Decke hingen drei Schinken und einige Würste. Es roch rauchig, aber auch würzig. Die Möbel waren aus Holz und wirkten grob zusammengebaut. Der Herd war für den kleinen Raum recht groß. Ein dickes Rohr führte von ihm nach oben, knickte im rechten Winkel ab und verschwand in seinem weiteren Verlauf in der Wand nach außen. Ein Holzherd alter Bauart. Fabio hatte so einen schon mal im Museum gesehen. Unten eine Schublade für das Feuerholz, eine Klappe, um an die Asche zu gelangen, ein Backrohr und das eigentliche Feuerloch, direkt unter der großen Herdplatte. Auf einem schwarzen Tisch stand allerlei Zeug: Teller, Tassen, Dosen mit Tomatensugo, eine Flasche ohne Etikett mit einem Inhalt, der aussah wie Schnaps. Fabio rief in das Dunkel: „Ist jemand zu Hause?“ Nichts rührte sich. Der Bauer schien fort zu sein. Offensichtlich hatte er keine Angst, seinen Hof unversperrt zu lassen. Wahrscheinlich kam hier nie jemand herauf. „Und wenn, dann kennt man sich“, vermutete Fabio. Die Decke war niedrig, und als Fabio weiter in den Raum ging, musste er aufpassen, dass er nicht die an den Balken hängenden Schinken mit dem Kopf berührte. „Wenn ich schon mal da bin, dann will ich mir wenigstens ein Bild machen“, dachte er sich. Außerdem war es ihm, als betrete er eine vergangene Welt. Da kochte der Mann noch mit Holz und räucherte seine Schinken selbst. Eigentlich ganz klar, denn hier oben gab es sicher keinen Strom und kein Wasser floss aus dem Hahn, es sei denn, man hatte eine Quelle. Fabio erinnerte sich an die Hütte im Ultental, die er mit Elisabeth und später mit ihrem Vater besucht hatte. Das war urig und gemütlich – für eine Nacht. Vielleicht auch für zwei Nächte. Aber ein Leben lang? Das konnte er sich für sich selbst nicht vorstellen. „Da muss man hineingeboren werden und nichts anderes kennen, dann geht das vielleicht", dachte er, während er den Raum rechts neben der Küche betrat. Das war so was wie die gute Stube, vermutete er. Es gab einen Kachelofen und eine grob gezimmerte Bankreihe lief an den Wänden entlang. In einer der Ecken standen ein Tisch und zwei Stühle. Eine kleine Kommode war zu entdecken, sonst gab es keine Möbel. Hier waren die Wände aus den dunklen Holzbalken, die Fabio von außen gesehen hatte. Auch hier fand das Tageslicht zwar Eingang durch zwei sehr kleine Fenster, wurde aber von den dunklen Balken sofort geschluckt. Über dem Kachelofen gab es eine Ofenbank. Jedenfalls sah der hölzerne Aufbau so aus, als ob man sich dort oben hinlegen konnte. Von der guten Stube ging noch eine Tür ab, die sogleich Fabios Neugier weckte. Er drückte die Klinke – die Tür war verschlossen. Und hinter der Tür regte sich etwas. Da war ein Geräusch. Leise zwar, aber wahrnehmbar. Eine verschlossene Tür in einem ansonsten offenen Haus? Machte das Sinn? Das Geräusch konnte Fabio nicht einschätzen. Es war ein Schaben, ein leises Kratzen vielleicht, so wie ein Schuh über eine Oberfläche schabte, wenn man den Fuß nachzieht. Oder war es doch nur Einbildung? Fabio klopfte. Keine Reaktion. Er klopfte noch einmal. „Hallo, ist da jemand. Hier ist Fabio Fameo von der Polizei in Bozen. Ich möchte den Schafbauern sprechen? Sind Sie da drin? Machen Sie doch bitte auf!" Zunächst hörte Fabio nichts. Dann ein leises und mit der Zeit etwas lauter werdendes Schluchzen. „Da ist jemand! Und dieser Mensch ist eingesperrt oder hat sich aus Angst vor mir dort eingeschlossen", schoss es ihm durch den Kopf. „Die Hinkende vielleicht? Dann gibt es sie also doch! Oder der ängstliche Schafbauer?" Aber das Schluchzen, das er vernahm, war untypisch für einen Mann. Es passte besser zu einer Frau. Angst war daraus zu hören – nackte Angst.

Mehr lesen Sie in „Liebe macht zornesblind",
Band 2 aus der Reihe „Südtirolkrimi"

Band 4

Ralph Naubauer

Der Schein betrügt

Commissario Fameo fahndet

ca. 260 Seiten, 13,5 x 21 cm,
broschiert
ISBN 978-88-6011-161-6
€ 12,90

Der internationale Kunsthandel, Fälschungen, Betrug, der schöne Schein und Geldwäsche sind die Delikte mit denen sich Commissario Fabio Fameo, Tommaso Caruso und Francesca Giardi in diesem Südtirolkrimi befassen müssen. Todesfälle, die zunächst kein Verbrechen ahnen lassen, ein Künstler als Opfer und ein mysteriöser Verkehrsunfall lassen die Ermittler erahnen, dass sie es diesmal mit Verbrechern eines besonderen Kalibers zu tun haben.

Erscheinungstermin Mai 2012

www.südtirolkrimi.de

Ralph Neubauer, geboren 1960 in Düsseldorf.

Der Autor lebt mit seiner Familie in Haan/Rheinland und er arbeitet für die Justiz in Nordrhein-Westfalen. Er war als Statistiker, Event-Manager und Pressesprecher im Justizministerium tätig und koordiniert heute die Öffentlichkeitsarbeit und alle Forschungsprojekte.

Seine Reisen führten ihn nach Rumänien, Costa Rica und Nicaragua, aber sein liebstes Reiseziel ist und bleibt Südtirol. Er liebt das Land, die Leute und die Küche.

Mit seinem Südtirolkrimi schafft er eine Plattform, um Geschichten von Menschen zu erzählen. Und so sind seine Figuren vielleicht echter als im wirklichen Leben.